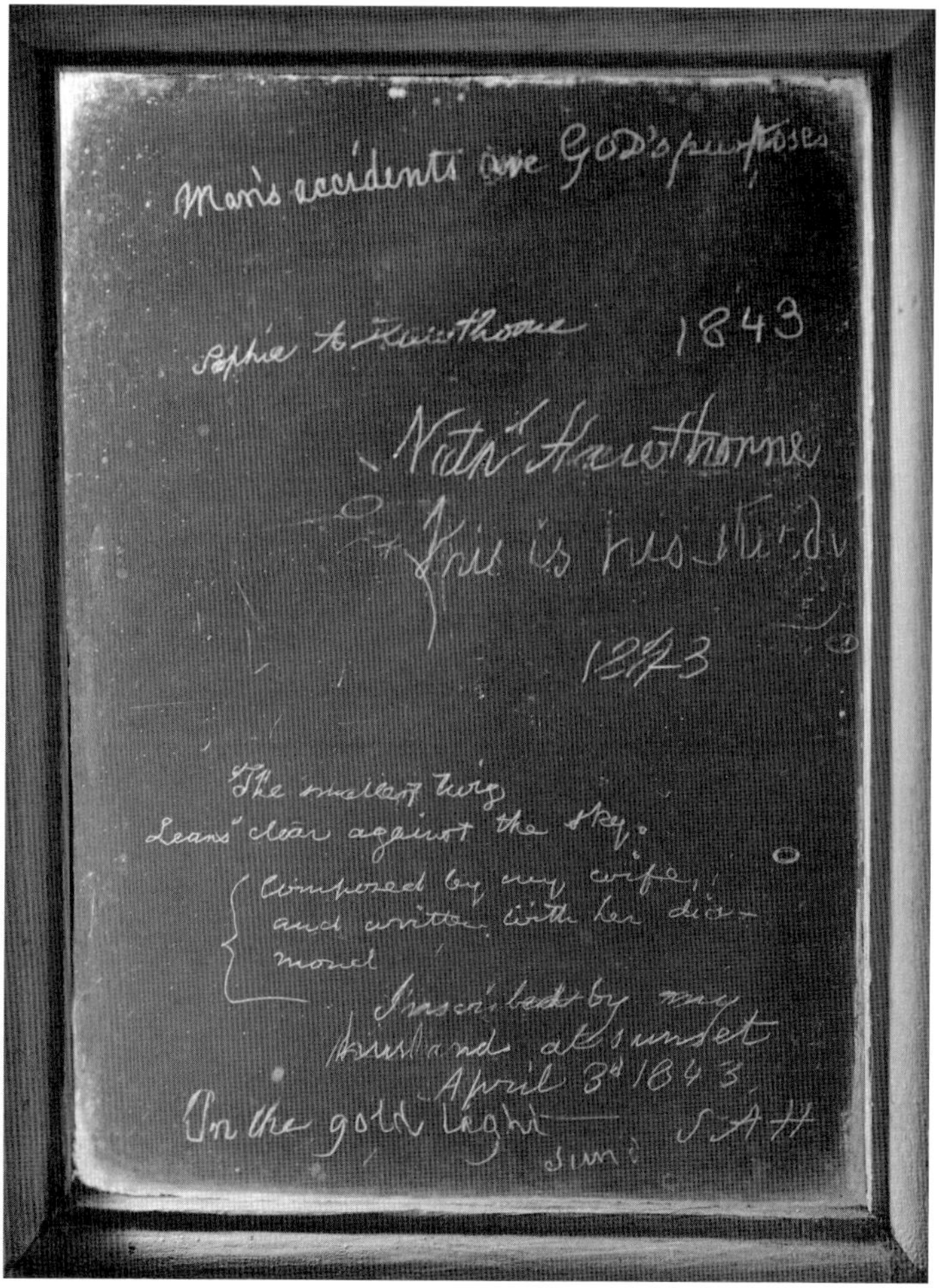

コンコードの旧牧師館の窓ガラス。1843年4月3日にホーソーンとソファイアが刻んだ「人間世界の偶然の出来事は神の計画（Man’s accidents are God’s purposes）」などの文字が残されている。（Courtesy Concord Free Public Library）

Man’s accidents are God’s purposes.
Sophia A. Hawthorne. 1843

Nath[’l] Hawthorne.
This is his study.
1843

The smallest twing
Leans clear against the sky.

Composed by my wife,
and written with her dia-
mond.

Inscribed by my
husband at sunset

April 3[d], 1843
[O]n the gold light. [Sun.] S. A. H.

旧牧師館の窓ガラスに刻まれた文字の全文。但し、適宜、終止符などの記号を加え、判読しにくい箇所は［　］で括った。

ホーソーンのプロヴィデンス

——芸術思想と長編創作の技法——

中西佳世子　著

開文社出版

目次

序　章　「人間世界の偶然の出来事は神の計画」……1
　ホーソーンのプロヴィデンス
第一章　『旧牧師館の苔』……27
　自然の秩序とプロヴィデンス――「二重のナラティヴ」の試み
第二章　『緋文字』……65
　曖昧性を生み出すプロヴィデンス――幻影と「魔女」
第三章　『七破風の屋敷』……113
　人間の歴史とプロヴィデンス――呪いの成就と神の計画
第四章　『ブライズデイル・ロマンス』……145
　創造主としてのプロヴィデンス――劇場神と酒神のアイロニー
第五章　『大理石の牧神』……187
　地上を見下ろすプロヴィデンス――二つの「幸運な堕落」

補　章　『フランクリン・ピアス伝』と「主に戦争のことに関して」……219
奴隷制と南北戦争のプロヴィデンス
むすび……245
あとがき　255
年表　263
参考文献　278
索引　290

序章　「人間世界の偶然の出来事は神の計画」
ホーソーンのプロヴィデンス

一　ホーソーンのプロヴィデンス

一八四三年三月、新婚のナサニエル・ホーソーン（Nathaniel Hawthorne, 1804–1864）と妻のソファイア（Sophia）は、新居とした旧牧師館の窓ガラスにダイヤモンドの指輪で「人間世界の偶然の出来事は神の計画」という言葉を刻んだ。[1]この言葉は、プロヴィデンス（神の摂理）に対する十九世紀的な形而上思想を表現したものであるが、ホーソーンが自らの作品にこの格言を用い始めたのは、一八三七年にソファイアと出会ってからのことである。[2]しかし、作家は『ファンショウ』（*Fanshawe*, 1828）、「優しい少年」（"The Gentle Boy," 1832）、「旅の道連れ」（"A Fellow-Traveller," 1834）、「デイヴィッド・スワン」（"David Swan," 1837）などの初期の作品で、すでにプロヴィデンスの概念を頻繁に用いている。そして、これらの早期の創作に始まり、ソファイアとの出会いを経てから手掛けた短編、後の円熟期の四つのロマンス、晩年の未完作品に至るまで、彼の作品にはプロヴィデンスという概念と言葉が遍在しており、古い歴史を持つこの宗教的概念がいかに彼の文学作品創作の重要な鍵であるかが窺える。例えば、『旧牧師館の苔』（*Mosses from an Old Manse*, 1846）に所収の「天国行き鉄道」（"The Celestial Rail-road," 1843）や「ラパチニの娘」（"Rappaccini's Daughter," 1844）は、それぞれバニヤン（John Bunyan, 1628–1688）の『天路歴程』（*The Pilgrim's Progress*, 1678, 84）とシェイクスピア（William Shakespeare, 1564–1616）の『テンペスト』（*The Tempest*, 1611）を題材にしており、また、『大理石の牧神』（*The Marble Faun*, 1860）ではミルトン（John Milton, 1608–1674）の『楽園喪失』（*Paradise Lost*, 1667）のテーマがモチーフとなっているが、イギリス文学の白眉ともいえるこれらのいずれの作品においても、プロヴィデンスという概念が重要な意味を持っている。フェアバンクス（Henry G. Fairbanks）はプロヴィデンスという概念が「ホーソーンが神と人間の関係性を考える際の根本」（24）を成しているとしている。またワゴナー（Hyatt H. Waggoner）は、ホーソーンにとって「プロヴィデンスとは現実を表す語であるが、それは人間が望んでも理解しえない現実である」と述べ、さらに「ホーソーンの芸術は、他の作家と比べても、作家の宗教的信条を反映し表現する度合いが高く、彼の信仰は芸術においてのみ見出しうる」と、ホーソーン作品のプロヴィデンスが作家の信仰に芸術表象を与えるものとなっているとしている（Waggoner, *The Presence* 45, 50 強調原文）。

ホーソーン作品のプロヴィデンスを考察する際には、特に彼の四つのロマンスに注目する必要があるだろう。ホーソーンは『旧牧師館の苔』以降、短編から長編へと創作スタイルを移行させ、彼の代表作となる四つのロマンス、すなわち、『緋文字』（*The Scarlet Letter*, 1850）、『七破風の屋敷』（*The House of the Seven Gables*, 1851）、『ブライズデイル・ロマンス』（*The Blithedale Romance*, 1852）そして『大理石の牧神』を完成させた。これらの長編には、これまでの短編には無かった複雑なプロットが展開するが、どのロマンスにもプロヴィデンスの概念と語が数多く用いられている。前述したように、ホーソーンは『天路歴程』、『テンペスト』、『楽園喪失』といった作品のモチーフを援用して創作しているが、実はこれらの作品におけるプロヴィデンスの概念は単に宗教的モチーフを提示するだけでなく、物語の構成や展開に重要な役割を果たしている。例えば『天路歴程』では文字通り「プロヴィデンスの法（the Laws of Providence）」（269）に即してプロットが展開し、また『テンペスト』の物語世界は、プロスペロ（Prospero）の魔法による支配からプロヴィデンスが支配する自然への回帰で終わる。そして『楽園喪失』では全体を通して、原罪を犯した人類に救済の慈悲を与えるというプロヴィデンスの計画が進行する。従って、ホーソーンの長編で用いられるプロヴィデンスの表象も、単に作家の宗教的信条を表すというだけでなく、ロマンスという長編を構築するための文学的技巧とテーマの提示に重要な役割を果たしている可能性が考えられる。

しかし、そのプロヴィデンスの文学的装置としての有用性とテーマを関連付けて包括的に論じた批評はまだ見られない。そこで本書では、ホーソーンの四つのロマンスにおいて、プロヴィデンスの概念を用いて構築されている「二重のナラティヴ」に注目し、文学装置としてのプロヴィデンスとテーマとの関連を検討する。なお本書で「二重のナラティヴ」という時、メインプロットとは別に、物語のテーマの提示と展開を推進する表面下のプロットを持つナラティヴと定義しておきたい。英米文学用語辞典などでは「ナラティヴの構築、あるいはストーリーを語るということは一連の出来事の何らかの関連性を提示もしくは設定すること」（Gray 189）と説明されるが、簡潔に言うならば、ナラティヴの構築とはメインプロットを設定することといえる。メインプロットは「ナラティヴに特徴を与えるために最も重要」（J. Miller 66）な要素といえるが、一方、本書でいうところの表面下のプロットは、仮にそれが存在するとしても、そのナラティヴのストーリーそのものに不可欠というよりは、メインプロットを構成する出来事に表面とは別の因果関係を提供するものである。そして、この二重の構造の存在はストーリーの解釈に多義性を与えることになる。その意味において、例えば、シェイクスピアの『リア王』(*King Lear*, 1606) における、リア王 (King Lear) の転落というメインプロットとはっきりと並行する形で展開するグロスター (Gloucester) 伯爵の苦悩を描くサブプロットは、本書で検討する表面下のプロットとは異なる。『リア王』におけるサブプロットは物語の中で明示されるとともにストーリーの設定に不可欠なものであるが、本書の「二重のナラティヴ」を構築する表面下のプロットは、一見無関係に思える作中のプロヴィデンスという言葉や概念に注目することで浮かび上がってくる、物事の因果関係を示すものであるからだ。

ホーソーンは『大理石の牧神』で、自らの作品を「職人が腕を振るって織り上げ、調和の取れた色の配合を見せるために巧みに配置されているタペストリー」に喩え、それを「裏側からじっくり検分」するような野暮なことはしないようにと読者を牽制する (IV [*The Marble Faun*], 455)。[3] ホーソーンはこうした形で、自らのタペストリーに例えた作品には彼が腕を振るった技が秘められていることを示唆している。本書の目的は、ロマンスに周到に配置されたプロヴィデンスの語と概念に注目し、それによって導入されている「もうひとつのプロット」、いわばホーソーン作品の「タペストリーの裏模様（the wrong side of the tapestry）」を検分することといえるかもしれない。表面的には一貫性が無く散見されるプロヴィデンスへの言及も、従来の宗教的教義に加え、それが持つ豊かな文化的属性や政治、社会言説に注目するとき、まるでタペストリーの裏模様の織り糸のように、そこに意図された関連性が浮かび上がる。すなわち、作品の「二重のナラティヴ」構造が浮き彫りにされてくるのだ。プロヴィデンスに注目して、ホーソーンのロマンスの構造を読み解くことで、作家の人生観や芸術観と結びついたプロヴィデンスの概念が、いかにホーソーンの作品世界を豊かにしているかが見えてくるだろう。

二　ホーソーン作品のプロヴィデンス表象

ホーソーンのロマンスの「二重のナラティヴ」の検討に入る前に、プロヴィデンスという概念に対する作家の信条が作品などで明確に言及されている例を見ておきたい。ホーソーンは、しばしば皮肉や風刺を行うためにプロヴィデンスの概念を用いており、それをそのまま作家の信条の現れだと安易に結論づけるのは危険である。しかし、プロヴィデンスに対する作家の見方が比較的ダイレクトに描かれているケースもいくつかある。

例えば「デイヴィッド・スワン」では人間世界からプロヴィデンスを認識することの難しさがテーマとなっている。この物語では、旅の途中、木陰で昼寝をするデイヴィッド（David Swan）に、彼の人生を左右しかねない重要な出来事が次々と起こる。しかし、彼を巡って起きた出来事にも、その出来事に関与した人々の存在にも気づかないデイヴィッドは、目覚めた後、何事もなかったかのように旅を続ける。語り手は、この若者の有様を人間全体の問題として一般化し、次のように述べる。

眠っていようが、目覚めていようが、自分に予期せずふりかかろうとする出来事が近づくかすかな足音を我々は聞くことはできない。しかし、見ることも予測することも不可能な出来事が我々の行く道を絶え間なく横切っていく一方で、たとえ部分的にせよ、予見するのに十分な法則性が人間世界に依然として存在するのは、プロヴィデンスが人間世界を支配している証拠ではないだろうか。

（IX [*Twice-told Tales*], 190）

ここでホーソーンは、人間は不完全であり限られた視野しか持ちえないという、原罪に基づく宗教的信条を眠りというメタファーを用いて表現している。目を閉じて眠っているが故に、目前で人生を左右しうる出来事が起きても、それを無かったこととして過ごす若者のように、人間は神が彼らの為に計画した事柄の全てを見たり理解したりすることは出来ず、そのことに気づかないまま生きている。しかし作家は、人間が限られた視野しか与えられていないという現実を認めつつも、この物語の語り手のような視点を意識的に持つことが出来たならば、不可解に思える出来事の中にある規則性を見出すことが可能であり、そこに神の計画の一部を推し量ることができるのはないかという考えを表すのである。

またホーソーンの代表作『緋文字』の中でも、人間はどのようにプロヴィデンスの計画に関与すべきか、ということについての作家の見方が明確に示されている場面がある。科学的手法によってパール（Pearl）の父親を探り当てることが可能だと提案するチリングワース（Roger Chillingworth）に対し、清教徒（Puritan）の高僧ウィルソン（John Wilson）は次のように諌める。

「いや、このような問題で、世俗的な学問の手を借りることは罪深いことです」ウィルソン牧師は言った。「そんなことより、断食してお祈りをしたほうがましです。そして、おそらく、神（Providence）がそうお望みにならないかぎり、神秘は神秘のままにしておくのが、なおさらよいのです。」

（I [*The Scarlet Letter*], 116）

ここでホーソーンはウィルソン牧師の言葉を通して、プロヴィデンスの領域に踏み込むことが神への冒涜となることを示している。作家としてのホーソーンは人間世界の「真実」を描きたいと願う一方で、彼のプロヴィデンスに対する信条に依拠すれば、際限のない「真実」の探究は、神の領域に踏み込む冒涜にも成りうる。このジレンマがホーソーン作品の形式やテーマに深い影響を及ぼすことになる。

もうひとつ、ホーソーンのプロヴィデンスに対する考えがよく表されている例が『イングリッシュ・ノートブックス』（*The English Notebooks*）に記されたメルヴィル（Herman Melville, 1819–1891）への言及に見られる。

いつものようにメルヴィルはプロヴィデンスと未来、そして人間世界の彼岸（beyond human ken）に存在するあらゆるものに関する議論を始めた。（中略）私が思うに、彼は確固たる信仰を手にするまで気が休まることはないだろう。われわれが腰を下ろしている砂の丘のように陰気で単調な不毛の砂漠を行ったり来たりとさまようことに、彼がいかに固執しているか、私が彼と知り合ってからこの方、いやそれよりもっと以前からそのことに固執してきたかを思うと奇妙に感じる。彼は信じることができず、信じないことにも安住できず、あまりに正直で勇ましすぎるがために、どちらか一方を選ぶことが出来ないのだ。彼が宗教家であったなら、最も真摯で崇高な神職者の一人になっていただろう。彼は非常に高貴な性質を持っており、我々の誰よりも価値のある人間なのだ。

（XXII [*The English Notebooks*], 163）

ホーソーンはメルヴィルを賞賛しつつも、人間世界を超えたところのあらゆることを追究しようとするメルヴィルの性向に、幾分、厄介な居心地の悪さを感じている。マシーセン（F. O. Matthiessen）が指摘するように、「メルヴィルが没頭した、原罪（innate depravity）という教義に関わる人間の悲劇を表現するための形而上的探究」（243）に、ホーソーン自身は傾倒することはなかったようだ。ホーソーンは芸術において、ある程度の「真実」を表現しようとする一方で、自身を含む不完全な人間は、「デイヴィッド・スワン」のデイヴィッドのように限られた視野しか持ちえず、人間世界のことを余すことなく知ることもそれを描くことも不可能だという信念を抱いていたのだ。従って、ホーソーンにとって、物語世界の出来事を十分に認識したり、把握したりすることができない登場人物を描くことは、ある意味では人間世界のリアリティをより映し出すことになる。こうした彼の信仰的信条に基づけば、作品世界を創造する作家としての彼の立ち位置も同様であり、物語の"author"といえども、全知の語りの視点は持ちえないということになる。こうしたテーマに芸術的表現を与えるホーソーンの試みにおいて、人間世界の有為転変の計り知れない事柄は不可知のままにしておくこと、すなわち、形而上的探究ではなくこの地上における形而下の出来事を曖昧に描くことこそが、人間世界の最も忠実な描写となるといえよう。

このように不可知なものを不可知のままにしておくという態度が、ホーソーン文学の技法の大きな特徴である"ambiguity"と深い関連を持つことは言うまでもない。グレイ（Martin Gray）は"ambiguity"（以下、曖昧性と表記）を「二重またはそれ以上の意味、あるいは不確かな意味を示唆する語句や文の機能」（18）と定義するが、人間からは部分的にしか知り得ず、従って様々な憶測や解釈を生み出すプロヴィデンスはホーソーンが曖昧性を導入するのに有用な概念だといえる。マシーセンは、ホーソーンが人間世界の出来事の多様性をテクストに表す芸術的手法として曖昧性を用いており、それが十七世紀の清教徒の「ゆるやかなプラトン主義的（loosely Platonic）認識法」、すなわち、現実世界の出来事にプロヴィデンスの意図を読み取るシンボリズムに由来していることを指摘している（243）。そして、『緋文字』の象徴的手法の中から生み出された「多様な選択肢を提示する装置（the device of multiple choice）」の根本にあるのが「これらの驚くべきプロヴィデンスである」（276）と述べる。またウィンターズ（Yvor Winters）はピューリタニズム（Puritanism）に由来するアレゴリーを例証しつつ、ホーソーンの曖昧性を「代替の可能性を表す形式（the formula of alternative possibilities）」（21）としている。フォーグル（Richard H. Fogle）もまた多様な選択肢を提示する曖昧性を用いる作家の目的の一つが、人間の理性では理解不能な闇というテーマを表現することだとしている（20–22）。またフォルソム（James K. Folsom）は、「人間世界の偶然の出来事は神の計画」という旧牧師館の窓に刻まれた警句に焦点をあてて次のように述べる。

ホーソーン芸術の倫理的側面は、（中略）美学的表現の手段となっており、あらゆる人間行為に内在する多種多様な動機と解釈を示唆するのだが、同時にこの倫理的側面は、究極的な実在というもののいかなる決定的な解釈からも意図的に切り離されている。（19）

フォルソムは、ホーソーン自身は何らかの答えを持ちつつ曖昧性を用いるとするマシーセンやウィンターズと同様の立場に立脚しつつ、作家がその技法で示すものは、プロヴィデンスに基づく作家の宗教観、哲学観だとする。フォルソムはホーソーンの警句を模した『人間世界の偶然の出来事と神の計画』(*Man's Accidents and God's Purposes*)という題を冠したその著書でホーソーンの芸術と人生におけるプロヴィデンスという概念の重要性を包括的に論じようと試みるのだが、その議論に一貫した分析の手法を欠いていることを自身で認めている。そして、ホーソーンの「明らかに混沌とした世界」から「明確な秩序」を見出そうとするどんな試みも失敗に終わる運命にあるとして(Folsom 156)、むしろ総括的な分析を阻む作品の矛盾や多義性こそがホーソーン文学の特色として結論づけている。

確かにホーソーン作品における多種多様なプロヴィデンスへの言及は、そこから作家の一貫した宗教的態度を読み取る批評の試みを阻んできた。しかし、本書のプロヴィデンスの議論は作家と宗教という枠に留まらず、世俗的な言説にも注目するものである。ホーソーン作品に遍在するプロヴィデンスの概念や言葉が純粋に宗教的信条を表象していることはまれであり、むしろ多くの場合は、さまざまな人物造形に用いられており、登場人物がプロヴィデンスを口にする場合には、それぞれの利害が反映されたり、不都合な出来事の正当化や真意の隠蔽などが意図されていたりする。例えば『緋文字』では、チリングワースの科学至上主義（scientism）やディムズデイル（Arthur Dimmesdale）の偽善がプロヴィデンスの概念を用いて前景化され、彼らの矛盾とエゴイズムに満ちた世俗性が描かれる。あるいは、『大理石の牧神』でケニヨン（Kenyon）の揺らぐ信仰心が彼のプロヴィデンスへの言及によって浮き彫りにされる例のように、ホーソーンはしばしば登場人物にプロヴィデンスの解釈をさせ、その解釈が自信に満ちていればいるほど、その人物の予想とは正反対の結末に終わらせるというアイロニー（irony）を導入する。こうした人物造形や構造上のアイロニーの導入に適用されるのは、プロヴィデンスの純粋な宗教的教義というよりは、むしろ十九世紀中葉のアメリカの世相や政治が反映された世俗的なプロヴィデンスの言説である。こうしたことに鑑みれば、フォルソムが言うように、ホーソーン作品で言及されるプロヴィデンスの「明確な秩序」をその宗教性に求める議論が暗礁に乗り上げるのは当然といえる。

しかし、このことは、宗教的な側面だけでなく、プロヴィデンスという概念の哲学的起源や歴史的、政治的背景によって付与された属性に注目する時、それらを巧みに駆使するホーソーンの一貫した創作手法が見えてくる可能性を示唆している。そうした観点から、本書では次に示すプロヴィデンスの四つの側面に焦点をあててホーソーンのロマンスにおける「二重のナラティヴ」を検討していく。第一に、ギリシアに起源を持つプロヴィデンスに付与されてきた宗教的、歴史的属性、第二に、「人生のあらゆる出来事に神の手の介入を見出すキリスト教精神」(Matthiessen 243) から生み出される曖昧性、第三に、政治的、社会的、文化的言説を生み出す動力としての側面、そして第四に、プロヴィデンスの「予見する」という語源的意味から生じる表面下のプロットを展開させる機能である。次の節ではプロヴィデンスという概念の宗教的、歴史的起源に遡り、そこに付与されてきた豊かな属性について概観する。

三　プロヴィデンスの多様な属性

聖書辞典によれば、プロヴィデンスは古代ギリシアに由来し、元来は人間の「予見する」能力を指したが、次第に神の「先見の明」を意味するようになる。さらにこの概念は、ギリシア哲学で宇宙と自然の秩序を統合する唯一なるものを指すようになるが、最初にプロヴィデンス概念の原理を組織立てて定義したのはプラトン (Platon, 427–347 BC) であり、彼は世界を統べる「世界霊魂 (World Soul)」という概念を打ち立てた。さらにその概念をキリスト教義に近い人格神へと発展させたのがアレキサンドリアのユダヤ人であるフィロン（Philon of Alexandria, c.15 BC–c.45 AD）であり、ローマ帝国でキリスト教に取り入れられたプロヴィデンスは「神が創造物に対して向ける予見的配慮」と「神」そのもの、すなわち神の人間に対する配慮と神自身の両方を意味する言葉として用いられることになる。そして、特にキリスト教におけるプロヴィデンスの概念で重要なことは、人間と世界が慈悲を有して善を成す創造神の関心の対象となっている点である（Freedman 520–21; Buttrick 940）。このような歴史的、宗教的背景によってプロヴィデンスという概念は、自然と宇宙の支配者、地上の出来事の監視者、人間の歴史の執行者といった多様な属性を付与されることになる。

また、プロヴィデンスの概念は常に曖昧さと矛盾を孕み、しばしば、神の慈悲を否定する冷酷な運命論（the doctrine of fate）、創世後の神の干渉を否定する理神論（deism）、人間の道徳的責任を放棄する決定論（determinism）と結びつけられ、時には、宇宙や自然に複数の神々を見る汎神論（pantheism）とも混同されうる（Wood 979–80）。また、万物の創造者である神と明らかな邪悪の存在をどう調和させるかということや、人間の自由意志との関係も問題になる。そして神との個人的宗教体験を持つことを重視するプロテスタントにおいては、世界、あるいは共同体に働くプロヴィデンスと個人の出来事や運命に働くプロヴィデンスとの間に生じる矛盾への疑問が生じ、特にカルヴァン主義（Calvinism）[4]においては予定説（predestination）とプロヴィデンスの関連も議論を呼ぶ（Stefon and Baaren, "Providence"）。こうしてプロテスタントにおけるプロヴィデンスは、その起源に由来するカトリック的、異教的な要素をも含みながら、常に両義性、曖昧性、矛盾を孕むことになる。

宗教的起源と歴史的背景によって付与された属性とそこから生み出される多様な解釈に加え、世俗的な政治とプロヴィデンスの結びつきも本書の議論に不可欠である。カナダの歴史家ガイアット（Nicholas Guyatt）は二〇〇八年刊行の『プロヴィデンスと合衆国の創生 一六〇七年—一八七六年』（*Providence and the Invention of the United States, 1607–1876*）において、アメリカという国家の創生に、特別の計画を持つプロヴィデンスという物語がいかにアメリカのアイデンティティを形成してきたかを総括的に論じている。[5]少し長くなるが、ホーソーンの時代に唱えられたプロヴィデンス言説の理解に有用だと思われるので、本書の議論に重要な箇所の概要を紹介しておきたい。

ガイアットは、世の中の出来事をプロヴィデンスの計画の顕現として解釈するメンタリティを「プロヴィデンシャリズム（providentialism）」と定義するが、これは「一羽の雀の死でさえ神の支配による」として、聖書のマタイ伝に記されている教義に由来するものである。そしてガイアットは、それを大きく、個人の身にふりかかる出来事の意味を解釈する「個人的(personal)プロヴィデンシャリズム」と国家や共同体の出来事の意味を解釈したり予言したりする「国家的(national)プロヴィデンシャリズム」に分類する。さらにその解釈の性質から、ある共同体の歴史がプロヴィデンスの特別な計画に基づくことを強調し、過去から現在の歴史、時には未来の出来事までを神の計画遂行という使命的文脈で解釈する「歴史的(historical)プロヴィデンシャリズム」、すでに起こった出来事に人間に対する神の怒りや罰、祝福を見出したり、あるいは将来、神の罰が下ったり祝福がなされたりすると予言する「審判的(judicial)プロヴィデンシャリズム」、さらに、千年王国の到来と最後の審判の日が間近だとして、ある国家がその中で主導的役割を果たす使命を帯びていることを主張する「終末的(apocalyptical)プロヴィデンシャリズム」などを定義する(5–6)。

そして、ガイアットは、イギリスにルーツを持つプロヴィデンス言説が新大陸特有のものとなり、やがて分離意識を成熟させていく経緯を説明する。イギリスでは英国国教会の設立を期に、カトリックに対抗する形で「国家的プロヴィデンシャリズム」が顕著になり、嵐によるスペインの無敵艦隊の壊滅やチャールズ一世の暗殺計画の事前発覚などの出来事が、プロテスタントであるイギリスの歴史がプロヴィデンスの特別の配慮によって守られている証と解釈された。また国内で対立する政治、宗教派閥もプロヴィデンスを用いてそれぞれの正当性を主張した（17）。しかし、清教徒革命（Puritan Revolution）、国王処刑、王政復古（Restoration）といった一連の政変を経て、過激な社会変動を煽るプロヴィデンシャリズムの危うさが認識され、大英帝国の繁栄に陰りが見えてきたこともあり、イギリスでは「国家的プロヴィデンシャリズム」の波は沈静化していく（74–82）。

一方、十七世紀に清教徒によって新大陸に持ち込まれたプロヴィデンシャリズムは本国の沈静化する方向とは逆に特有の発展を遂げていく。ニューイングランドの清教徒は、腐敗した本国に神の怒りが降り注ぐ前にその滅亡から脱出することが真の信仰者の責務であると考え、英国国教会に抗って大西洋を渡った。新大陸の歴史をイギリスの歴史の一部とみなしてイギリス人としてのアイデンティティを保持していた彼らの「国家的プロヴィデンシャリズム」はあくまでイギリスへの愛国心に基づくものであった。しかし、特に本国における清教徒革命とその後の王政復古により、その存在意義に危機感を持ち始めたニューイングランドの清教徒は「神はアメリカ植民地の発展を導いてきた」（42）という本国と袂を分かつ言説を唱えるようになる。やがて長らく続く本国との軋轢の末、一七六五年の印紙条令（Stamp Act）を期に、「アメリカの国家の歴史は当初から神が計画していたものであり、アメリカにはその神の計画を成就する使命がある」という「国家的プロヴィデンシャリズム」に基づいた明確な分離意識が形成される（85）。

このように、清教徒達の神権政治（theocracy）における「丘の上の町（a city upon a hill）」の建設理念、新大陸での驚異（wonder）の解釈、魔女狩り（witch hunt）の言説の背景には常にプロヴィデンスの概念が重要な役割を担い、アメリカのアイデンティティと深く関わってきた。そしてホーソーンが創作を行った十九世紀中葉では、特にアメリカン・デモクラシーの成就がプロヴィデンスの計画とされ、人々は神によって委ねられた使命の途次にあると喧伝されることとなる。例えば、この時期に編纂されたバンクロフト（George Bancroft, 1800–1891）の『アメリカ合衆国の歴史』（*History of the United States of America*, 1834–74）はその序文で次のように明確に「国家的プロヴィデンシャリズム」を打ち出している。

本書の目的は、我々の国家の変遷がどのようにもたらされたかを説明することにある。国家の運命は決して無目的な宿命に翻弄されるものではないのである。しかるに、我々の国を存在せしめ、人間に慈愛を注ぐ神（a favoring Providence）が、この国を現在の幸運と栄光にまで導いたその足跡をたどることがその目的なのである。（3）

こうしたプロヴィデンス言説は未曽有の領土拡大を正当化する政治的イデオロギーを生み出した。一八三七年の『デモクラティック・レヴュー』(*United States Democratic Review*)の創刊号では「見えざる神の手(an unseen hand of Providence)に導かれて前進する民主主義」への忠誠が宣言され(O'Sullivan, Introduction)、一八四五年には同誌に「年々倍化する我が国民が自由に発展するために神(Providence)によって割り当てられたこの大陸の一面に広がる明白な運命(manifest destiny)の成就」という有名なオサリヴァン(John L. O'Sullivan, 1813–1895)の論が掲載された("Annexation")。そしてホーソーンの時代にとりわけ大きな政治、社会問題となった奴隷制(slavery)やインディアンの処遇をめぐる議論、そして南北戦争(American Civil War)に向かう道程において、敵対するどの陣営も正当性を主張するためにプロヴィデンスの言説を用いて議論を闘わせた。ホーソーンのロマンスには、こうした政治的背景を投影したプロヴィデンスへの言及がしばしばみられる。

そして、もう一点、ホーソーンのロマンスの「二重のナラティヴ」を論じる本書の議論で重要なのが、プロヴィデンスが本質的に持つ「予見する」という意味合いである。プロヴィデンスは予測不可能な未来について人間の憶測を呼び覚まし、その結果に対する関心を抱かせる。

プロヴィデンスが持つこの属性はプロットの構築に有用であり、作家は、作中にプロヴィデンスという概念や語を点在させることで、その物語にある種の予告、推測とその結果を導入することができる。その結果が登場人物や語り手の予想通りになるにしろ、期待外れになるにしろ、いずれにしてもプロットを展開させる文学的装置となるのだ。そして、そうしたプロヴィデンスへの言及を巧みに配置することで、表面上のプロットとは異なるプロット、時には表面のプロットと矛盾する表面下のプロットを展開させることが可能になる。

このように、ギリシア以来ヨーロッパ大陸で引き継がれてきた宗教的、哲学的な属性、イギリスからニューイングランドに続くトランスアトランティックな歴史的連続性を有し、十八世紀の独立から十九世紀の未曾有の領土拡大と経済の繁栄におけるアメリカ特有の政治的、文化的風土を豊かに内包する言説を生み、何らかの予兆をもたらすプロヴィデンスは、読者の想像力に訴えて作品世界を想起させ、多層的な構造の物語を作ることのできる概念であった。十九世紀のホーソーンの読者は、宗教的意味に加え、新大陸への植民当初からアメリカの政治、社会、文化に根付いてきた世俗的なプロヴィデンスの言説に馴染んでいた。共同体の記憶を背景に、多様な解釈とテーマを展開させることができるこの概念は、作家にとって便利なレトリックの装置であったといえる。

プロヴィデンスの存在そのものを疑う『大理石の牧神』のミリアム（Miriam）のようなごく例外的な人物をのぞいて、ホーソーンの登場人物達はある程度、共通の認識を持っている。それは、純粋に宗教的でないにしろ、プロヴィデンスの関心が個人や国家に向けられて地上の出来事に作用しているという認識であり、同時に、そのプロヴィデンスの計画を完全に予測するのは不可能だという認識である。そして、彼らはガイアットが分類したようなプロヴィデンシャリズムのいくつかのパターンに則して、未来の出来事を予想したり、過去や現在の有様になんらかの意味を見出そうとしたりしている。ホーソーンの登場人物達や語り手の判断が投影されたプロヴィデンスの解釈をそのまま受け取れば、当然、そこには個々のエゴイズムや一面的な見方が露呈されることとなり、それらのプロヴィデンスへの言及は矛盾に満ちたものとなるが、ホーソーンは決して無秩序にプロヴィデンスを作中に用いているわけではないのだ。本書では、ロマンスの大枠として、プロヴィデンスのどのような宗教的属性が用いられているのか、個々の語り手や登場人物はどのような意図でプロヴィデンスに言及するのか、そして彼らの言動にどのような十九世紀的プロヴィデンシャリズムが反映されているのかといった点に注目して、ホーソーンの四つのロマンスを中心に作品のプロヴィデンスを検討していく。

以下、第一章では短編集『旧牧師館の苔』を考察する。この短編集の序文「旧牧師館」("The Old Manse," 1846) を創作する際に、作家は「ある種の枠組み (a sort of frame-work)」を構築することを意図したと述べている。本章では、短編に収録する作品群をこの枠組みによって有機的に繋ぐ試みが、後のロマンスにおける、プロヴィデンスの属性を用いた「二重のナラティヴ」を導入する実験となっていることを検証する。

第二章では『緋文字』の二重構造を考察する。この作品の序文「税関」("The Custom-House") の語り手は、屋根裏で発見した緋文字の刺繍を凝視してさまざまな解釈を加えるが、一方、本体においても十七世紀の清教徒達は事物を凝視して、そこにさまざまなプロヴィデンスの解釈を行う。本章では、『緋文字』の表面のプロットにおける曖昧性の提示について検討し、続いて、この「曖昧性を生み出すプロヴィデンス」の属性と人々の凝視を利用する「魔女」ヘスター (Hester Prynne) の戦略が、表面下のプロットとして展開していることを明らかにする。

第三章では『七破風の屋敷』において、「人間の歴史を司るプロヴィデンス」の属性が物語の枠組みの構築に使われ、作中のプロヴィデンスの言及が呪いを解体する方向へと物語を進める表面下のプロットを構築していることを考察する。そしてその二重構造に、十九世紀アメリカの「歴史的プロヴィデンシャリズム」に対するアンチテーゼ（antithesis）が示唆されていることを論じる。

第四章では『ブライズデイル・ロマンス』において、劇場と酒の神である異教のバッカス（Bacchus）に置き換えられた「創造主としてのプロヴィデンス」および「自然の秩序を司るプロヴィデンス」の属性が、物語の枠組みに使われていることを明らかにする。そして「劇を采配できない劇場神」、「禁酒をする酒神」というアイロニーが表面下のプロットを構成し、複数のテーマを統合していることを検証する。

第五章では『大理石の牧神』の二つの「幸運な堕落（*felix culpa*）」に注目し、「地上を見下ろすプロヴィデンス」の属性によって展開される「二重のナラティヴ」を考察する。そしてこの物語構造における視点の転換にアメリカ人の他者性という問題を読み取っていく。

最後に補章として、プロヴィデンスを用いたホーソーンの奴隷制や南北戦争への言及が問題とされてきた『フランクリン・ピアス伝』（*The Life of Franklin Pierce*, 1852）と「主に戦争のことに関して」（"Chiefly About War-matters, By a Peaceable Man," 1862）の考察を行い、これらの作品と政治言説との間テクスト性（intertextuality）に、ホーソーンのロマンスの「二重のナラティヴ」の手法が垣間見えることを論じる。

このように、創作年代順に四つのロマンスを中心として作品を検討することで、プロヴィデンスの概念を用いて「二重のナラティヴ」を構築するホーソーンの手法の一貫性が浮き彫りにされるだろう。「人間世界の偶然の出来事は神の計画」というホーソーンのプロヴィデンスへの信条は終生変わらなかったが、南北戦争に向かってアメリカ社会は劇的に変化し、それとともに作家のプロヴィデンスを用いるレトリックにも綻びが見え始める。本書ではそうした観点も含めて、ホーソーン文学におけるプロヴィデンスの意義を検討していきたい。

注

（1）本書の口絵にホーソーンとソファイアが言葉を刻んだ旧牧師館の窓ガラスの写真を掲載している。

（2）一八三七年十一月にピーボディ家を訪問したホーソーンは、そこで未来の妻となるソファイア（Sophia A. Peabody, 1809–1871）を紹介された（Turner 106）。

（3）*The Centenary Edition of the Works of Nathaniel Hawthorne.* Vol. IV [*The Marble Faun: Or, the Romance of Monte Beni*] より引用。以下、本書でホーソーン作品に言及する際には、この全集によるものとし、本文中に巻数と頁数を添え、初出の際に巻のタイトルを記載する。

（4）カルヴァン（John Calvin, 1509–1564）による『キリスト教綱要』（*Institutes of the Christian Religion*, 1559）の第十六章、第十七章は特にプロヴィデンスの絶対性とその計画の不変性を説いている。

（5）筆者による『プロヴィデンスと合衆国の創生』の書評論文（『フォーラム』十七号）を参照。

第一章　『旧牧師館の苔』

自然の秩序とプロヴィデンス――「二重のナラティヴ」の試み

ホーソーンは短編集『旧牧師館の苔』の出版後、短編作家から長編作家に転身し、『緋文字』を皮切りに四つのロマンスを世に送り出した。そのロマンスではすべて「序文」の予告によって本体部分に対するある種の枠組みが提供される仕組みになっている。本章では、四つのロマンスに共通して見られるスタイル、すなわち、プロヴィデンスの概念を用いた枠組みの構築、序文における予告、そして曖昧性の効果を生み出す「二重のナラティヴ」の導入の試みが、『旧牧師館の苔』の半自伝的序文「旧牧師館」で成されていることを確認したい。

一 「旧牧師館」における "a sort of frame-work"(1)

ホーソーンは一八五〇年から一八五二年にかけて精力的に三つのロマンスを立て続けに出版したが、それまでは処女作である『ファンショウ』(2)を除いて、彼の創作は短編に限られていた。長編作家に転じた理由をホーソーンは明確にはしていないが、すでに一八四四年の段階で、雑誌への短編作品の寄稿について、「この世でもっとも利益の上がらない仕事」とヒラード(George S. Hillard)に不満をもらしている(XVI [*The Letters, 1843–1853*], 23)。また一八四六年には、雑誌編集者に宛てた手紙の中で、短編創作をやめると宣言しており(X, 517)、実際に『緋文字』で成功した後は、エマソン(Ralph W. Emerson, 1803–1882)や雑誌社からの短編執筆の依頼も断っている。ホーソーンは「才能をばらまくこと」(Wineapple 230)をやめようと心に誓っていたようだが、こうした作家の心情が「旧牧師館」で次のように書かれている。

世間から離れた私達の住居で発見できれば、と望んでいた黄金の知性という宝物を見つけることは出来なかった。深い倫理を記した物語も、哲学的な歴史書も、そして小口で立つような小説さえも世に出すことは出来なかった。作家(a man of letters)としてお見せできるものといえば、私の静かな夏の心と精神に咲いた花のようなこれらのいくつかの短編やエッセイのみである。旧友の航海日誌を気楽に編纂した『アフリカ巡航日誌』[3]を除いては、何も成し遂げることはなかった。(X, 34)

ホーソーンはここで表面的には自分を卑下するような態度を装いつつも、作家としてのプライドを覗かせ、自分が編纂した「長編」作品の宣伝もしている。これを書いた一八四六年の段階で、経済的理由もさることながら、短編を雑誌に寄稿して才能を消耗するのではなく、作家として評判を勝ち得るような作品、すなわち長編の創作に対する強い願望を、ホーソーンは募らせていたといえる。そしてその野望の達成の為には、長編、つまりロマンスを構成するための新しい技法を考案する必要があったのだが、『緋文字』を生み出すまでに、作家が新たな技法についてのヒントをつかんでいたことが窺えるいくつかの手掛かりが「旧牧師館」の創作過程に見られる。

ホーソーンは「旧牧師館」の執筆にかなり苦労している。[4] 一八四五年の三月、『トワイス・トールド・テールズ』(*Twice-told Tales*, 1837)の初版に続く第二の短編集の出版企画を持ちかけられたホーソーンは四月に承諾し、五月に序文にすべき短編に着手したものの、筆が進まないまま時が流れ、十二月になると「おそらく、私は作家としての人生の中で、活力が絶える時期に来てしまったのだ」と嘆いている（X, 516）。そして、当初から一年近くも経った一八四六年の三月にようやく「旧牧師館」が完成し、六月に『旧牧師館の苔』が出版される。これほど時間を要した原因として、作家の経済的困窮や政治職を得るための猟官運動を指摘（X, 519）する声もあるが、それまでの短編作品が生み出された状況をみても、経済の危機や作家をとりまく雑事が必ずしも彼の創作の足かせになるとは限らない。それでは、ホーソーンはこの小さな作品を仕上げるにあたって、何にそれほど苦労したのだろうか。

作家は「旧牧師館」を書く目的を明らかにしている。編集者に宛てて、『旧牧師館の苔』の序文で意図することは、「この新しい物語の中に、すでに出版された一連の物語群に対する、ある種の枠組み（a sort of frame-work）を構築すること」だと書き送っているのだ（X, 514）。それに先立つ二ヵ月前の一八四五年五月、ロングフェロー（Henry W. Longfellow, 1807–1882）はホーソーンに「長い物語、つまり、小説といったものを手掛けてみてはどうか」（M. Hawthorne 276–77）と促している。『旧牧師館の苔』の出版をすでに決めていたホーソーンは、これにすぐさま反応はしなかったが、ロングフェローの忠告に刺激を受けたと思われる。いずれにせよ、作家は「旧牧師館」にとりかかる前から、序文となるこの作品に他の収録作品と関連付ける枠組みを構築することで、短編集全体を有機的に繋いで、いわば一つの作品のように仕上げることを構想していたのだ。そして、この後に創作される四つのロマンスのいずれにも、本体の内容を予告し、本体の物語に枠組みを与える序文が付されることになる。

さて、『旧牧師館の苔』の序文として創作された「旧牧師館」だが、メルヴィルが「ホーソーンと彼の苔」("Hawthorne and His Mosses," 1850) で高く評価したように、この序文は一つの短編として十分な内容と分量を持つ作品となっている。また、他の収録作品を意識して「ある種の枠組み」を構築する意図で創作されたという点で、「ロジャー・マルヴィンの埋葬」("Roger Malvin's Burial," 1832) や「僕の親戚、モリヌー少佐」("My Kinsman, Major Molineux," 1832) といったこれまでの短編に添えられた歴史的背景を提供する序文[5]とは明確に性質の異なるものである。ターナー (Arlin Turner) は『旧牧師館の苔』に収録された「痣」("The Birth-mark," 1843) や「ラパチニの娘」といった秀作を指して、旧牧師館で書かれたいくつかの短編作品にホーソーンの傑作があり、後に「来るべき完全なロマンス (full-scale romances to come)」(164) の予兆となっていると述べている。これは非常に適切な指摘であるが、本章ではロマンスの予兆が個々の作品の成熟度に見られるだけでなく、『旧牧師館の苔』に収録の作品群と序文との間に構築された有機的繋がりに、後のロマンスの兆しがあることを見ていきたい。

『旧牧師館の苔』に収録されている短編の多くは一八四〇年代に創作されたもので、社会改革運動家、科学者、芸術家、発明家などの際限のない目的追究による人為性の過剰、精神の偏向が描かれる。こうした人工の過剰とは対照的に「旧牧師館」では、その庭がエデンに喩えられ、「母なる自然（Mother Nature）」としてのプロヴィデンスの賜物が無限にあるとされ、一貫してプロヴィデンスの属性である自然の秩序を賛美するものとなっている。クローリイ（J. Donald Crowley）は「旧牧師館」での他作品への言及について、「ゆるやかな修辞的枠組み（a loosely rhetorical 'frame-work'）」（X, 519）であるとしている。確かに作家は、収録作品のモチーフやフレーズを序文に取り入れて関連性を持たせているのだが、それは「ゆるやかな修辞的枠組み」に留まらない。「旧牧師館」は、フレーズやモチーフ、あるいは個々のテーマを予告する単なる作品紹介の場ではなく、収録作品で描かれる人工の過剰に対するアンチテーゼとしての自然の秩序を描き、それによって本体と序文を有機的に繋ぐ枠組みを構築する機能を持っている。次節では、プロヴィデンスの属性の使用、序文での予告、予告との矛盾で生み出される曖昧性を用いる試みが、後のロマンス創作の「二重のナラティヴ」という新しい手法への序奏となっていることを検証していく。

二　『旧牧師館の苔』における自然の秩序と人工の過剰

「旧牧師館」では旧牧師館の庭は次のように描写される。

夏の間中、サクランボがありフサスグリが実った。そして秋が来ると、膨大な数のリンゴの荷を運ぶのだが、てくてくと歩いていると、積みすぎた肩から次々とリンゴがこぼれ落ちた。静けさが極まる午後には、耳をすませると、一息程の風もないのに、成熟という全く自然の必然性（the mere necessity of perfect ripeness）によって大きなリンゴの果実が落ちる音がきこえた。（中略）無限の恵み、無尽蔵の賜物という考えは、我々の母なる自然（Mother Nature）の側からすれば、こうした配慮を通して十分に得る価値のあるものであった。（中略）一方、（ブルック・ファームのでこぼこした畦を掘ることに骨を折った辛い経験から言うのだが）私の側では、プロヴィデンスからの無償の賜物を心ゆくまで味わったのだ。（X, 12-13）

ここには、シェイクスピアの『リア王』における「成熟が全て（Ripeness is all）」（5.2.11）という概念が採用されており、自然の運行がプロヴィデンスの秩序に従っていることが描かれる。そして、エデンに喩える庭のリンゴがプロヴィデンスの働きによって自然に熟して落ちる様を、ブルック・ファーム（Brook Farm）での作家の苦い体験と対照させている。ブルック・ファームは「社会改革と再生（social renewal and regeneration）」（Cain 333）を標榜した団体であり、ホーソーンは一八四一年四月から十月にかけて創作と生活の両立への望みをかけてこのユートピア共同体（utopian community）に参加したものの、その内実に失望して脱退している。つまり、ここではプロヴィデンスの自然の秩序と対照させることで、作家はその人為的で急進的な改革運動の在り方に疑義を呈しているのだ。

そして、本体に収録されている作品の多くも「人工の過剰」が共通のテーマとなっており、ブルック・ファームに対するのと同様に、作家はそこに批判的な視線を注いでいる。例えば、秀作「天国行き鉄道」、「痣」、「美の芸術家」（"The Artist of the Beautiful," 1844）、「ラパチニの娘」から、ややマイナーな「空想の殿堂」（"The Hall of Fantasy," 1843）、「利己主義、あるいは胸中の蛇」（"Egotism; or, The Bosom-Serpent," 1843）、「火を崇める」（"Fire-Worship," 1843）、「地上の大燔祭」（"Earth's Holocaust," 1844）、「ドゥラウンの木像」（"Drowne's Wooden Image," 1844）、「クリスマスの宴」（"The Christmas Banquet," 1844）、「情報局」（"The Intelligence Office,"

1844)、にいたるまで、その登場人物達は往々にして人間性を損なうほどに自身の目的の虜となり、多かれ少なかれ彼らの追究は悲劇的あるいは不毛な結末に終わる。序文を貫くプロヴィデンスの自然の秩序という概念が、これらの作品へのアンチテーゼとなり、短編集に一つの枠組みを与える役割を果たしているのだが、いくつかの例を詳細に見ていきたい。

半自伝的序文である「旧牧師館」では、コンコード川の小旅行をする作家とチャニング(William E. Channing, 1818–1901)は、岸部の森で食事の準備をする。森の中が彼らの「台所と祝宴場」となり、二人は「料理の厳粛な儀式」を行い「苔むした丸太(a moss-grown log)」をテーブルとして食事の配膳をするのに忙しく立ち働く。その楽しげな様子に、まるで子鬼や幽霊までもが誘われて「陽気な賑わい」に笑い声を加えるように思われる(X, 24)。ところが本体に収録の「ロジャー・マルヴィンの埋葬」では、同じく「倒れた大木の苔に覆われた切り株(the moss-covered trunk of a large fallen tree)」(X, 357)で食卓を準備するドーカス(Dorcas)は、恐ろしい銃声を聞く。木々の間からさす日没の光は「彼女の憶測の中に多くの幻想を想起させるのに十分薄暗い」(X, 359)もので、作家とチャニングの陽気な賑わいとは正反対の状況が描かれる。

また「旧牧師館」では、秋になると、夏の間中さ迷い出ていた放浪者がだんだんと旧牧師館の「炉端（fireside）」（X, 28）に引き寄せられる。それというのも、ここでは冬の訪れまで「機密ストーブの忌まわしさ（the abomination of the air-tight stove）」が仕舞い込まれているからなのだ。一方、「火を崇める」では、炉端が気密ストーブにとって代わられてしまっている。語り手は火への崇拝が失われたことを嘆き（X, 147）、薪が燃える火の温かみと、人工的に気密性を高めたストーブが発する強い熱との違いを訴える。

これらの例は、個々の作品の限られたフレーズや場面を対照させた断片的なアイロニーの一例だが、『天路歴程』をパロディー化した「天国行き鉄道」になると、「眠り」のモチーフがアンチテーゼを提示するプロットの展開に用いられ、序文との対比がより精巧に成される。「天国行き鉄道」の巡礼者は徒歩ではなく鉄道を利用し、迅速で楽な旅を好む。そして一刻も早く楽に天国に到着したい彼らは、「かの魔法の地の眠りを催す作用（the slumberous influences of the Enchanted Ground）」（X, 205）を振り切って先を急ぎ、地獄に落ちる寸前まで行く。一方、「旧牧師館」では、「魔法の地（the Enchanted Ground）」（X, 28）に例えられた旧牧師館には、語り手である作家の友人達が、喧騒に満ちた社会から逃れるように次々と訪れて安らかにまどろむ。

客人達は誰もがみな眠りを催す作用（a slumberous influence）を感じ、椅子に座って眠りに落ちたり、ソファーの上で悠々と昼寝をしたり、果樹園の木々の木陰で身体を伸ばし、ぼんやりと夢見るように枝を見上げたりした。彼らは私の住居に対しても、もてなし役としての私の資質に対しても、これ以上の意に適う賛辞を与えることはできなかっただろう。私はそれを、彼らが通りの入り口で旧牧師館の石の門を通り抜けるときに心配事を背後に残してきたということ、そして、我々の中にもまわりにも、平穏と静けさをもたらすとても強力な催眠作用がたっぷりとあるということのひとつの証拠とした。（X, 28–29）

この地は、心配事を忘れ、平和と静けさを取り戻す場となっており、もてなし役を務める語り手はそこに喜びを感じているのだ。さらに語り手は次のように述べる。

私たちの魔法の輪の中にやってきた誰彼に、穏やかな精神という魔法を投げかける以上に素晴らしいことを成しえただろうか。それが十分に効果を発揮した暁には、あたかも彼らが私たちの夢でも見ていたかのように、ほのかな記憶だけを残して、その魔法から彼らを解き放った。（X, 29）

さらに、「旧牧師館」の眠りについての記述は続く。

現代において人々が、それを大きく欠くために苦労しているものは眠りなのだ！　世界はその広大な頭を一番手ごろな枕にもたせかけ、そして長く続く昼寝をとるべきだ。眠りは病的な活動（a morbid activity）によって狂わされてしまい、一方、それにもかかわらず、尋常ならざる覚醒によって、いまや人々は、現実と見紛う幻影によって悩まされている。もしすべての事柄が一旦、健全なる休息（sound repose）によって正しく矯正されたなら、それらの幻覚は本来の側面や性質を帯びることだろう。これこそがこれまでの妄想（delusions）を取り除き、あらたな妄想を避け、無邪気なまどろみから目覚めた幼児（an infant out of dewy slumber）のごとく、しかるべきときに覚醒するようにして人間を再生させる唯一の方法であり、何が正しいかという明快な認識（the simple perception of what is right）とそれを達成したいというひたむきな願望を私達に復活させる（restoring）唯一の手法なのだ。このどちらもが、今や全世界を苦しめている疲弊した脳の活動（this weary activity of brain）と、麻痺するか激するかした心の中で失われてきたものなのだ。これまでこの病を抑えるために試みられてきた唯一の方法が酒だったのだが、それは却って妄想(the delirium)を強めるだけなのだ。(X, 29–30)

ここでホーソーンは、過剰な活動による眠りの喪失とそれがもたらす幻影や妄想、そしてまともな感覚を取り戻すための休息の必要を数ページにも渡って述べる。プロヴィデンスの自然の秩序に従った四季の変化が豊かな恵みをもたらすように、健全な眠りのサイクルが人間に正しい判断を下す正常な感覚を取り戻させるというのだ。

さて、ここでの「魔法の地」は名称もそのままに『天路歴程』から借用されているのだが、作家が、眠りに関するこの箇所でシェイクスピアの『テンペスト』のモチーフを取り入れていることにも注目する必要がある。『テンペスト』では、プロスペロの魔法が支配する世界から物語が始まり、その魔法が解かれて世界がプロヴィデンスの自然の秩序へと回帰するところで物語が閉じられるが、彼が魔法を解く次の二つの場面で「旧牧師館」の「覚醒」、「幻影」、「沸き立つ脳」などと類似するモチーフが見られる。まず、実体の無い幻影が消えゆく第五幕の円団に向かう場面のプロスペロの言葉を見てみよう[6]。

厳かな調べだ、これに優る慰めは他にあるまい、
狂った想いを鎮め、病める脳の働きを癒してくれよう――
今はその頭蓋骨の中でいたずらに煮えたぎっているお前の脳味噌を、ええい、そこに立っていろ、
呪いに縛られている、身動き出来るものか……
徳高きゴンザーロー、高潔の士とは正にお前の事だ、
私の目を見ろ、お前の目に宿る美しい滴に和して、
こうして涙を流している……呪いはすぐ溶ける、
朝が夜の帳に忍び寄り、
その闇を溶かしてしまうように、この連中の心の働きも徐々に恢復し、
明智を蔽う無明の霧を追い払おうとしている……

（5. 1. 58–68 傍線は筆者）

ここでの傍線部の原文は「狂った想いを鎮め、病める脳の働きを癒してくれよう（To an unsettled fancy, cure thy brains）」、「今はその頭蓋骨の中でいたずらに煮えたぎっているお前の脳味噌（Now useless, boil'd within thy skull）」、「呪いはすぐ溶ける（The charm dissolves apace）」、「その闇を溶かしてしまう（Melting the darkness）」、「心の働きも徐々に恢復する（their rising senses）」、「明智（Their clearer reason）」となっている。これらには、「旧牧師館」における、「脳の疲れ切った働き（this weary activity of brain）」、「病的な活動（a morbid activity）」が見せる「妄想（delusions）」、「幻影（vision）」、「まともな物事に対する純粋な感覚（the simple perception of what is right）」の回復によって消される「眩惑（the delirium）」などとの類似が見てとれる。

　また、同じくプロスペロの魔法による幻影が消えていく第四幕の次の場面では、眠りと幻影の関連性が描かれる。

余興はもう終わった……あの役者どもは、
先にも話しておいた通り、いずれも妖精ばかりだ、
そしてもう溶けてしまったのだ、大気の中へ、淡い大気の中へ、が、
あのたわいの無い幻の織物と何処に違いがあろう、
雲を頂く高い塔、綺羅びやかな宮殿、
厳めしい伽藍、いやこの巨大な地球さえ、

因よりそこに棲まう在りと在らゆるものがやがては溶けて消える、
あの実体の無い見せ場が忽ち色褪せていったように、
後には一片の霞すら残らぬ、吾らは夢と同じ糸で織られているのだ、
ささやかな一生は眠りによってその輪を閉じる……

（4. 1. 146–163　傍線は筆者）

これらの傍線部の「溶けてしまったのだ、大気の中へ、淡い大気の中へ（melted into air, into thin air）」、「たわいの無い幻の織物（the baseless fabric of this vision）」、「溶けて消える（dissolve）」、「ささやかな一生は眠りによってその輪を閉じる（our little life/ Is rounded with a sleep）」なども、やはり「旧牧師館」の「健やかな眠り（sound repose）」、「幻影（vision）」といったモチーフ、そして「さわやかなまどろみ（dewy slumber）」で幻影が消されるというテーマと重なる。『テンペスト』のこの場面での眠りは、人生の終わり、あるいは物語の終わりを示唆するが、眠りのサイクルが人間の自然な営みであり、覚醒しつづける脳の幻影を消すというテーマとその表現が『テンペスト』と「旧牧師館」の両者に共有されていることがわかる。これらは単なるモチーフの借用というよりは、精巧な間テクスト性を用いて序文と収録作品をつなぐ枠を構築す

る試みといえる。

さて、エリオット（G. R. Elliot）は『テンペスト』のこの場面について、直後に言及されるプロヴィデンスとの関係を指摘し、物語世界がプロスペロの魔法による支配からプロヴィデンスの秩序へと回帰する方向を示す役割を持つと述べているが（9）、そのプロスペロの魔術は、ルネサンス期の新プラトン主義的な神学、哲学であるとともに当時の科学を示している。壮大な調和のうちに統合されている宇宙的調和と同化し、自然を変容させる力を得た知者は、科学者でもあり魔術師でもあるのだ（藤田 四六―四七）。そして「万物を統合」するものがプロヴィデンスであり、自然秩序を変容させる魔術によって作り出された幻影は、その魔術を解くことで元の自然のエレメントに戻り、プロヴィデンスの秩序へと回帰して消えることになる。

シェイクスピアを愛読したホーソーン[7]はこの場面で描かれるイメージをよほど気に入っていたとみえる。彼がノートブックスや作品で『テンペスト』に言及する際には、必ずといって良いほどこの場面を引用しているからだ。例えば『七破風の屋敷』ではピンチョン判事（Judge Pyncheon）の富や名声を幻想の宮殿に喩えて「建築全体が溶けて淡い空気となる（the whole structure melts into thin air）」（II, 230）と描き、赤ん坊の長男ジュリアン（Julian）が林檎をほおばる様を「大きくいっぱいに開いた口は巨大な地球（the great globe）ごと飲み込んでしまいそうだった」と描写している（VIII [*The American Notebooks*], 401）。また、夫妻が友人に宛てた手紙では「毎日、ユーナ（Una）の小さな一生は眠りによってその輪を閉じる（Her [Una's] little life is rounded with a sleep every day）」（XVI, 109）と書き送っている。この書簡はソファイアの手によるものだが、『テンペスト』のこの場面は彼女が「もっとも好んだ引用文」（XXI [*The English Notebooks 1853–1856*], 621）なのだ。また後にイギリスを訪れたホーソーンは、古い寺院の「文字通り雲を頂いた塔（literally "a cloud-capt tower"）」（XXI, 222）や、「一片の霞すら残していない（leaving "not a wrack behind"）」（XXI, 446）遺跡、というように『テンペスト』の表現を用いて描写を行っている。ホーソーンが『テンペスト』のこの箇所を幾度も好んで引用するのは、『リア王』の「成熟がすべて」や『ハムレット』（Hamlet, 1603）の「一羽の雀が落ちるのにもプロヴィデンスの特別の計画がある（There's a special providence in the fall of a sparrow）」（5. 2. 219–220）とともに、シェイクスピアによるプロヴィデンスの文学的表現が、「人間世界の偶然の出来事は神の計画」を信条とする作家の想像力に強く訴えたからであろう。新婚時代をエデンと称するコンコードの旧牧師館で過ごしたホーソーンは、夕刻になるとソファイアにシェイクスピア作品を読み聞かせたという。ホーソーンはソファイアとの出会いにより、彼女が好む「人間世界の偶然の出来事は神の計画」という表現を用い始めたが、シェイクスピア作品のモチーフを自身の作品の題材として積極的に取り入れ始めたのも同時期である。ホーソーンが「旧牧師館」にシェイクスピアのモチーフによってプロヴィデンスの概念を導入し、序文と短編集を有機的に繋ぐ枠組みを作り、全体をひとつの作品とみなす試みを行ったとしても不思議なことではない。

さて、ここまで「旧牧師館」に一貫して描かれる自然の秩序が、他の作品のアンチテーゼを提示するひとつの枠組みを構築していることを見てきたが、自然と人工の対比に『テンペスト』が重要な役割を果たしていることに鑑みれば、「ラパチニの娘」の議論を欠かせないのは明らかだ。なぜならば、この短編では単なるフレーズやモチーフに留まらず、登場人物、物語の背景、プロット、テーマに至るまで、あらゆるレベルで『テンペスト』をモデルとしているからである。実際に『テンペスト』への言及が作中でも行われており、「旧牧師館」との関連において「ラパチニの娘」が特別の位置にあることが予測される。ラパチニ博士（Giacomo Rappaccini）とベアトリーチェ（Beatrice）は『テンペスト』におけるプロスペロとミランダ（Miranda）をモデルとしているが、自然の秩序に従う旧牧師館の庭がプロヴィデンスに回帰する『テンペスト』のモチーフで描かれるのとは対照的に、ラパチニの庭では人工の過剰が加速していく。そして『テンペスト』のミランダとフェルディナンド（Ferdinand）の幸福な結婚とは対照的に、ジョヴァンニ（Giovanni Guasconti）とベアトリーチェは悲劇的結末を迎える。『旧牧師館の苔』の序文で予告される内容が、本体の内容と深く関わり、その結末が予告と異なる点で、後に続くロマンスにおける序文と本体との関係に近い。そこで次に「ラパチニの娘」と「旧牧師館」との関連を詳しく見ていきたい。

三　ベアトリーチェをめぐる「二重のナラティヴ」

「ラパチニの娘」はホーソーン作品の中でも最も難解な作品のひとつとされてきた（Fogle 91）。ここでは、まずその概要を述べておこう。物語はナポリからやって来た医学生ジョヴァンニが、下宿屋に隣接するラパチニ博士の庭園に美しいベアトリーチェを見かけるところから始まる。この庭園の植物は彼が生み出した人工の毒を帯びているのだが、娘のベアトリーチェも父による人体改造の結果として毒を帯びるようになっている。それと知らずに美しく清らかな彼女に惹かれていくジョヴァンニに、ラパチニをライバル視するバリオニ教授（Pietro Baglioni）が近づく。ラパチニの実力に劣等感と嫉妬心を抱くバリオニはベアトリーチェが毒女であることをジョヴァンニに告げ、自分が作った、より強力な解毒剤を彼女に飲ませて、ラパチニによる毒を消すように勧める。ベアトリーチェの正体への懐疑を抱きつつ逢瀬を重ねたジョヴァンニは、やがて自らの身体も毒を帯び始めたことを知る。彼はベアトリーチェに怒りをぶつけ、バリオニの解毒剤を彼女に与える。解毒剤を飲んだベアトリーチェは、自分に毒を帯びさせた父と、彼女の言葉を信じなかったジョヴァンニを責めて死んで行く。娘の死に呆然とするラパチニに、彼の実験が失敗に終わったことを勝ち誇ったように告げるバリオニの言葉で物語は閉じられる。

この物語の難解さは主に「毒に染まった清らかな天使」(8)というベアトリーチェが持つ相反する特質と、視点的人物ジョヴァンニの信頼できない語りにあるといえる。この節では、これらの二つの要素に注目しながら、ホーソーンが、プロヴィデンスの概念を用いて「旧牧師館」と「ラパチニの娘」の間にどのように有機的な繋がりを構築する試みを行っているかを検証する。序文(9)と「ラパチニの娘」を関連付けるホーソーンの手法は、実験的ではあるが、後のロマンスの創作においてより精巧な形で導入されることとなる。その実験的手法を、「旧牧師館」と「ラパチニの娘」の相補的関係、両者の語り手が共有するモラル、そして読者に向けられた序文の警告といった点を中心に見ていきたい。

「ラパチニの娘」では、科学至上主義のラパチニ博士、彼に嫉妬心を燃やすバリオニ教授、情欲に駆り立てられる未熟なジョヴァンニがそれぞれの目的の虜となってベアトリーチェを破滅に追いやっていく。ここで注目したいのは、彼らの目的は異なるものの、それぞれの欲望の高まりとともに、何らかの物質を凝縮して致死的な毒を生み出す行為に至るという共通点を持っていることである。ホーソーンは想念の虜となる人物を描く際に、しばしば、凝り固まった精神と物質的な凝固とを重ね合わせて描いている。例えば「鉄石のひと」("The Man of Adamant," 1837)では頑ななディグビー(Richard Digby)は文字通り石と化し、「イーサン・ブランド」("Ethan Brand," 1850)では、許されざる罪を追究したブランド(Ethan Brand)の心臓もまた大理石と化す。

「ラパチニの娘」の三人の男達の執着心や心の偏執は、ディグビーやブランドの身に起きたような石化ではなく毒物の蒸留や精製という形で描かれる。彼らの性質は「根気強い(assiduous)」(X, 95)、「集中した(intent)」、「余念なく(intently)」、「没頭(intentness)」(X, 95, 103, 106, 107)といった、対象に向ける執拗な集中を表す語で描写される。結果として、彼らを取り巻く物語世界は「ありあまる(plentiful)」(X, 126)、「過分な(superabundant)」(X, 121)、「過剰な(redundant)」(X, 97)といった人工の過剰を表す言葉で彩られる。そして男達が個々のこだわりを物質に転化するプロセスは「蒸留する(distil)」(X, 94, 119, 126)、「濃縮する（condense）」（X, 109）、「圧縮する（compress）」（X, 97）といった物質の濃度や密度を高める行為で表される。これらの一連の語の多用によって、三人の男達の執着の傾向が強まるにつれ、彼らの物質を凝縮する行為が前景化され、結果として物語全体が人工の過剰、すなわち、自然の秩序に反する方向に展開することになる。

一方、ベアトリーチェは三人の男性とは相反する方向、すなわち自然へ回帰する方向へと変容していく。当初、父ラパチーニ博士の完全な支配下に置かれていたベアトリーチェは、ジョヴァンニとの出会いによって、徐々に父の束縛と影響から離れていく。彼との出会いによって、ベアトリーチェの熱情の色合いは消え、彼女自身や彼女を取り巻く環境が、「混じりけの無い（simple）」（X, 111, 112, 120）、「純粋な（pure）」（X, 112, 120）、「自然な（natural）」（X, 120）という形容詞で描写されるようになる。その変化のプロセスは「消える（vanish）」、「溶ける（dissolve）」（X, 112, 120）などの、「凝縮」や「濃縮」とは逆に、物質が拡散し、濃度が薄まり、消えていく様を表す語で表現される。このように、人工の過剰と自然への回帰という相反する方向に向かう二重のプロットの存在が「毒に染まった清らかな天使」というベアトリーチェの多義性を生み出すことになる。バリオーニとラパチーニのライバル闘争に加え、この作品を複雑にする視点的人物であるジョヴァンニの存在によって彼とベアトリーチェの恋愛物語が進行するという二重構造[10]についてはこれまでも指摘されてきたが、本節では、作中で言及される凝縮と拡散という、相反する方向性の表現に注目し、「二重のナラティヴ」を構成する、二つの矛盾するプロットを検討する。

科学至上主義者であり、神を超えて自然を支配しようとするラパチーニ博士は科学の力で、ベアトリーチェに「敵がどのような権力や力を振るっても太刀打ちできない素晴らしい能力」(X, 127) を授けようと目論んで、培養する植物から魔法と同じくらいに強力な薬を「濃縮する (distil)」(X, 94)。その結果、彼は自然界では存在しえない強力な毒薬を作り出したと言われている (X, 100)。博士が他に類をみない「熱心さ (intentness)」(X, 95) で観察する植物は、どれも「膨大な量の水 (a plentiful supply of moisture)」(X, 95) を必要とし、中でも庭の中心で茂る灌木の毒を帯びた花は「濃厚な香り (the heavy perfumes)」を発し、紫色の宝石のごとく「あまりにも眩く (so resplendent)」(X, 95) 輝くので、日光がなくても庭を照らしだすほどである。このように何もかもが過剰なこの灌木はベアトリーチェの「姉妹」であり、「生命と健康とエネルギーが過剰 (redundant with life, health, and energy)」な彼女の特質はさらに「処女帯 (virgin zone)」で「きつく縛られ (girdled tensely)」、「束縛され圧縮されて (bound down and compressed)」(X, 97) いる。このようにラパチーニ博士の「科学に対する異常なまでの情熱

(insane zeal for science)」(X, 119) は、濃縮や圧縮による過剰のイメージによって表される。

　そして、ラパチニと積年のライバル関係にあり、常に劣勢(X, 100)とされてきたことで募るバリオニの嫉妬心もまた毒物の精製という形で物質化される。博士の娘のベアトリーチェにさえも、教授の座を奪われるのではないかと劣等感を抱いているバリオニは、ジョヴァンニを凝視するラパチニに警戒心を抱き、旧友の息子であるジョヴァンニまでラパチニに取り込まれてしまうのではないかとライバル心を掻き立てられる。こうして「執着心(pertinacity)」を強めた彼は、ジョヴァンニの後姿を「熱心に(intently)」(X, 106–07)見つめ、ラパチニ博士に対抗することを決意する。そしてベアトリーチェの身体の毒に勝る「薬草を蒸留した(distil[ed] of blessed herbs)」(X, 126)解毒剤を作る。しかし、この薬はベアトリーチェの身体には劇薬として働き、彼女を死に至らしめる。科学への飽くなき追究で人間性を失ったラパチニを「自分の心臓を蒸留器で蒸留してしまった(distilled his own heart in an alembic)」(X, 119)とバリオニは非難するが、自身の嫉妬を薬草の蒸留で毒物へと凝縮させ、その毒を飲んで死にゆくベアトリーチェを見て勝ち誇るバリオニもまた自分の「心臓を蒸留」してしまったのだ。

　心の偏向の高まりと物質の凝縮とがパラレルに進行するパターンは、未熟で自己中心的な欲望に駆られるジョヴァンニにも当てはまる。バリオニ教授の嫉妬混じりの話からベアトリーチェに対する「強烈な（intense）」（X, 103）好奇心を掻き立てられたジョヴァンニは、リザベッタ（Lisabetta）に誘導されてラパチニの庭に入る。そこで彼の「夢は霧のような物質から凝縮して、手で触れることのできる実体になった（dreams have condensed their misty substance into tangible realities）」（X, 109）のである。ベアトリーチェとの逢瀬を重ね、ますます高まる疑念と欲望は凝縮してゆき、やがて彼の身体も過剰な活力を帯び、その頬は「有り余る生命力（superabundant life）」（X, 121）で火照る。やがて、自分の肉体が毒に染まったことを知ったジョヴァンニは、「心から取り出した有毒な感情（a venomous feeling out of his heart）」（X, 122）をたっぷり吹き込んだ息で虫を殺してみせ、憎悪の言葉をベアトリーチェに浴びせる。ジョヴァンニの文字通り「破滅的な言葉（blighting words）」（X, 126）は、バリオニの毒よりも強くベアトリーチェに致命的な影響を及ぼす。彼女が、ジョヴァンニの本性には「最初から私よりもっと多くの毒を帯びていたのではなかったでしょうか」（X, 127）と非難するように、彼はその「有毒な感情」に「悪魔のような蔑み」（X, 124）を加え、物質的な毒に凝縮してみせたのである。「ラパチニの娘」ではこのように、自分の目的や想念の虜となった三人の男達が、次々と「蒸留」、「濃縮」といった人工的な手法を用いて自然界には存在しない猛毒を生み出す。そのプロセスを描く表面のプロットは、物語を加速度的に人工の過剰へと向かわせて悲劇的な結末へと導くのだ。

一方で「ラパチニの娘」には、人工の毒を帯びていたベアトリーチェが自然に回帰していく変容が描かれており、人工に向かう表面のプロットに逆らうプロットが組み込まれている。物語の始まりで、すでに彼女は父の科学によって心身ともに過剰な特質と毒性を帯びており、さらには男性をおびき寄せる父の計画にも与している。バリオニの「彼女に会う好機に恵まれた男性は半ダースもいない」(X 101)という言葉やリザベッタの「多くの若者が金貨を払って庭に入ろうとした」(X 108)という言葉から推測されるように、ジョヴァンニより前にベアトリーチェがすでに何人かの男性に会っている可能性が示唆されている。その意味では必ずしもベアトリーチェは無垢であるとは限らず、彼女自身も「麻痺しているがゆえに平静」(X, 124)であったに過ぎないと、父の言いなりに行動してきたことを認めている。つまり彼女は、邪悪な父の計画に疑問を抱くこともなく盲目的に従ってきたのであり、彼の「破滅的な科学への愛」(X, 123)の結果として、身体だけでなく父親の影響を受けた心も不自然な状態であったといえる。

しかしジョヴァンニと親しく会話を交わす中で、ベアトリーチェの「物腰を染めていた熱情の色合い」(X,112)は消える。そして、何もかもが過剰であった彼女の特質は人工的に高めた純度ではなく、自然本来の純粋さを取り戻していく。そして生まれて初めて、ベアトリーチェは姉妹ともいえる毒を持つ灌木のことを忘れる（X, 113）。ここには父の支配から離れていく彼女の変化が示唆されている。また、ジョヴァンニの彼女に対する疑心暗鬼も一時にせよ、「彼女の性質の清らかな輝きの中で溶けていく（dissolving in the pure light of her character）」（X, 120）。そして死の間際に彼女は、父親が彼女の本性に混ぜてきた邪悪が夢のように「消えゆく（pass away）」（X, 127）ところに行くのだと、父の支配からの完全な脱却を宣言する。このように、ベアトリーチェの自然への回帰は、人工的に濃度や密度を高める「凝縮」「濃縮」といった語とは逆に、「溶ける」「消える」といった、物質が拡散して濃度が薄まる語によって描かれる。

ベアトリーチェの過剰なエネルギーとジョヴァンニの熱に浮かされた幻影が解けていく場面で、語り手はその時の彼女の感情を、「文明国からやってきた航海者と会話した孤島の乙女が感じたかもしれないことと似ていなくもなかった」（X, 112）と述べ、『テンペスト』のフェルディナンドとミランダの関係を示唆する。前述のように「旧牧師館」で用いられる『テンペスト』の場面は、科学者でもあり魔術師でもあるプロスペロが、ミランダとフェルディナンドの仲睦まじい様子に心を打たれて人為的な魔法を放棄する箇所である。プロスペロの魔法が解かれると、彼が作り出した人工の幻影は溶けて、分解され、大気へと戻り、物語の世界は自然の秩序へと回帰していく。しかし、「ラパチニの娘」ではラパチニ博士は邪悪な目的を放棄せず、ジョヴァンニは脳が描く幻影に惑わされて真実を見誤り、バリオニの嫉妬は募り、彼らの作る毒は彼女を死に至らしめる。この物語では人工の過剰に向かう力があまりに強く、自然への回帰に向かう力を抹殺してしまうのだ。

それでは、ジョヴァンニが人工の過剰に向かうことを思い留まり、ベアトリーチェの本質を認識できたとして、毒を帯びた二人が自然に回帰する可能性はあったのだろうか。『旧牧師館の苔』に収録されている「痣」にこの疑問を解く手がかりが示されているようだ。「痣」では、科学至上主義者エイルマー（Aylmer）が、美しい妻ジョージアナ（Georgiana）の頬の痣を消す薬を作り出し、その強力な薬でジョージアナを死に至らしめる。このように、科学至上主義、薬の蒸留、結末の死という、物語の素材と展開において「痣」と「ラパチニの娘」は類似している。しかし、両作品で問題となるジョージアナの痣とベアトリーチェの毒には、それぞれのタイトルで示唆される決定的な違いがある。“The Birth-mark” という原題が示すとおり、ジョージアナの生まれつきの痣の本質は自然であり、人間の不完全さのシンボルである痣を取り除くことは人間としての死を意味する。一方、「ラパチニの娘」はそのタイトルが示すとおり、父の支配下にあるベアトリーチェが帯びた毒は自然界には存在しない人為的なものであり、毒の本質は人工であり、それを取り除くことが人間そのものの死を意味するわけではない。

それではなぜ、ベアトリーチェは人為的、後天的な毒を取り除くことで死に至らねばならなかったのだろうか。彼女を死に至らしめたバリオニの解毒剤について、語り手は「あまりにも徹底的に彼女の肉体はラパチニ博士の人体改造の影響をうけていたので、ベアトリーチェにとって毒は彼女の生命となっており、強力な解毒剤は死であった」（X,127–28）と述べる。この語りで説明されるのは、ラパチニによって後天的に改造された肉体に、バリオニが人為的に濃縮した解毒剤が「強力」であるが故に生命を奪ったということであり、彼女の本質が毒であったということではない。ここで想起されるのが『ブライズデイル・ロマンス』で語り手としてのカヴァデイル（Miles Coverdale）が展開する人間改革についての次の主張である。

神は、豊かな心のエキスが、不自然な方法（an unnatural process）で荒々しく搾り出され、蒸留されたアルコール飲料（distilled into alcoholic liquor）のようになることを意図するのではなく、人生を甘く穏やかで静かな善行心に富んだものにし、他者の心と人生に、それとわからないように流れ込んで、同様の祝福された目的へといたることを意図しているの

である。(III, 243)

ここで語り手は、ひとつの想念に囚われた人間の心が破滅する危険性について述べ、不自然に「蒸留」したアルコール度の高い酒と、過激な社会改革とを重ねあわせている。[11] 人間の心は、無理やり人為的に濃縮してアルコール度を高めた蒸留酒のように改革されるのではなく、自然の力、バッカスの働きで熟成する葡萄酒のような、それとわからないような穏やかな変化のプロセスを辿ってなされなければならないと主張しているのである。ラパチニが濃縮した毒を帯びたベアトリーチェの肉体を生まれたままの自然な状態に戻すには、バリオニが蒸留した強力な解毒剤によってではなく、穏やかな自然のプロセスによって取り除かれなければならなかったのだ。

実際に、ベアトリーチェは解毒剤を飲む前に、すでにジョヴァンニとの出会いで人間らしい自然の愛情に目覚めて「女性としての繊細で優しい力」(X, 122) を持つようになっており、前述したように自然の状態へと変容しつつあった。ベアトリーチェはジョヴァンニに「私のことで空想したことは何もかも忘れてください。外面的に真実だと感じても、本質においては間違っているかもしれません」と言い、彼女の「口から漏れ出る言葉」(X, 112) を信じてほしいと願う。もし、彼が目にする外面に刺激を受けるよりも彼女の言葉の真実に耳を傾ける分別を持っていたら、物事の本質に気づくチャンスもあったのだ。ジョージアナの痣と異なり、ラパチニが娘に与えた毒が彼女の本質でない以上、もしベアトリーチェと手に手をとって人工のエデンを去り、ラパチニの支配から逃れたならば、徐々に人為的な毒はその濃度を弱め、拡散して消える可能性もあったはずである。しかし、ジョヴァンニは興奮した脳が描く幻影を消すことができず、ラパチニは科学至上主義から脱することはなく、バリオニは嫉妬を募らせ、物語は人工の過剰に満ち、悲劇的結末を迎えることになる。

このように、プロヴィデンスの自然の秩序によって提示される「旧牧師館」のテーマは「天国行き鉄道」や「火を崇める」のアンチテーゼとなっているのと同様に「ラパチニの娘」に対するアンチテーゼともなっていることがわかる。しかし「ラパチニの娘」の場合は、他の短編とは異なり、「旧牧師館」における自然の秩序というプロヴィデンスの属性によって、作中の人工の過剰と自然への回帰という二つの相反するプロットの存在が浮かび上がるという意味で、序文との有機的な繋がりがより精巧に構築されているといえる。この序文のテーマとの相互関連から、オクシモロニックな「毒に染まった清らかな天使」というベアトリーチェの性質には、当初、毒に染まったおぞましい創造物として登場するベアトリーチェが清らかな天使へと変容していくプロセスが含まれていることが明確になる。そしてそのプロセスを抹殺するメインプロットの人工の過剰というテーマがより効果的に提示されることになる。

「旧牧師館」と「ラパチニの娘」との有機的関連を考える際にもう一つ重要な点は、両者の語り手が共有するモラルである。「旧牧師館」の語り手が、『テンペスト』のモチーフを用いながら、「疲弊した脳の活動」が引き起こす「妄想」を取り除き、「何が正しいかという明快な認識」を復活させる必要性を主張していた(X, 29–30)ことを思い起こしてもらいたい。一方、ジョヴァンニを視点人物として物語を描写してきた「ラパチニの娘」の語り手も、物語の終盤で突如ジョヴァンニの視点から逸れて彼を非難する場面で次のように述べる。

もしジョヴァンニがさまざまな記憶をどのように判断すれば良いか分かっていたなら、すべての忌まわしい謎は単なる地上の幻影に過ぎないことを、たとえどのような邪悪の霧が彼女のあたりに立ち込めたかに思えたとしても、本当のベアトリーチェが清らかな天使であることを、これらの記憶が確信させてくれたであろうに。(X, 122)

語り手は、「崇高な信念」(X, 122)を持つことができないジョヴァンニの未熟さを強調し、序文の語り手と同様のモラルを示して、欲望が描く幻影を消して純粋な記憶に基づいて、何が正しいかの判断を下すべきであったとジョヴァンニを批判するのだ。

さらに、「旧牧師館」における語りと共鳴してジョヴァンニを非難する語り手のモラルは、「ラパチニの娘」を読む読者への警告ともなっている。「ラパチニの娘」では、これまで見てきたように、過剰さや凝縮を示す言葉自体が、それこそ短い物語の中に過剰に詰め込まれて凝縮されており、そのテクストに刺激された読者の脳は、鮮烈な色を再現し、濃密な香りを想起させ、エロティックで幻想的なイメージを描く。つまり「ラパチニの娘」という作品のテクスト内の現象である過剰と凝縮は、それを表す言葉の過剰さ、密度の高さによって、テクスト外の読者の脳を刺激し、覚醒させて想像力を掻き立てる装置ともなっているのである。こうした序文で提示されるモラルが、本体の物語である「ラパチニの娘」の幻想の世界へ迷い込まされる読者に対するアイロニカルな警告、予告になっているという仕掛けは、『旧牧師館の苔』以後に創作されるロマンスにおける序文と本体との構造にも見られる。例えば『七破風の屋敷』の序文の語り手は呪いの物語を紹介すると言いながら、本体の物語はその逆の結末を迎える。『緋文字』では緋文字を凝視する序文の語り手が思い描く物語が本体の物語となるが、そこでは登場人物だけでなく、読者をも凝視に誘う仕掛けが成されている。ホーソーンが「旧牧師館」の執筆に苦労した背景には、ロマンスへの序奏となるスタイルとして、こうした枠組みを構築する試みがあったといえる。これまで見てきたように「ラパチニの娘」を筆頭とする、「すでに出版された一連の物語群に対する」精巧な枠組みを構築するのは誠に至難の業であったに違いない。

この章では『旧牧師館の苔』を扱い、プロヴィデンスが持つ属性を用いて構築された枠組み、序文における本体の物語のアイロニカルな予告、「二重のナラティヴ」が生み出される構造を考察し、序文と本体とを有機的に繋ぐ試みがなされていることを確認した。この試みが、ホーソーンの四つのロマンスではより完成された形で再現されていくことを続く章で考察していきたい。

注

（1）一八四五年七月一日に、ワイリー・アンド・パットナム社の編集者のダイキンク（Evert A. Duyckinck）に宛てた手紙でホーソーンが書いた言葉（X, 514）。

（2）一八二八年、ホーソーンは処女作『ファンショウ』を匿名で出版したものの、自身で回収して焼却した。

（3）『アフリカ巡航日誌』（*Journal of an African Cruiser*, 1845）はホーソーンの大学時代からの親友であり海軍士官であったホレイショ・ブリッジ（Horatio Bridge, 1806–1893）の航海日誌をホーソーンが編纂したものである。一八四三年から一八四五年にかけて派遣されたアフリカ艦隊に、ブリッジはペリー（Matthew C. Perry, 1794–1858）の旗艦船サラトガ号に主計官として同行した。ペリー艦隊の主な目的は、奴隷船の拿捕、リベリア植民地の視察、アメリカ船を襲撃した現地人に懲罰を与えることなどであった。ブリッジから航海記録を随時受け取ったホーソーンは、それにかなり手を加えて編纂を行った。こうして一八四五年に出版された『アフリカ巡航日誌』は売れ行きが良く一八五三年には再版が出された。これによって、ホーソーン自身、作家としての名を高めることになり、一八四六年にセイラムの税関職を得た。

（4）「旧牧師館」が仕上がるまでの経緯については、マクドナルド（John J. McDonald）の "'The Old Manse' and Its Mosses: The Inception and Development of *Mosses from an Old Manse*" に詳しい。

（5）ホーソーンの初期の短編における歴史的序文の意義については、丹羽隆昭の「『事実』よりも『真実』を——歴史とホーソーンの三短編——」（『アメリカ文学評論』第十八号）を参照。

（6）『テンペスト』の邦訳は、福田恆存訳『あらし』（新潮文庫）を用いている。

（7）ホーソーン作品におけるシェイクスピアの影響については、入子文子『ホーソーン・《緋文字》・タペストリー』（南雲堂）に詳しい（四五二—五三）。

（8）フェミニズム批評では例えばベイム（Nina Baym）は、ベアトリーチェの表象には女性の身体性を嫌悪する男性の強迫観念が反映されているとし（*The Shape of Hawthorne's Career* 108–09）、フィスター（Joel Pfister）は、ベアトリーチェを「奇怪な（monstrous）」と捉える見方は彼女を十九世紀の中産階級の価値観から逸脱する存在とみなすものだとする（40–47）。

（9）一八四四年に「ラパチニの娘」が『デモクラティック・レヴュー』に掲載された際にはこの短編自体に序

文がつけられていたが、一八四六年に『旧牧師館の苔』に収録する際に序文は削除され、一八五四年の改訂版で再び添えられた。その経緯には序文におけるオサリヴァンへの言及など政治的な理由があったとされる。

（10）マーティン（Terence Martin）はバリオニとラパチニのライバル関係の中に若い男女の物語が組み込まれており、その内側の物語を論じるには外側の物語との関連性を検討する必要があると指摘している（94）。

（11）ホーソーンの酒を用いたレトリックは『旧牧師館の苔』に集録された一八四三年と一八四四年の作品に集中して見られる。作家はこのメタファーのヒントを一八四〇年代のワシントニアン協会による禁酒運動（temperance movement）から得たようである。また『ブライズデイル・ロマンス』では同様のメタファーが一八五〇年代の禁酒法（メイン法）の批判に用いられている。これらの禁酒運動とメタファーについては本書の第四章で詳しく論じている。

第二章　『緋文字』

曖昧性を生み出すプロヴィデンス——幻影と「魔女」

『緋文字』では、清教徒達による「凝視」が重要なモチーフになっており、彼らのプロヴィデンスへの言及を通してさまざまなテーマをめぐる多様な解釈が提示される。一方、物語の表面下では、その清教徒の関心と解釈様式を利用して、緋文字Aの意味を徐々に変えていく「魔女」ヘスターの戦略のプロットが展開する。この章では、まず魔女や魔法使いが登場するホーソーン作品における幻影とプロヴィデンスとの関連についての考察をする。続いて『緋文字』の序文「税関」における曖昧性の提示、ならびに本体の物語における二重構造の検証を行いたい。

一　「プロヴィデンス物語（**providential tales**）」と目撃証拠

『緋文字』を初めとする、魔女や魔法使いが題材となるホーソーン作品では幻影が重要な役割を果たす。例えば、「三つの丘の窪地」（“The Hollow of the Three Hills,” 1830）、「アリス・ドーンの訴え」（“Alice Doane's Appeal,” 1835）、「若いグッドマン・ブラウン」（“Young Goodman Brown,” 1835）などの初期の短編から、『緋文字』や『七破風の屋敷』などのロマンスに至るまで、魔女や魔法使いが用いる魔法とは、人々に幻影を見せるものである。

ホーソーンはこの魔法と幻影というモチーフを十七世紀の清教徒の書物から得たとみられる。そこではプロヴィデンスの驚異の目撃事実を描くことが重要視されており、例えばコットン・マザー（Cotton Mather, 1663–1728）の『魔法と神懸かりに関する忘れ難きプロヴィデンス』（*Memorable Providences Relating to Witchcrafts and Possessions*, 1689）の冒頭では次のように宣言されている。

　全能の神の特別の采配と摂理（Providence）により、正に驚くべき魔術と神懸かりに関する数件のちょっとした歴史が今や世界に知れるようになっている。それらは、部分的には私自身の目視観察（Ocular Observation）によるものであり、また部分的には私が得た疑いようのない情報によるものであり、私はこれを伝えて同胞に注意を喚起しなければならないと考えた。（Mather 93–94）

驚異の魔法や神懸かりを目撃することと、神の存在を確認することとは表裏一体であり、マザーはここで伝えることが、自分自身の目で確めた事実であることを強調するのである。この後も「目撃証拠（Eye Witness）」（112）、あるいは「証拠」という言葉を繰り返しながらマザーは魔法と神懸かりの実例を紹介する。しかし、こうして目撃される魔法が、実体を伴うものか、魔法で見せられる幻影か、あるいは見たように思えたものか、それぞれの境界は当然、曖昧になることが予想される。

ホーソーンがコットン・マザーやインクリース・マザー（Increase Mather, 1639–1723）などの著作から創作の題材を得ていることは周知の事実であるが、[1] ここで、ハートマン（James D. Hartman）の『プロヴィデンス物語とアメリカ文学の誕生』（*Providence Tales and the Birth of American Literature*, 1999）を援用して、十七世紀のイギリスの清教徒が目撃にこだわった背景と、その慣習がインクリース・マザーやコットン・マザーなどによって新大陸にもたらされた経緯を概観しておきたい。

ハートマンは地上における奇跡、祈りの成就、予言などの神の行為に関連する物語を「プロヴィデンス物語（providential tales）」と定義している。神の奇跡を描く聖書はその典型であるが、航海技術の向上に伴う探検時代の到来、新科学の発展、宗教改革による不和、チャールズ一世と議会の抗争などによって実証主義、懐疑主義、無神論が社会に蔓延した十七世紀後半のイギリス社会で、この旧来の「プロヴィデンス物語」に劇的な変化が起こる。宗教者はこうした宗教の危機に対抗するために、神の存在と力を強調する「プロヴィデンス物語」を広め始めるのだが、この新しい「プロヴィデンス物語」は当時の自然科学と印刷技術の発展が反映されたものであった。一六六〇年に創設された自然科学者の学術団体「王立協会（The Royal Society of London for the Promotion of Natural Knowledge）」が推奨した科学的証拠に基づく実証的方法論を用いてプロヴィデンスの驚異を著述することが奨励され、それらの文書は、印刷技術の発展によって安価で大量販売されるようになる。そして商業的利益を上げるために「感傷流行歌」などとあわせて販売されたこれらのパンフレットは、純粋に宗教的でもなく、また単なる娯楽でもなく、厳密に科学的ともいえない新しい「プロヴィデンス物語」を生み出すこととなる。神と個人の対話を重視するプロテスタントでは、聖職者を介さずに俗語翻訳の聖書を自分で読み、聖書の奇跡が現在も起きていることを「自分の目」で確認することを重視した。その目撃証拠は王立協会が推奨する、比較、分類、対照などの科学的手法を用いて論理的に記述され、さらに特定の場所、名前、時間を詳細に記載した印刷物にすることで「実話」としての信憑性が高められ、新しいジャンルとしての「プロヴィデンス物語」が人々の間に流布された。そしてこの新しい「プロヴィデンス物語」が王立協会ともつながりのあったインクリース・マザーなどにより新大陸に持ち込まれたのである。新大陸にもはびこる懐疑主義、物質主義、信仰の堕落に対処し、神の地上支配を説き、信仰と啓蒙を協調させた新国家の展望を人々に示す為に、清教徒の指導者達は、イギリスの文化的背景を持つセンセーショナルな「プロヴィデンス物語」を神権政治下のニューイングランドで広める。(2) こうして、新大陸での驚異や新国家の建設(3)という言説が加わったアメリカ特有の「プロヴィデンス物語」が発展していくことになる。(1−2)

「丘の上の町」を建設すべくプロヴィデンスに導かれて新大陸にやってきたという大儀を掲げる清教徒達にとっては、英国国教会に叛旗を翻したのもプロヴィデンスの導きであり、新大陸で遭遇する脅威や苦難もプロヴィデンスが彼らに与える試練であった。神権政治下における個人の堕落は共同体と神との間の契約を破ることであり、共同体全体の破滅につながると考えられた。そして神権政治の権威者は信仰の堕落を正して共同体の結束を図るために、邪悪を通してプロヴィデンスの驚異を強調した。例えば、インクリース・マザーの『明らかなるプロヴィデンスの記録についての随筆』（*An Essay for the Recording of Illustrious Providences*, 1684）は、アメリカにおいて最初に魔術について書かれたものであり（Saari 99）、また、コットン・マザーの『魔法と神懸かりに関する忘れ難きプロヴィデンス』や『見えざる世界の驚異』（*The Wonders of Invisible World*, 1693）はそれぞれ、魔女の恐怖を広め、セイラムの魔女裁判（witch trials）（一六九二年）を正当化するものであった（丹羽、「魔女狩りナラティブ」十二）。こうしたプロヴィデンスの驚異の目撃を重視する「プロヴィデンス物語」は、セイラムの魔女裁判の「亡霊証拠（specter evidence）」[4]へと繋がり、その記録もまた「プロヴィデンス物語」として再生産されたのである。

さて、これらのニューイングランドの「プロヴィデンス物語」を素地とするホーソーンの作品では、魔女や魔法使いが用いる魔法とは人々に幻影を見せるものであり、現実と幻想の交錯が重要なモチーフとなっている。「三つの丘の窪地」や「アリス・ドーンの訴え」などの初期の作品では、実際に魔女や魔法使いが登場して、対象とする人物に魔法による幻影を見せる。

この幻影には、それを見る者の不安や願望が投影された映像が現れるのであるが、魔女や魔法という要素がゴシック性を与え、心理的テーマを提示する機能を果たしているといえる。

さらに「若いグッドマン・ブラウン」では、魔法使いが幻影を見せることを説明する語りの枠は外され、ブラウン（Brown）が参加する魔女集会は事実なのか、悪魔が見せる幻影なのか、それともブラウンの夢なのかは明示されず、「亡霊証拠」のメカニズムが作品の構造と重ねられ、それ自体が重要なテーマになっている。「若いグッドマン・ブラウン」では、森を行くブラウン自身の不安や疑心暗鬼に呼応してさまざまな人影や音が出現するが、ホーソーンはそれまでの作品で用いた魔女や魔法使いが幻影を見せるという設定を曖昧にしている。そして、幻影がブラウンの心から生じるメカニズムを前景化し、セイラムの魔女裁判で採用された「亡霊証拠」における亡霊が、人々の心の不安や願望から生み出されるものであることを描くのだ。(5)『緋文字』ではこの現実と幻想の交錯の新たなバリエーションが、「魔女」ヘスターの戦略という、本章で検証する表面下のプロット展開の鍵となる。

「プロヴィデンス物語」とホーソーンの創作との関連でもうひとつの重要な点は、作家自身が幻影を見てそれを作品に書き、今度はそのテクストを「読む／見る」読者が再び幻影を見ることになるという循環的なプロセスであり、読者に幻影を見せる創作行為に作家が魔法との類似性を見出していることである。例えば『おじいさんの椅子』(*Grandfather's Chair*, 1840) では、コットン・マザーが魔女狩りで果たした役割について語り手のおじいさんは次のように説明する。

ニューイングランドの創設期より、あらゆる疑惑や困難について助言を求めて牧師に頼るのが住人の慣習であった。彼らも今やそうしたのだが、不運なことに、無学の人々よりも聖職者や賢人のほうがより惑わされやすかった。学識豊かで傑出した牧師であったコットン・マザーは、天国への希望を棄て去って魔王 (the Evil One) との契約に署名した魔女や魔法使いが国中に跋扈していると信じたのだった。

(VI [*True Stories from History and Biography*], 78)

さらに「大変な本の虫」であるマザーは「時には大部な本をむさぼり読み、時には同じくらい大部な本を書きなぐった」(VI, 93) とも描写される。孫娘の「魔女狩りの幻惑はコットン・マザーによって引き起こされたという部分もあったのではなかったかしら?」という問いに対し、おじいさんはマザーが「その騒動の主犯だった」としながらも、「書斎の隙間や片隅に悪魔がひそんでおり、夜にたくさんの本のページをめくっていると、そこから悪魔が覗きだすと、マザー自身が思い描いていた（imagined）」（VI, 94）と答える。マザーは読書で刺激された想像力によって自らが呼び起こした悪魔の幻影を目撃し、それを現実だと信じて「事実」を伝える文書を広め、それを読んだ読者が再びマザーのように悪魔を見るというサイクルによって、結果的に魔女狩りを扇動する張本人になってしまったというのである。

創作行為と幻影を見せる魔法との関係は「アリス・ドーンの訴え」にも見られる。ここでは作家志望の若者が、二人の若い女性に物語を聞かせるという枠物語になっている。そしてその内側の物語で魔法使いがアリス（Alice Doane）に幻影を見せるのだが、それと同様に、外枠の語り手である、作家志望の若者もまた魔女狩りの丘で催眠術的効果を用いて、聞き手の女性達に幻影を見せる。そして彼の幻影の中に、人々を魔女狩りの狂気に駆り立てたマザーを登場させ、彼こそが「悪魔自身の権化（the visible presence of the fiend himself）」（XI [*The Snow-Image and Uncollected Tales*], 279）だと非難する。彼は、処刑される魔女や魔法使いよりも、マザーの方がその著作で人々が幻影を見るように仕向けた悪魔であったというのである。この作品では魔法使い、作家志望の語り手、コットン・マザーのそれぞれが人々に幻影を見せるという入れ子構造になっており、作家志望の青年はマザーを非難しながら、自分もまた、マザーと同じ手法を用いて、現実と幻想が錯綜する世界に聞き手を惹き込む実験を行っているのである。幻影を見せて読者を物語世界に引き込む青年作家の実験とはとりもなおさず、創作の手法を探る若きホーソーン自身の試みでもあるのだが、彼はそれを悪魔的な行為だと自己回帰的な非難を行うのだ。

このように、ホーソーンは自分の創作行為に悪魔的要素を認めているが、メルヴィルも「ホーソーンと彼の苔」でホーソーンを魔法使いに喩え、ホーソーンの作品を読むと「夢の網に絡め取られ、本を閉じてその魔法が解かれた時に、「この魔法使いは靄のような追憶だけを残して自分を放逐した」(241) と描写している。マザーと同様に「本の虫」であるホーソーンは月明かりの中で幻想の世界を思い描いて作品を書き、それを読んだ読者はホーソーンの魔法によって幻影を見せられるのである。作家ホーソーンが「プロヴィデンス物語」からヒントを得たのは、そのセンセーショナルな内容だけでなく、「プロヴィデンス物語」が持つ、読者の想像力を刺激して幻影を想起させる悪魔的メカニズムであり、幻影を真実と見誤る人間の心理であったといえる。

こうした「プロヴィデンス物語」におけるプロヴィデンスの驚異の目撃とそのテクスト化という循環的プロセス、そして幻影を見せる悪魔的な作家というモチーフをホーソーンは「税関」で再現し、曖昧性を生むプロヴィデンスの属性を用いて、本体の物語の枠組みの構築を行っている。「税関」の語り手は、偶然見つけた緋文字Aによって創作のインスピレーションを得るとともに、ピュー（Jonathan Pue）氏の亡霊の勧めに応じて作品を書く決意をしたというゴシックめいたエピソードを紹介する。古ぼけた布に刺繍で縫い取られた緋文字Aを見つけた「税関」の語り手は、それを凝視してその意味を探り、緋文字にまつわる出来事をいろいろと想像する。そしてその刺繍に添えられた紙に記されたヘスターの話を読んで創造意欲を掻き立てられた語り手はピュー氏の亡霊を見る。さらにその亡霊の勧めにより、語り手は本体の物語を書くことを決意するのだが、ここには、テクストが幻影を想起させ、それがさらにテクスト化されるという「プロヴィデンス物語」のメカニズムが導入されていることがわかる。そして、本体の物語でも、プロヴィデンスが生み出す曖昧性の提示と共にこのメカニズムが再現されることになる。

次節では、『緋文字』の表面のプロットで行われるプロヴィデンスによる曖昧性の提示とそこに描かれるテーマを検討し、続いてそのメカニズムを利用して町民を操るヘスターの戦略を見ていく。そしてこの「二重のナラティヴ」構造によって前景化されるホーソーンの作家としての ambivalent な自意識に論を進めたい。

二　『緋文字』とプロヴィデンスが生む曖昧性

『緋文字』ではプロヴィデンスの概念を用いて導入された曖昧性が、物語のアイロニーを生み出し、そのプロットの展開に重要な役割を果たすのだが、まず、物語の概要をここで確認しておこう。

『緋文字』では、十七世紀の神権政治が行われていたボストンを舞台として、牧師と人妻の姦通を巡る出来事が展開するが、セイラムの魔女狩りという史実も物語の重要な背景を成している。物語は、ヒロインのヘスターが「姦通（Adultery）」罪を表すAの刺繍を胸に、不義の子パールを抱いてさらし台に立ち、群集の目に晒される場面から始まる。姦通相手であるディムズデイルの名を決して明かそうとしないヘスターが、群集の中に目にしたのはインディアンに連れられてボストンにやってきた行方不明であった夫の姿である。その後、彼はチリングワースという偽名で妻の姦通相手の探究に乗り出すが、ディムズデイルがその相手だと突き止めた後も正体を明かさず、彼の心を支配して弄ぶことに喜びを見出す。ヘスターはさらし台での刑の後、「魔女」とみなされて迫害を受けながらもパールを立派に育て、人々に奉仕をしながら力強く生きていく。一方、姦通の罪を隠して偽善者として生きるディムズデイルは、良心の痛みとチリングワースの奸計により心身ともに衰弱し、最後にパールの父であることを告白して死ぬ。彼の死によって目的を失ったチリングワースも死んで地獄に堕ちる。チリングワースの遺産を継いだパールはその後、ヨーロッパで幸せな結婚をしたことが示唆されるが、パールと共にボストンを去ったヘスターはひとりこの地に戻り、再びAの文字を胸につけて人々への奉仕に勤める。

さて、こうした物語が展開する『緋文字』の中盤で、流星が空に描く象形文字について語り手が次のように述べる場面がある。

当時にあっては、流星の出現やその他の自然現象のうち、太陽や月の出入りほど規則的に起こらないものはなんでも超自然的なるものの啓示であると解釈するのがならいであった。(中略)こういう予兆がおおぜいの人によって目撃されることはまれではなかった。しかし、たいていの場合、目撃者はひとりで、その信憑性は目撃者を信じるかどうかにかかっていた。孤独な人物はそういう驚異を、想像力という色つきで、ものを拡大したり歪曲したりする媒体をとおして眺め、しかもあとで考えなおしていっそう明確にするからである。

国の運命が天空にえがかれる荘厳な象形文字によって顕現するというのは、まことに壮大な考えである。神が一国の民の運命を書きしるす巻物として、空が広すぎることはなかろう。こういう信念をわれわれの先祖たちが好んで抱いたのは、いまだに幼い自分たちの共和国が格別に親身で厳しい天（Providence）の加護のもとにある証拠であると考えたからである。（I, 154–55）(6)

ここには、ハートマンが指摘する十七世紀ニューイングランド特有の「プロヴィデンス物語」の特徴が明確に提示されている。すなわち、人々は目撃という個人的体験を想像力という媒体を通して解釈し、その歪められたり誇張されたりした内容をプロヴィデンスの驚異として語り直すのだ。その目撃のテクスト化というプロセスを経て、幻影を見る者の不安や欲望が反映された、より明瞭な枠組みを持つ物語が再生され、その物語は「いまだに幼い自分たちの共和国が格別に親身で厳しい天（Providence）の加護のもとにある」という大きな物語の中に取り込まれて、ガイアットのいうところの新大陸の「国家的プロヴィデンシャリズム」を強化していくのだ。

マシーセンはこの流星が描く象形文字に言及し、人々が日常の些細なことにもプロヴィデンスの意図を読み取ろうとした清教徒のプロヴィデンスの解釈法が、エマソンやホーソーンなどのアメリカ作家に見られる、自然の事象に精神的重要性を見出そうとする十九世紀のプラトン的観念論の背景にあることを指摘し（243）、「ホーソーンの創作手法の重要な源泉が、これらの驚くべきプロヴィデンスにある（One main source of Hawthorne's method lay in these remarkable providences）」（276–77）とする。

このように『緋文字』では、曖昧性を生み出すプロヴィデンスの属性が流星の場面で象徴的に示されるのだが、一方、物語の各場面で散見されるプロヴィデンスへの言及は、曖昧性に加え、その概念が持つ予言的機能を利用したアイロニーによって、登場人物の不安や欲望をあぶり出し、権威者と民衆の対照、科学至上主義の批判、偽善の露呈、といった個々のテーマを提示する役割を果たしているものが多い。

まずウィルソン牧師やベリンガム総督（Richard Bellingham）などの権威者が行う解釈が物語の後半で覆される一方、民衆の解釈は粗野で偏見を含むものでありながら、最終的にはバランスのとれたところに落ち着くという、多様な解釈の提示とアイロニーの導入にプロヴィデンスが用いられていることを見てみよう。

パールをヘスターから取り上げようと考えるベリンガム総督とウィルソン牧師の判断に対

して、ディムズデイルは「ヘスター・プリンのために、またあわれな子供のためにも、神(Providence)が妥当と思し召されたままにふたりをおこうではありませんか!」(I, 115)と熱弁を奮う。ここでディムズデイルは信仰の言葉を借りて、ヘスター母子を救おうとしているのであり、言葉の背後にあるのは崇高な宗教的信条というよりは、パールの父としての罪意識や後ろめたさ、あるいは子供と母を引き離したくないという父親としての世俗的な情であろう。しかし、それを高邁で信仰的な解釈として聞き入れたウィルソン牧師は、パールの父親を科学的に追究することを提案するチリングワースに対して「いや、このような問題で、世俗的な学問の手を借りることは罪深いことです」と述べ、さらに次のように続ける。

「そんなことより、断食してお祈りをしたほうがましです。そして、おそらく、神(Providence)がそうお望みにならないかぎり、神秘は神秘のままにしておくのが、なおさらよいのです。だからこそ、キリスト教徒たるものはみな、このあわれな父なし子に対して父親のような親切をほどこす権利があるのです。」(I, 116)

ここでは、ウィルソン牧師は、敬虔な信仰者であり、寛容さを兼ね備えた人格者として造形されている。そして作家は彼の口を通して、「神の領域に踏み込むことの冒涜」という自身の信条と科学至上主義に対する批判を行うのだ。しかし、物語の終盤でディムズデイルが民衆の前で胸に刻まれたAの文字をさらけ出して罪を告白するという、権威者達にとって最悪の事態が生じると彼らはそれの意味を見出すことが出来ない。

群衆は騒然となった。牧師のより近くにいた高位高官の人たちも意表をつかれ、目前に展開していることの意味を計りかね——即座に頭に浮かんだ説明を受け入れることもならず、かといってほかのことも考えられずに——ただ黙然と、なすこともなく、プロヴィデンスによって行われるらしい審判の見物人になっていた。(I, 253)

これまでウィルソン牧師やベリンガム総督は、プロヴィデンスの計画は計り知れないものだと言いながら、自分達に不都合なことは起こらないと高を括っていたのだ。実際に全く不都合な事が起きたときには、それを受け入れることができず、呆然とするばかりなのである。そして、語り手は、プロヴィデンスの計画が予測と異なるものであることを悟った彼らが、目撃した事実を抹殺する様子を次のように描写する。

しかしながら、奇妙なことに、あの場面の初めから終わりまで見ていて、一度もディムズデイル牧師から目をそらしたことがないと公言する一部の人たちが、牧師の胸には、生まれたばかりの赤子の胸のように、なんのしるしもなかった、と否定していることである。そのうえ、彼らが言明したところによれば、ヘスター・プリンがあんなにも長く緋文字を身につけることになった罪と牧師とが、いささかなりとも関係があったなどとは、その死にぎわの言葉で牧師は認めなかったし、ほのめかすことさえなかった、というのである。

(I, 259)

ここで事の始終を目撃したのはディムズデイルの間近にいた人々すなわち、ウィルソン牧師やベリンガム総督のような高位高官の連中であるが、語り手は、彼らについて次のように皮肉たっぷりのコメントを加える。

ディムズデイル牧師にまつわる逸話のこのような解釈は、緋文字のうえに降り注いだ真昼の太陽のように明白な証拠によって、彼が欺瞞にみち、罪によごれた塵芥のような人間であることが証明されているというのに、人間というものは——とりわけ牧師という人種は——その友人の人格を持ち上げる為なら、これほどの頑迷な忠誠心を発揮することがあるという事例として考えることが許されなければならない。(I, 259)

彼らが守りたいのは友人の名誉というよりは自分達の権威である。その為には、プロヴィデンスに解決を委ねるのが良いとチリングワースに警告したウィルソン牧師すらも、目撃証拠を自分に都合の良い人為的な物語に変えてしまう。このように、プロヴィデンスの曖昧性を生み出す属性と予言的機能を用いて、牧師たちの偽善が前景化されるのだ。

一方、権威者達とは異なり、ほとんどの民衆はヘスターと同じAの文字をディムズデイルの胸に見たと証言する。ディムズデイルが苦行によって胸を傷つけたのだという実際的な説明を加える者、チリングワースの魔術によると解釈する者、あるいは良心がディムズデイルの胸を蝕み天の判決によって表に現れたと考える者(I, 258–59)など、事実を見たままに解釈するこれらの民衆は無教養で粗野ではあるが、彼らに対する語り手のトーンは、事実を抹殺する権力者に対する皮肉な調子に比べるとはるかに寛容である。

また、チリングワースに対する人々の見方を描く際にも、エリートよりも民衆の判断に軍配を上げる語り手の態度は一貫している。衰弱していくディムズデイルの医者にうってつけのチリングワースが、突然、共同体に出現した理由について、民衆の間では次のような噂が囁かれる。

このような疑問に対して、次のような噂が広まった——とほうもない話であるが、まともな人のなかにも真に受ける人がいた。すなわち、天の神が一大奇跡をおこない、ドイツの大学から医術の大博士をからだごと空中を運び、ディムズデイル牧師の書斎の前に下ろした、というのである。もう少し健全な信仰の持主にしても、神が「奇跡的干渉」と呼ばれる舞台装置を用いることなく目的を達成されることを承知していながら、なおもロジャー・チリングワースの時宜を得た到来に神の摂理（a providential hand）を見ずにはおれないようであった。（I, 121）

このように、民衆は時宜を得た人物の配剤を神の配慮だと解釈し、中には笑止千万な説明を信じるものも出てくる。いずれにせよ、チリングワースは牧師を追い詰めていく敵なのであるから、この時点での民衆の判断は間違っている。

しかしチリングワースがディムズデイルに向ける尋常でない強い関心（I, 121）に気づきはじめ、医者の容貌の変化を目撃した民衆は、徐々に彼を疑い始める。そして、彼らの見解は変化し、チリングワースは神の使命を帯びて牧師の下に遣わされた悪魔だというところに落ち着く。語り手はこうした民衆について次のように述べる。

無知な大衆が自分自身の目でものを見ようとするとき、まちがった見方をする危険は大きい。とはいえ、そういう大衆が、その大きく暖かい心が持つ直感にもとづいて判断を形成するさい、そしてたいていそうするものだが、そのようにして到達した結論はしばしば深遠にしてあやまたず、まるで超自然的に啓示された真実といった性格をおびるものである。

（I, 127）

語り手は、民衆が幻影や思い込みに惑わされる傾向があるとしても、最終的に彼らの暖かい心から本能的に下した判断には深い真実があるとして、彼らの判断に信を置くのだ。

一方、チリングワースの治療を頑なに拒むディムズデイルに対して、年長の牧師や長老達は「神（Providence）のはからいによってかくも明白に提供された援助を拒むことの罪」（I, 122）

を諫め、ディムズデイルと医者を同居させるように手配し（I, 125）、それらすべてがプロヴィデンスによって成されたと考える（I, 126）。彼らは、自分達がプロヴィデンスの計画に手を貸したのだと信じて疑わない。しかし、実際には、二人の同居はチリングワースの計略によるものであり、彼らの配慮はディムズデイルにとって致命的な結果を招く。しかし、民衆と異なり、権威者達は最後まで自分達のプロヴィデンスの計画に対する解釈に疑いを持たない。

このようにホーソーンは、プロヴィデンスを用いて十七世紀の権威者と民衆の対比を描くのだが、ここには十九世紀のホイッグ党（Whig Party）と民主党（Democratic Party）の対比が示唆されていることにも触れておこう。当時のアメリカでは、一八四〇年代に立党したホイッグ党が一八五三年に解散するまで、民主、ホイッグの両党が、大局的にはアメリカの歴史はプロヴィデンスの特別の計画によるものであるという「歴史的プロヴィデンシャリズム」を共有しつつ、互いの政策にそれぞれのプロヴィデンスの解釈をあてはめて論争を行っていた。

例えば、『緋文字』にも登場するジョン・ウィンスロップ（John Winthrop, 1588–1649）の直系六代目に当たるホイッグ党のジョージ・ウィンスロップ（George Winthrop）は、十七世紀から十九世紀の現代に至る過去の史実に焦点を当ててアメリカの歴史をプロヴィデンスの計画という文脈に置く議論を展開していた。一方、拡大主義（Expansionism）を正当化する「明白な運命」というスローガンを考案した民主党のオサリヴァンは、アイルランド移民であり独立戦争（American War of Independence）で王党派について闘った祖父を持つ（Guyatt 214–17）。彼のプロヴィデンスの解釈は、過去を問わず雑多な民衆を吸収しながらデモクラシーを実現するという民主党の政策を象徴的に表すものであり、超越主義（Transcendentalism）の未来志向の思想にも合致するものであった。オサリヴァンの友人であり民主党員であるホーソーンは、あまりに楽天的でポジティブな民主党の言説に無条件に賛成したわけではない。しかし、一八四八年の大統領選（presidential election）でのホイッグ党の勝利で税関職を追われた経緯もあり、ホーソーンはプロヴィデンスを用いたアイロニーで十七世紀の清教徒の権力者達をやり込めて、十九世紀のエリートの政党であるホイッグ党への批判を『緋文字』に忍ばせたのだ。

さて、プロヴィデンスの解釈が生む曖昧性は、チリングワースの科学至上主義とディムズデイルの偽善を浮き彫りにする機能も果たしている。罪を告白できずに衰弱していくディムズデイルについて、民衆は、この牧師には地上よりも天の方が彼に相応しいのだと敬意を込めて解釈するが、ディムズデイル自身は「プロヴィデンスが彼の他界をよしと見なされるとすれば、それはこの地上のもっとも卑しい使命を果たすことにさえ彼が値しないからだ」（I, 120）と考える。しかし彼が衰弱していくのは、プロヴィデンスの判断というよりは、むしろ自ら嘘に嘘を重ね、自分自身で肉体を痛めつけて偽善を続けた結果である。また、罪は告白すべきだという正論を展開するチリングワースに対してもディムズデイルは、「わたしの憶測が正しければですが、言葉によるにせよ、予表や象徴によるものにせよ、人間の心に埋められているかもしれない秘密を白日の下にさらす力は、神の恩寵以外にはありません」（I, 131）と、神への畏敬という方便を隠れ蓑にして自身の弱さを覆い隠し続ける。ヘスターの父親を明らかにすることはプロヴィデンスに委ねよと言ったのはウィルソン牧師であるが、父親である当の本人がそれを盾に罪を隠匿することは偽善に他ならない。

しかし、その牧師に対して「友人として——神慮（Providence）により、あなたの命と肉体の健康を預かっている者として——質問させていただきたい」（I, 136）と親切を装うチリングワースもまた、プロヴィデンスを盾に自身の願望を追求しているに過ぎない。結局、思う通りに事が運ばず業を煮やしたチリングワースは眠っている牧師の胸をはだけるという暴力的な手段に訴えて秘密を探り出す。チリングワースはディムズデイルに秘密を告白させようと謀るが、計画は遅々として進まず、やがて別の邪悪な楽しみを見出した彼は次のように考える。

しかしロジャー・チリングワースはこの事態にまったく満足していないわけではなかっ

た。これもまた神慮（Providence）の反映――復讐者も犠牲者もひとしく意のままに動かし、ときには罰してしかるべきところでゆるす神慮の反映――と考えたのである。ある啓示があったのだ、と彼はほとんど確信した。目的に敵うかぎり、それが点からの啓示であろうと、その他の領域からの啓示であろうと、さしたる問題はなかった。（I, 139–40）

チリングワースは、自分の計画が思い通りにならないのは、思いのままに牧師の心を操る機会を彼に与える啓示だと解釈し、自分の卑劣な欲望を正当化する。こうして手段が目的にとって代わり、当初は強固な意志で、妻の姦通相手を探り当てるという、ある意味では夫として当然ともいえる目的に向かっていたチリングワースは、その手段に邪悪な喜びを見出してしまい、自ら「暗黒の必然性（a dark necessity）」（I, 174）と名付けた逃れようのない運命の罠に陥ったことを認めながら地獄に堕ちるのである。

また語り手は、ディムズデイルが誰も信頼しなかったことを批判し（I, 130）、彼の罪を「寛大な慈悲心を持つ世間なら、あわれみ、ゆるしたかもしれない」（I, 139）と述べる。ホーソーンは、ディムズデイルが人間の温かい心を信じずに、プロヴィデンスに委ねるという信仰上の正論に逃げ道を見出し、罪を告白しないまま偽善を重ね、その偽善故に人間同士の繋がりを断ったことを批判するのだ。

このように、チリングワースの科学至上主義や異常なまでの目的への執着、ディムズデイルの高慢な心が招く偽善といったテーマが、彼らがプロヴィデンスを通して行うさまざまな解釈を通して浮き彫りにされるのだ。

ここまで、『緋文字』の表面のプロットで、プロヴィデンスによる曖昧性の提示そのものが一つのテーマとなっており、またそれを通して作品世界の構築と人物造形が行われていることを見てきた。一方、『緋文字』の表面下のプロットでは、こうした清教徒達の凝視とプロヴィデンスの解釈のパターン、いわば「プロヴィデンス物語」のメカニズムを利用して魔女を演じ、彼らの物の見方を操作するヘスターの戦略が展開される。次節では、表面下のプロットの「魔女」ヘスターの戦略にそのメカニズムがどのように用いられているか、また「魔女」ヘスターの戦略がホーソーンの作家としての自意識とどのように関連しているのかを見ていきたい。

三　賞賛すべき「魔女」ヘスター

『緋文字』のヒロイン、ヘスターは、悪魔にそそのかされてアダム（Adam）を誘惑したエデンのイヴ（Eve）同様の、男性を堕落させる魔女的な「ダーク・レディ（the dark lady）」として論じられたり、あるいは、男性中心の社会システムにおけるポリティクスの問題として、家父長制社会の規範と対峙して罰せられる現代的な意味での魔女として論じられるなどしてきた。[7]ここでは、これらの議論をふまえつつも、まずは魔女の脅威を強調する神権政治下の社会[8]を舞台とする『緋文字』の物語世界に焦点を絞り、魔女の実在を恐れる清教徒達と、それを迷信として切り捨て、意識的に魔女を演じて人々を操作するヘスターとの緊張関係を考察する。そして、緋文字Aが持つ魔力の本質を明らかにした後、芸術家ホーソーンの作家としての自意識の問題に論を進めたい。

『緋文字』には、ヘスターにまつわる多くの疑問が残されている。例えば、ベイムが「奇妙にも」（Baym, "Thwarted Nature" 73）と強調するように、共同体から排斥された筈のヘスターが、なぜ、権力者、一般大衆、貧困層、海や森からやってくる男達といった、あらゆる立場の人々との繋がりを築き、共同体のあらゆる場所に出入りすることが可能であったのか？　彼女の慈善行為が称えられ、緋文字Aが「有能な（Able）」と解釈されるようになる第十三章以降、なぜ、賞賛とは逆に彼女を魔女とする屈辱的な噂の声が強まり前景化してくるのか？　パールはどのようにして自分の父を探りあてたのか？　そして、ボストンに帰還したヘスターが、自ら緋文字を身につけたのはなぜなのか？　これらのヘスターと関連を持つ一連の謎は、物語の表面下で進行する何らかのプロットが、表面上のプロットに影響を及ぼしていることを示唆している。例えばバーコヴィッチ（Sacvan Bercovitch）は「ヘスターの意識的な町民操作術」(6) という表現で、ヘスターが人々を操作していることを指摘しており、パースン（Leland S. Person）はヘスターの「戦略的な沈黙」(471) が、物語のプロットの展開や他の登場人物達の運命に影響を与えていることを論じている。しかし、その彼女の具体的な戦略について物語全体を通して説明のつく論議はまだ十分に成されているとはいえない。

物語では、共同体から魔女として排斥された筈のヘスターが、新しい役割や立場を得て、共同体に出入りする様子が度々言及される (I, 82, 84, 160, 163)。厳格な神権政の権力によって罰せられ、強力な「悪魔学 (demonology)」のドグマによって邪悪な魔女と見なされた彼女[9]になぜそのようなことが可能になったのであろう。共同体で彼女が新たに得る立場や役割は、気まぐれに揺れ動く個人の同情心によるものではなく、彼女を排斥した正統派のイデオロギーを凌ぐような社会全体に受容される概念によって裏付けされたものでなくてはならないはずである。前述のように、魔女の脅威を煽った清教徒の「プロヴィデンス物語」は、迷信的、俗信的要素をも含む俗化したものであったのだが、ボストンの共同体の人々がヘスターを受容する背景にも、キリスト教以前から伝わってきた、病気を治したり、悪霊をまじないで追い払ったりする役割を担った古来の有能な魔女に対する信仰が共有されている社会状況があったと考えられる。その有能な魔女を演じるヘスターの戦略を見ていこう。

セイラムの魔女狩りは『緋文字』の物語背景となっているが、その魔女裁判で魔女の判別のために採用された「亡霊証拠」の過ちは、見るものの不安や恐怖から生み出される「亡霊」を人間の姿を借りた悪魔だと人々が信じたことにあった。『緋文字』においても、共同体の人々が厳格な宗教的ドグマによって抑圧され、新大陸の過酷な現実に直面して欲望や不安を抱いていることが示唆される。例えば、エリザベス朝の華美を知る植民地第一世代の人々、とりわけ為政者達は華やかさへの欲望を捨てきれず（I, 82, 230）、民衆は貧困や疫病に苦しみ（I, 83, 119, 161）、インディアンの襲撃などの恐怖にもさらされている（I, 163）。このように、宗教的抑圧や生活の苦難から生じた人々の欲求不満や不安や恐怖が共同体にあり、それが魔女の幻影を生み出し、ヘスターを邪悪な魔女として排除するのに一役買ったことが示唆されている。

一方ヘスターは、魔女の幻影を生み出す「亡霊証拠」の逆のメカニズムを用いて人々の監視の視線に向けて有能な魔女の姿を投じ、彼らの抱く魔女像を徐々に変化させていく。ヘスターは冒頭のさらし台の場面で、視線の効果や意味が変化しうることを体験している。人々の凝視の中で「大声をはりあげて叫び、さらし台から地面に身を投げ出してしまいたい。さもなければ気が狂ってしまう」と感じていた彼女は精神の本能的な工夫から「自分が衆人環視の的であるこの全光景が、視界から消えてゆく」瞬間を体験し（I, 57）、さらには、チリングワースの姿を認めた時に、過酷な衆人環視が「保護」としても機能することを実感する（I, 63–64）。こうした視線の効果を知ったヘスターは人々が彼女に投影する邪悪な魔女像を払拭するのではなく、同じ魔女でも有能で人の役に立つ魔女の姿を逆に人々の視線に投じることで、彼らの見方を徐々に変化させるのである。そして彼女に対する「別の見方」をするようになった人々は、緋文字Aに「有能な」という新たな解釈を加えることになる。ホフマン（Daniel Hoffman）は、『緋文字』では、宗教上の絶対原理と民間伝承を同時に導入することによって、アレゴリーによるアレゴリーの破壊が行われていると指摘（173）しているが、ヘスターの魔女を演じる戦略は、人々の中に「悪魔学」の魔女概念と古来の異教的な有能な魔女の迷信が混在していることを利用したものなのである。

それでは、具体的なヘスターの戦略を検討していくことにする。人々が脳裏に描く魔女の姿を変化させる為には、第一に、彼女を邪悪な魔女として監視する人々の視線を常に惹きつける必要がある。実際、視覚的シンボルとしてその役割を果たす胸の緋文字Aに加えて、ヘスターは意図的に不気味な外見を装っている。例えば、ヘスターは陰鬱な色の「名状しがたい特異な格好」(I, 226) に仕立てた衣服を身につけ、「異様といったほうがよいような創意」(I, 83) を凝らした衣装を着せたパールを連れて「死んだ女の凍てついた顔」(I, 226) つきで人々の間を通りすぎていく。このヘスター親子の異様さと不気味さはウィルソン牧師の説教で人々の脳裏に焼き付けられた「地獄の火で燃える緋文字」(I, 68–69) のイメージをより鮮明にし、魔女の噂を助長する。ヘスターの刺繍が「今でいうところの流行」(I, 82) を広めたことから、彼女が人々の嗜好を熟知していることがわかるが、彼女は「魔女」の噂を打ち消すどころか、むしろ人々が不気味に感じる衣装や所作を身に纏い、人々の注目を集めて魔女の噂の広まりに自ら一役買っているといえる。

そうして恐怖を煽る一方で、ヘスターは古来の魔女が有した病気治療の能力を発揮している。バーストウ (Anne L. Barstow) によれば、魔女や魔法使いが行う祈祷、病気治療、死者の看取りなどは、聖職者の行う仕事と多くの部分で重なっており、彼らは同業ライバルでもあった (111–17)。『緋文字』でも、ヘスターはディムズデイルが祈祷を行った同じ病人の家に看病に呼ばれており (I, 182)、ウィルソン牧師や医者チリングワースと一緒にウィンスロップの死にも立ち会い、同様の死の床にある多くの人々を看取っている (I, 161)。このように、ヘスターは優れた能力を用いて有能な魔女としての活動を行っているのである。また今では糸をほぐしていっても復元できない精巧な技術を用いる、ヘスターの刺繍の「不思議な能力（wonderful skill）」（I, 31）も彼女の特異な才能や技術を人々に示していたといえる。

また『七破風の屋敷』のモールの一族は、人の心を操る催眠術を用いることで「魔法使い」とみなされるが、ヘスターも人々の心を操作する能力を持つ。「利己主義、あるいは胸中の蛇」のエリストン（Roderick Elliston）の胸の悪魔の蛇が他者の胸の蛇に反応するごとく、ヘスターは「他人の隠された罪を嗅ぎつける能力」（I, 86）を持ち、為政者に豪華な刺繍を提供して彼らの虚栄を煽り、「奢侈《しゃし》禁止令（sumptuary laws）」を発令した為政者の権威を揺らがせる（I, 82）。そして、牧師の祈祷では治らない病人に実効ある治療を行ったり、貧困者に施しを与えたりして、宗教的救済よりも実際的で現世的な助けを望む人々の本音を静かに暴いて神権政社会の枠組みを揺るがせるのだ。ヘスターは、このように、自ら不気味さを演出し、特殊な能力を発揮し、人々の心を見抜き、彼らの心を操作して徐々に有能な魔女の立場を確立していく。

物語の表面下で進行する彼女の魔女を演じる戦略は、表面のプロットにおけるいくつかのヘスターにまつわる疑問と関連していることがわかる。例えば、第十三章で緋文字Aの解釈がヘスターを称える「有能な」に変化する際に、本来は、声を潜めて然るべき彼女を貶める魔女の噂が逆に前景化する現象が起きている。物語の前半で語り手によって、巷に流れていると曖昧に伝えられる、地獄の火で燃え立つ緋文字（I, 87–88）とか、ヘスターと魔女ヒビンズ（Hibbins）夫人との間で交わされた魔女集会の話（I, 117）とか、「悪魔の子」パール（I, 99）などのヘスター母子にまつわる噂が、第十三章以降、登場人物の直接の言葉で次々と再現され、人々がヘスター親子を魔女として認識する様子が前面に押し出されるようになる。

例えば、第十六章で、治療に献身する母親と病人の家で前の晩を過ごしたパールは「おかあさん、この緋色の文字も悪魔がおかあさんにつけたんだって（中略）それからおかあさんがこの森で夜中に悪魔に会うとき、その字が赤く燃えて光るんですって」（I, 185）と病人の家族が話していた言葉をヘスターに伝える。一方、ヘスター自身、しつこくせがむパールに「これまでに一度だけおかあさんは、悪魔（the Black Man）と会いました」、「この緋文字は悪魔の印です」などと答えており、魔女の噂をする人々の声が彼女の耳に届いていることが明記される（I, 185）。そしてニューイングランドの祝日で、ヒビンズ夫人はヘスターに魔女集会への参加を呼びかけ、パールにも「あなたは悪魔大王さまの血統をひくという評判ですからね！」（I, 241–42）と話しかけている。このように、ヘスターの優れた能力と慈善行為を称えて緋文字Aを「有能な」とまで解釈する人々が出てくる一方で、彼女を魔女と噂する声がますます強固になる現象は、人々が彼女の病気の治癒などの慈善行為を魔女的活動として受容していることを示している。

こうして共同体の人々は、魔術を用いるヘスターの病気治療を有難がり、病人の家は彼女を家に呼ぶが、ヘスターの側でも、聖職者の仕事と同種のこの魔女的活動を通して、ディムズデイルと出会う機会を作り、彼に関する情報を得ることができるメリットがある。語り手が述べるように、ヘスターが迫害の地に留まる理由は、ディムズデイルと再び結ばれる機会を待つこと（I, 200）であった。彼女がこの目的を果たすためには、共同体に出入りし、ディムズデイルと出会う機会を持たなければならないが、彼女は有能な魔女としての新しい役割や立場を得ることでその機会を得ていることが示唆されている。ヘスターは、「ときには、幾日かの間に一度、あるいは幾月かの間に一度」（I, 86）、緋文字の上に注がれるディムズデイルの視線を感じ、彼もまた彼女の傍らのパールを見て「どんなにしばしば不安に襲われたか」（I, 206）と訴えているように、彼らはかなり頻繁に出会って視線を交わしているのだ。そして、ヘスターは病人の家でディムズデイルの情報を入手し（I, 182）、慈善行為を通して馴染みとなった船乗りにヨーロッパへ逃亡する船の手配を依頼する（I, 215）。また、人々は魔女としてのヘスターを恐れてもおり、幼いパールまでが「魔王さまに告げ口して」嵐で船を追いかけてもらうと水夫を脅す（I, 245）。インディアンの射た矢も緋文字Aの前で落ちたと噂されるように（I, 163）、魔女であることによってヘスター母子は、野蛮な船乗りからも身を守ることができたのだ。共同体から魔女として排斥された彼女は、それを逆手にとった魔女を演じる戦略によって新たな役割と立場を得て、共同体のあらゆる場所へ出入りするのである。

パールもヘスターとともにディムズデイルと頻繁に顔をあわせる機会があったことを考えると彼女が自分の父を探り当てたのも頷ける。パールは魔女として共同体に出入りする母親の目的を敏感に感じ取り、自分の出生の秘密に魔女の噂を介して迫る。ヘスターと片時も離れず過ごすパール（I, 93）は、ディムズデイルと彼につきまとうチリングワースとに頻繁に出会っていることになる。他の誰も気づかない、大理石のように冷静な母親の心の動揺を感じ取るパール（I, 228）は、魔女を演じる母親の戦略を通して自分の父を探りあてるのだ。利発なパールは、大人達が互いに交わす視線、自分に注がれる視線、そして母親の動揺から、人々の「悪魔の子パール」や「悪魔」の噂を手がかりに三人の大人と自分を関連付けるのだ。実際、チリングワースを見てパールは「あっちへ行こうよ、おかあさん！　でないとあそこの悪魔につかまるわよ！　牧師さんはもうつかまってるわ」（I, 134）と警告を発し、また、母親自身にも「悪魔に会ったことがあって？　それから、これ、悪魔の印なの？」（I, 185）と問いただしている。

母親が固く心に秘める二人の男性と自分との深い関わりに気づき、出生の秘密に魔女の噂を介して迫るパールの言動は、共同体に魔女の噂が深く定着していること、ヘスター母子が魔女としての役割と立場を受容してきたこと、頻繁な出会いによって彼女達とディムズデイルとの結びつきが維持されてきたことを示しており、魔女を演じるヘスターの戦略が功を奏していることがわかる。

このようにヘスターの戦略は着々と進行するのであるが、彼女がディムズデイルと再び結ばれることはなく、ホーソーンはヘスターの望む結果を与えない。そして、ディムズデイルの死後、ヘスターはパールと共にヨーロッパに渡るものの、結局ボストンに帰還して自らの意志で緋文字Aを再び身につける。ヘスターにとって、共同体の人々を侮る魔女の演技は、時機の到来と共にいつでも終えることのできる筈のものであった。しかし魔女の役柄を捨てたヘスターには現実感はなく、魔女としての自分が、共同体の人々と深い結びつきを築いていたことに気づき、自分にとっての唯一の現実はボストンにあると悟るのである。共同体の人々を操る魔女を演じるとは一体、どのようなことであると作家は問題提起しているのだろうか。

『緋文字』の語り手は「憎しみと愛とは根底において同じ」であり、チリングワースとディムズデイルとの間に「高度の親密さと心の通じ合い」が生まれ、「相互にその情念と精神生活の食物を相手に求める」（I, 260）と述べる。悪魔と化したチリングワースの戦略と魔女を演じるヘスターの戦略には強い類似が見られるが、ヘスターもまた彼女を忌み嫌う一方で彼女の救済を望む共同体の人々と強い結びつきを形成していくことになるのである。

チリングワースとヘスターは、自己を偽り、人の心の弱みを握り、視線を操作して対象の心を操る悪魔的メカニズムを戦略とする点で共通している。例えば、チリングワースが自分の素性を隠す如くヘスターも魔女を装う。そして、チリングワースが「牧師の心のいちばん奥底までも」（I, 140）見通すように、ヘスターも他人の隠された罪を嗅ぎつける。さらに、チリングワースがディムズデイルに「何千もの物の怪」（I, 140）の幻影を見させて彼の心を操るように、ヘスターも人々に魔女の姿を投影して彼らの心を操る。七年前、獄舎でチリングワースと会った時には、彼の企みを理解できず身震いした彼女（I, 76）が、今や、彼の陰謀を見抜くことができ、彼と「太刀打ちできないほど無力」とは感じない（I, 167）のは、彼同様に悪魔的メカニズムを熟知した魔女の立場を確立しているからである。ホーソーンはチリングワースの他にも、エイルマー、イーサン・ブランド、ラパチニといった登場人物を通して、他者の心を操る罪とその危険性を描いている。他者の神聖な心の領域に踏み込む彼らは、皮肉にも対象を破滅させると共に自らの破滅をも招く。ヘスターの行為は、操作する対象を破滅に導くものではないが、憎しみと侮りを奉仕という形に置き換えて人々を操る彼女もまた彼らと運命を共にする強い結びつきを形成する。

それでは、彼女に魔女としての属性を与えると同時に、彼女と共同体との強い結びつきを形成する緋文字の「魔力」の本質とは何か。語り手は、ヘスターがヨーロッパに渡って現実感を失う一方で、ボストンでは長年にわたる彼女と緋文字の不在にもかかわらず「緋文字の物語」が伝説となり「その魔力はなおも強力」(I, 261) であったと述べる。為政者が魔女の恐怖を煽る「プロヴィデンス物語」を広めて神権政治の維持を図る一方、現実的な救済を切望する人々は異教の魔女の到来を暗黙裡に歓迎する。その驚異の目撃は「プロヴィデンス物語」として再生産され伝説となっていく。すなわち、そもそも普通の人間であるヘスターと単なる刺繍である緋文字のAに意味を与え「魔力」を授けるのは、共同体のイデオロギーが生み出す「物語」なのである。

魔女という「異端」を規定する「正統」のイデオロギーがなければ魔女としてのアイデンティティは成立しない。ホーソーンは、魔女としてボストンを追放され、ロードアイランドで「異端」ではなくなったアン・ハッチンスン (Ann Hutchinson) について次のように描く。

彼女はロードアイランドの植民者の中で、落ち着かない気持ちになっていった。寛容というものがキリスト教における美徳ではなかった時代に、おそらく彼らが宗教的問題に対して比較的無頓着であることから生じたと思われる、彼女に向けられた寛容は、ハッチンスン夫人にとっては清教達の妥協を許さない偏狭さよりも不快なものであった。

（XXIII [*Miscellaneous Prose and Verse*], 73）

アン・ハッチンスンが反社会的エネルギーを燃焼させるには正統の概念が強固に存在しなければならない。同様に、ヘスターが共同体で魔女を演じることは異端を規定する正統の規範を常に意識し続けることであり、逆説的に正統との緊密な関係を築くことに他ならない。追放によって迫害を逃れたアン・ハッチンスンはインディアンの襲撃で殺されるが、魔女として共同体に留まるヘスターに向けられたインディアンの攻撃の矢は緋文字Aの前で落ちたとされる。緋文字Aは魔女の概念が恐怖と迫害を生み出す領域でのみ「魔力」を持つ。「隠された罪を嗅ぎつける神通力」も社会が定めた罪を罪と認識するイデオロギーを共有してこそ有効なのである。このイデオロギーが緋文字Aに与える「魔力」を利用して自らの目的を叶えようとするヘスターと、緋文字の「魔力」を信じる人々の間には密接な関係が築かれることになる。

『緋文字』には、ヘスター自身が自分の胸の緋文字Aを指さす場面が三箇所あるが、そこに緋文字Aの持つ「魔力」を徐々に手にしていく彼女の様子を見てとることができる。最初は真昼のさらし台の場面で、恥辱と苦しみが現実であることの確認として彼女は胸の緋文字Aに指で触れる（I, 59)。その次はベリンガム邸の場面で、パールを取り上げられまいとして緋文字Aを指さしながら、生きた緋文字としてのパールが彼女に不可欠なものであることを強く訴える（I, 111)。三度目は緋文字Aを「有能な」と解釈するようになった人々が親近感を示して彼女に近づく場面である。今や有能な魔女として、共同体での新たな立場を得た彼女は、緋文字Aを無言で指さして彼らの接近を拒み（I,79)、魔女としてのアイデンティティを固守するのだ。当初、緋文字Aは彼女から現実性を奪うものであったが、やがて自分とパールを守る現実的な手立てとなり、ついには人々を操作する「魔力」の象徴となったのだ。

しかし、語り手はその彼女の三度目の指さしを奢りであるかもしれないと述べる（I, 162)。ヘスターは衆人環視の中心に置かれたことを逆手にとり、自分の本当の姿を隠してパノプティコン（panopticon）の監視塔から監視するように人々の心を操作し、彼らの見方や振る舞いを徐々に変化させた。しかし、「監視者の運命もそのシステムに束縛されるのではないか」（204）というフーコー（Michel Foucault）の問いかけが示唆するように、ヘスターが演じる魔女のペルソナは、いつしか彼女の主体そのものとなっていたのだ。一旦、恥辱の地を離れたヘスターは結局、ボストンに戻り、自らの意思で緋文字Aを再び身につけ、共同体の人々との絆を再び築くことになる。自らに存在感を与えるのは、この共同体のイデオロギーが生み出す言説と、そこに生きる人々なのだという自己認識を得たヘスターは、ボストンに帰還し、緋文字を胸につけて「魔力」を取り戻すのだ。そして今度は、反感や奢りではなく、とりわけ女性への共感を抱き、人々に献身する魔女として生きるのである。

それでは、なぜホーソーンはヘスターを賞賛すべき女性に成長させる一方、彼女をあくまで異端である魔女に留めおくのであろうか。その理由の一つとして、ヘスターの社会改革思想に対する作家の懐疑的態度が挙げられるだろう。ヘスターの社会改革はまず第一歩として、その「社会の全組織を解体し、新たに再建しなければならない」(I, 165) のであるが、ホーソーンは国家や組織そのものを解体する改革のあり方には異議を示す。社会が解体されれば、その社会のイデオロギーの崩壊と共にヘスター自身の異端としてのアイデンティティも失われることになる。そもそも彼女の社会的改革の動機にはディムズデイルへの愛や疎外された社会に対する反発といった利己的な問題も含まれている。ヘスター個人という観点からも、彼女の社会改革の試みが矛盾と危険性を孕むものであることを、作家は示唆するのである。

さらに、人々に幻影を見せ、彼らの心を操作する魔女へスターの戦略が作家自身の創作上の戦略でもあるという点に注目する必要がある。「アリス・ドーンの訴え」でコットン・マザーを「悪魔の権化」と非難するホーソーンとも見られる青年作家が、マザーと同様に聞き手に幻影を見せるというように、対象への批判が自分に向かうという自己回帰的なモチーフはしばしばホーソーン作品に現われる。コール（Samuel Coale）は、ホーソーンが心の聖域を操作する催眠術（mesmerism）を嫌悪する一方で、現代の魔術である催眠術のメカニズムに魅了され、読者を作品に引き込むロマンスの手法として用いていると指摘しているが（3）、自身の創作手法に悪魔的な要素を認めるホーソーンの ambivalent な感情が魔女へスターに投影されているのだ。

ホーソーンはセイラムの税関を追われて『緋文字』を生み出し、その故郷の税関を描いた序文が巻き起こした騒動でセイラムを後にする。社会から疎外されると同時に、その社会に呪縛され、賞賛されながらも異端でしかありえない魔女へスターのように、ホーソーンも社会の周縁に位置しながら、その社会との絶ちがたい強い結びつきを持ち、また、作家としての職業とテクニックに強いプライドを持ちながら、その行為に対する罪意識との間で揺れる。作家は『緋文字』の最後で「この物語はなるほど暗いけれども、たえず燃えさかる、影よりもなお暗い一点の光によってきわだち、かつ救われているのである」と記す（I, 264）。プロヴィデンスは人間の限られた視野からすれば影よりもなお暗い光のようなものであるが、確かに存在するのであり、プロヴィデンスの領域のことはプロヴィデンスに委ねることでこの陰鬱な物語は救われるとして作家は抑制の効いた創作を行う。しかし同時に、これまで見てきたように、ホーソーンは自らの創作行為に、プロヴィデンスの領域を侵す悪魔的要素があることをも認めている。こうしたホーソーンの抱く作家としてのジレンマが、彼自身を投影した魔女ヘスターを異端に留めておく態度に反映されているのだ。

ホーソーンは半自伝的序文である「税関」で、セイラム税関職を解雇されて『緋文字』を書くことになったのはプロヴィデンスの計らいであると述べ、同じく半自伝的序文である「旧牧師館」でも、彼がその政治職につくことになったのはプロヴィデンスの計らいだと述べている。ホーソーンは、プロヴィデンスという概念を用いて政治職につくことへの弁明を行ったり、あるいは逆に政治職を解雇された腹いせを表したりするのであるが、アーリッヒ（Gloria Erlich）が、作家は自己認識の進化の中で自分が作家としての職業を選んだことを正解であったと考えるようになったと指摘しているように（xvii）、プロヴィデンスを作家稼業に関連させたこれらの言及は、単なる自己弁護や方便という以上のものであろう。「美の芸術家」の語り手に、芸術家はその職業をプロヴィデンスから授けられるのであり、世間の人々も彼の芸術が完成されなければ残念に思うだろう（X, 467）、とホーソーンは言わせているが、作家という職業をプロヴィデンスによって定められた天職と信じようとしていたホーソーンの心情が窺われる。マッキントッシュ（James McIntosh）は、自分を作家にしたのはプロヴィデンスだとホーソーンは理解していたと述べているが（268）、プロヴィデンスによって定められた運命という見方は、それが人間には計り知れないからこそ、売れない時期、政治職につく時期があっても、生涯作家として生きて行く彼の決意を支える精神的な基盤となったのだ。

本章では「プロヴィデンス物語」における目撃とテクスト化という循環的プロセス、そして幻影を見せる悪魔的な作家というモチーフが「税関」で用いられていることを確認した。そして、物語の表面のプロットでは、プロヴィデンスが生む曖昧性によってさまざまなテーマが提示されること、そしてそのメカニズムを利用して人々を操作する表面下のプロットが展開することを論じ、この「二重のナラティヴ」構造が前景化するホーソーンの作家としてのambivalentな自意識を見てきた。『緋文字』は、正にホーソーンの芸術思想と創作技法、そして彼の作家としての自意識が、曖昧性を生み出すプロヴィデンスという概念によって統合された作品だといえる。続く三つのロマンスで、ホーソーンはプロヴィデンスの属性を用いた枠組みで構築する「二重のナラティヴ」を豊かなバリエーションで展開させていく。

注

（1）「若いグッドマン・ブラウン」では、コットン・マザーの『見えざる世界の驚異』の中の「凶暴な魔女（a rampant hag）」（X, 86）というフレーズが用いられている。また、ジョンソン（Edward Johnson, 1599?–1672）の『シオンの救世主の奇跡を生むプロヴィデンス』（*Wonder-Working Providence of Sion's Saviour*, 1654）には、新大陸の植民地での出来事がプロヴィデンスの驚異として記されている。ケッセルリング（Marion L. Kesselring）のホーソーン読書リストにはこれらの「プロヴィデンス物語」が含まれており、例えば『おじいさんの椅子』では、プロヴィデンスが清教徒の為にインディアンに疫病をもたらしたとする清教徒の解釈が紹介されている（VI, 42）。

（2）ハートマンはダニエル・デフォー（Daniel Defoe, c.1660–1731）などの本国の清教徒、インクリース・マザーなどの新大陸に渡った清教徒の「プロヴィデンス物語」が、それぞれイギリスの「ノヴェル」とアメリカの「ロマンス」の萌芽となったという興味深い指摘をしている（11）。

（3）ここで言う「新国家」とは本国イギリスとは異なる文化的・社会的統一体のことである。イギリス人としてのアイデンティティが大きく変化し、イギリスの歴史と完全に分離したプロヴィデンスに導かれるアメリカの歴史を歩むという意識が植民地側で明確になるのは一七六五年の印紙条令以降である。

（4）一六九二年のセイラムの魔女狩りでは、被疑者の姿をした亡霊に苦しめられるという少女達の訴えが「亡霊証拠」として採用されて多くの人が投獄された。裁判でも少女達の亡霊に怯えたり発作を起こしたりする現象が、被疑者が魔法を行使した証拠として取り上げられ、彼らには魔女あるいは魔法使いであるという判決が下された。

（5）「若いグッドマン・ブラウン」と「亡霊証拠」については、レヴィン（David Levin）の“Shadows of Doubt: Specter Evidence in Hawthorne's 'Young Goodman Brown'”に詳しい。

（6）『緋文字』の邦訳については、八木敏雄訳『完訳 緋文字』（岩波文庫）、鈴木重吉訳『緋文字』（新潮文庫）を参照し、適宜、筆者による変更を加えている。

（7）「ダーク・レディ」についてはラーヴ（Philip Rahv）の“The Dark Lady of Salem”を参照。ラーヴはヘスターを「悔い改めない誘惑女（unregenerate temptress）」（374）とし、ローレンス（D. H. Lawrence）はヘスターを「悪魔（devil）」と断じている（183）。一方、制度に与しないヘスターの独立性を讃えるアベル（Darrel Abel）は、彼女を自らの内なる情熱と自己の法に従って生きる「ロマン主義的個人主義（romantic individualism）」（303）を体現する女性と評価し、カーペンター（Frederic I. Carpenter）は、彼女を「真のアメリカン・ドリームの体現者」（14）と評価し、スチュアート（Randall Stewart）は「ロマン主義的観念を代表する者」（83）と評価する。またフェミニズム批評では、ベイムはヘスターを現代的な「魔女」とし、アウアーバッハ（Nina Auerbach）はヘスターのような神秘的な能力を有する女性を「女性のための悪魔的救世主（demonic savior of her race）」（2）とする。その観点からすればヘスターは、十九世紀の女権論者マーガレット・フラー（Margaret Fuller, 1810–1850）や、神の救済の霊感が直接自分の魂に訪れたと主張して「正統」な宗教指導者の立場を脅かし、「魔女」としてボストンを追放された十七世紀のアン・ハッチンスン（Anne Hutchinson, 1591–1643）らと肩をならべる女性解放闘士のさきがけといえる。また、一九六八年にアメリカで結成された女性解放運動組織のように、「魔女」が持つ恐怖と神秘の超自然的イメージを逆用して、自らを“WITCH（Women's International Terrorist Conspiracy from Hell）”と名乗る例なども、現代的な「魔女」を表しているといえよう（大浦 六九—七〇）。

（8）四代に渡り、マサチューセッツを神権政治によって支配したマザー一族のインクリース・マザーやコットン・マザーの著作は悪魔や魔女の恐怖を広め、セイラムの魔女裁判を正当化するものであった（丹羽、「魔女狩りナラティヴ」十一）。『緋文字』においては、さらし台に立つヘスターを見ようと市場にやってきた人々に向けて清教徒の高僧ウィルソン牧師が行った「地獄の火で燃える緋文字」（I, 68–69）の説教が、魔女の恐怖と噂を共同体に広めることになる。

（9）初期キリスト教社会においては、"demon" とされた異教の神とともに、優れた能力を有する魔女や魔法使いは共存が許されていた。しかし十五世紀に社会状況が変化し、異端狩りの一端として彼らは「魔女狩り」の対象にされるようになった。「悪魔学」では、キリスト教社会の破壊を目論む悪の秩序の恐怖を主張し、「正統」な信仰への求心力を高めようとした。こうして従来の「俗信、迷信」の有能な魔女の概念に加えて、キリスト教に敵対する邪悪な魔女の概念が広められた（Saari 3–18）。

第三章　『七破風の屋敷』

人間の歴史とプロヴィデンス——呪いの成就と神の計画

ホーソーンの二作目のロマンス『七破風の屋敷』は、過去と現在の歴史的連続性を前面に出した作品である。その序章の語り手は「ある世代の悪行は子々孫々まで生きのび、一時的な美点はみなはぎとって、ついには純粋にして抑制不可能な害悪となりはてるにいたる」(II, 2)[1]という教訓を準備したと述べ、本体の物語が、ピンチョン家に禍をもたらす「呪いの成就」を描くものであることを予告する。しかし、実際の物語は「機械仕掛けの神（*deus ex machina*）」の導入を思わせるような、ピンチョン家に突然訪れる幸運な結末で閉じられる。しばしば、こうした序文の予告と本体の内容との矛盾、唐突な問題解決によるハッピーエンディングはこの作品の欠陥と指摘されてきた。[2]しかし、作中のプロヴィデンスに関する記述を詳細に辿っていくと、唐突に思える結末にそれなりの展開が見られ、またその幸運な結末で提示される序文と本体の矛盾には当時の政治、社会言説に対する風刺と警告が込められていることが見てとれる。本章では、ホーソーンが人間の歴史の支配というプロヴィデンスの属性を用いて構築している「二重のナラティヴ」に注目し、そこに新国家の歴史創生を促進した十九世紀アメリカの国家言説、すなわち「国家的プロヴィデンシャリズム」、「歴史的プロヴィデンシャリズム」に対するアンチテーゼが提示されていることを考察する。

一　人間の歴史とプロヴィデンス

『七破風の屋敷』はセイラムにおけるピンチョン一族の二世紀に渡る歴史が描かれるが、これは、ニューイングランドに植民した第一世代の清教徒の時代から、独立戦争を経て、ホーソーンにとっての現在である十九世紀中葉に至るまでの時期と一致する。十九世紀にはキリスト教的歴史認識を素地とする新国家の歴史創生が急がれた。『七破風の屋敷』にはこうしたナショナリズムが反映され、歴史を支配するプロヴィデンスの属性が物語に重要な枠組みを与えている。そこで作品の検討に入る前に、プロヴィデンスという概念が有する人間の歴史支配という属性、ならびに、十九世紀アメリカの歴史創生に関するプロヴィデンス言説について確認しておきたい。

キリスト教における人間の歴史は次のように説明される。アダムの楽園追放以降、神が行ってきた贖いの計画はキリストの再臨で最高潮に達するが、その目的は宇宙の再統合と世界教会の建設である。そして、その神の計画が遂行される人間の歴史はプロヴィデンスの支配下におかれている（Wood 979）。こうしたキリスト教の歴史認識を背景に、十九世紀のアメリカでは、「プロヴィデンスの見えざる手に導かれてきたアメリカ」という言説が広められた。その歴史観が意味することとは、アメリカの歴史がイギリスの歴史の亜流として存在するのではなく、アメリカン・デモクラシーの実現を図るプロヴィデンスの計画によって、アメリカの誕生は当初から神によって予定されていたということである。

例えば、一八四三年に民主党の機関紙『デモクラティック・レヴュー』に掲載された記事では、政治と歴史とプロヴィデンスの関係性について次のように述べられている。

人類の歴史は、プロヴィデンスが自ら定めた目的を実現すべく行っている計画に依拠するものである。その神の計画に鑑みて、歴史は研究されたり記録されたりすべきであり、また歴史は神の計画に依拠しているからこそ科学的説明が可能なのである。

(Brownson 569)

この記事の執筆者は、歴史の考察には、人間の歴史が依拠しているプロヴィデンスの計画の研究と記述が必要だとするのだが、実際に、国家的事業の一環として民主党のバンクロフトが編纂を行った『アメリカ合衆国の歴史』(3)は、その中心的概念にプロヴィデンスを据えている(Gatta 42)。そして本書の序章でも触れたように、その序文は、「我々の国を存在せしめ、人間に慈愛を注ぐ神(a favoring Providence)が、この国を現在の幸運と栄光にまで導いたその足跡をたどること」(3)を促すのが歴史編纂の目的であると明記する。この歴史書は、ジャクソニアン・デモクラシー(Jacksonian Democracy)の党派的要素が強いものであったにもかかわらず、政敵も国家を代表する歴史家としての彼に協力した(Levin, *History as Romantic Art* 6)。例えば、民主党のライバルであるホイッグ党の機関紙『ホイッグ・レヴュー』(*American Whig Review*)はプロヴィデンスと歴史について次のように主張する。

宗教の教師が古典の学者であるべきだという考えには特別な根拠がある。人間に対する神の意図を解釈するのが古典の学者であり、すべての神の書物は彼の精通する分野の研究になるからである。神は全ての歴史を書き賜う。全ての章、全ての人類の段階、全ての政治的革命、全ての文化の形態というものは、単に人類の知恵や愚行、美徳や罪の軌跡というのではなく、神聖なるプロヴィデンス（Divine Providence）の手になる崇敬すべき書物なのである。国家や人種の状態や運命には、広大で栄光に満ちた自然における働きと同様に、全能の神に帰するべき明らかで完全なる啓示があるのだ。

（"How Shall Life be Made the Most of?" 416）

こうして、党派にかかわらず、また科学的検証か宗教的真理の探究かといった差異にもかかわらず、歴史とはプロヴィデンスの計画の軌跡であり、そこにある神の意図を解読して人々に知らせる役割を歴史家は担うべきであるとされ、ナショナリスティックなプロヴィデンス言説を構築していたのである。

近年の批評では歴史のフィクション性が問題にされてきた。すなわち、歴史が言語という手段で成立する限りイデオロギー性を帯びることから免れることは不可能であり、歴史のテクストが客観的に外なるものを指し示すというのはイルージョンにすぎず、その記述に記述者の社会、時代の傾向による取捨選択が行われている（福岡二〇〇五）、とするものである。しかし、十九世紀前半のアメリカにおいては、「アメリカには神の特別の計画がある」、「デモクラシーは見えざる神の手によって進歩する」といったプロヴィデンス言説に沿って、政治家たちは躊躇することなく国家の歴史を創生するプロジェクトを推し進めた。政治的、経済的独立を果たした当時のアメリカでは、陰鬱なピューリタニズムの影響を払拭し、文化的、社会的成熟の裏付けとなる、国家の独自の歴史、あるいは国家の「神話」を創生することが喫緊の課題であったのだ。こうした歴史構築で歴史家が求められることは、そのままでは関連性のないことを然るべき順序に並べて、プロヴィデンスの計画という物語の中で調和させることであった（Levin, *History as Romantic Art* 26）。実際、『アメリカ合衆国の歴史』の記述が、事実の記録というよりは感情的で党派的であるとしてバンクロフトに警告を発する者もあったが[4]、この歴史書は人気を博し、続巻が次々と発刊され、バンクロフトはライシーアムや大学などの多くの機関で歴史や文学の講義を行うことになる（M. Howe 215）。『七破風の屋敷』が出版された一八五一年は、プロヴィデンスに導かれて繁栄するアメリカという言説を裏付けるかのように、拡大主義の成果が実り、新しく得た領土カリフォルニアには金鉱が発見されて、そこに人々が殺到するという時代であった。しかし同時にその未曾有の領土拡張は大きな歪みを生み出し、中でも一八五〇年の妥協（Compromise of 1850）に含まれた逃亡奴隷法（Fugitive Slave Law）の制定は南北の亀裂の顕在化を加速させた。

こうした歴史的背景に鑑みると、『七破風の屋敷』において批評の対象となってきた序文の予告と本体の結末の矛盾、そして唐突なハッピーエンディングには、『アメリカ合衆国の歴史』に体現されるナショナリスティックな「歴史的プロヴィデンシャリズム」に対するアンチテーゼが提示されているようだ。現実世界の国家の歴史が、物語の「お伽噺のような結末」(Gilmore, *American Romanticism* 96) とは真逆の方向になる可能性が仄めかされているのだ。次節では、『七破風の屋敷』のピンチョン家の歴史に、新国家の楽天的な歴史観や人為的な歴史創生に対するホーソーンの懐疑が、相反するプロットを含む「二重のナラティヴ」の構造によって提示されていることを検討したい。

二　『七破風の屋敷』の予告された呪いと幸運な結末

『七破風の屋敷』の「二重のナラティヴ」を検討する前に、まず物語の概要を見ておこう。このロマンスの序文で「呪いの成就」が示唆されるとおり、本体の物語ではセイラムに入植した清教徒の名家であるピンチョン一族に、初代モール（Matthew Maule）の呪いが如何に災いをもたらしてきたかが描かれる。初代ピンチョン大佐（Colonel Pyncheon）は魔女狩り騒動の中で、魔法使いとしてモールを縛り首の刑に処するのだが、死の直前にモールは大佐に向けて呪いの言葉を投げかける。そして処刑したモールの土地に屋敷を建設した大佐が落成式の日に血を吐いて突然の死に見舞われたのを皮切りに、一族に次々と不幸が降りかかる。物語の現在である十九世紀でも、相次ぐ不幸で没落した一族の末裔である老女ヘプジバー（Hepzibah）が、服役していた兄クリフォード（Clifford）を迎えるために古びた屋敷でみじめな商売を始めるなどピンチョン家の災いは続く。しかし、ピンチョン家の遠縁の娘フィービー（Phoebe）とモールの末裔であるホールグレイヴ（Holgrave）の登場、そして貧しいが知恵者であるヴェナー爺さん（Uncle Venner）との交流の中で、年老いた兄と妹の運命は徐々に変化する。そうしたある日、強欲な一族の血を受け継ぐ判事のジャフリー（Jaffrey）が一族に伝わる伝説の土地権利書のありかを聞き出そうとヘプジバーとクリフォードに強引に迫る中、血を吐いて死ぬ。殺人の嫌疑がかかるのを恐れた兄と妹は逃げ出すが力尽きて屋敷に戻る。万事窮すと思われた時、フィービーとホールグレイヴがやってきて事件は解決され、二人の結婚によってピンチョン家とモール一族の確執が解かれ、死んだピンチョン判事の財を受け継いだヘプジバーとクリフォード、フィービーとホールグレイヴは、ヴェナー爺さんを伴って幸せな新生活を始めることになる。

このように物語はハッピーエンディングで終わるのだが、前述したように、『七破風の屋敷』の序文ではその結末と矛盾する内容が予告されている。

作家というものは、多く、彼らがその作品の狙いとしてかかげている若干の明白な道徳上の目的を、おおいに強調するものだ。この点に手落ちのないように、著者も特にひとつの教訓を用意することを怠らなかった――すなわち、ある世代の悪行は子々孫々まで生きのび、一時的な美点はすべてこれをはぎとって、ついには純粋にして抑制不可能な害悪となりはてるにいたる、という真理にほかならない。――そして、もしこの「ロマンス」が、不正な手段で手に入れたおびただしいばかりの黄金や土地を、不幸な子孫の頭上に雪崩のように浴びせかけては彼らを傷つけ、押しつぶし、ついには山とつもったその財宝をもとの原子となってとびちるがままに任せてしまうなどということの愚かしさを、人類(いや、そういいだせばどんな人間にでも)ものの見事に確信させることになれば、著者の満足たるや、まさに特別のものとなるであろう。(II, 2)

ホーソーンの四つのロマンスには全て序文が添えられているが、『七破風の屋敷』の序文は、本体の物語の中で起きる出来事とそこから引き出される教訓を明言するという点において、他の三つのロマンスの序文とは異なる特徴を備えている。しかも、実際の物語は序文で述べる「呪いの成就」というよりは、呪いが解体される結末となっているのだ。本節では、こうした矛盾が「二重のナラティヴ」の構造によって意図的に提示されていることを検証していく。

さて序文に続く第一章では、如何に序文の予告通りの物語が展開するかが説明されるのだが、その語りには、読者を巻き込む仕掛けが成されている。まず語り手は、「いまいったこの町へ、ときどきでかけてゆく私（I）は、ピンチョン通りを通りぬけることを欠かしたためしは一度もない」（II, 5）と一人称単数の"I"を用いて、語り手自身の経験として物語を始める。しかし、土地争いの説明の段になると「この問題についてのわれわれの（Our）知識は、主としていいつたえ（tradition）によるもの」（II, 7）と、一人称複数の"we"が用いられ、その主体に読者が含まれる可能性が示唆される。続いて語り手は、ピンチョン屋敷を建てた大工の棟梁がモールの息子であったことについて、「読者（the reader）は不思議に思われるかもしれない」と述べ、その屋敷の様子は「筆者の記憶（the writer's collection）の中で」あまりに見なれた姿で建っていると述べる（II, 10）。ここで、語り手は「書き手（writer）」と「読み手（reader）」という関係性、すなわち噂を「伝える側」と「聞く側」という関係性を語り手と読者の間に構築している。その関係性はさらに「もし我々がその鏡の秘密を手にしうるなら、よろこんでその前にすわって、そこにあらわれるものをわれわれのページに書き写したいところである（Had we the secret of that mirror, we would gladly sit down before it, and transfer its revelations to our page）」（II, 20）と"we"を主体とする仮定法によって「書き手」と「読み手」が共に噂の発信者となる可能性が示される。やがて章の終盤では「われわれが主張する次のことによって比喩的に表現する中に（in what we figuratively express, by affirming that...）」（II, 21）と、両者は共に噂を主張する関係となり、さらに「われわれはこれまですすんで（we have been willing to）この尊敬すべき屋敷の描写をするさいに強調しようとしてきた」（II, 28）と積極的に噂に関与していたことになる。そして語り手は、「まもなくわれわれの物語（our narrative）を始める」（II, 29）と章を締めくくり、すっかり噂を聞き広める主体に巻き込まれた読者は、現代の物語が展開し始める第二章の冒頭では語り手とともにピンチョン家の末裔であるヘプジバーの着替えを覗き見する共犯者となって、物語の展開を追うことになる。もちろん作家は"authorial we"という一般的な語りの技法を巧みに利用して"we"の主体を曖昧にしているわけだが、周到に準備された語りの主体の移行には、噂をする当事者側に物語外の読者を巻き込む戦略が見てとれる。物語の序文とそれに続く第一章の読者を巻き込む語りの説明により、作中の噂を広める登場人物達と同様、読者はピンチョン家にふりかかる災いを「呪いの成就」として解釈する思考の枠組みを身につけることになるのだ。

また、この第一章では、ピンチョン家の歴史の発端となるピンチョン大佐の性質を説明する際に、人間世界の歴史を司るプロヴィデンスの属性が提示されている。

大佐が亡くなったころのピンチョン家は、世の常である有為転変のなかにあって可能な限りの、幸福な恒久不変を約束されているかのように思われた。彼らの繁栄は、時の経過（the progress of time）につれて衰え破壊されるどころか、むしろ増大し成熟してゆく（ripen）であろうと予測しても、不当ではなかっただろう。(II, 17–18)

ここで言及される「時の経過」とはプロヴィデンスが支配する人間の歴史を指しており、それは「旧牧師館」で描かれるように、自然に果実が「成熟する（ripen）」四季の移り変わりを司るものでもある。そして「先見の明と知恵を有する（provident and sagacious）」(II, 17–18) ピンチョン大佐は、「最後まで意志を貫く鉄のような精力」（II, 7）によって、地上のあらゆるものを摩滅させて破壊する「時の経過」に逆らい、恒久不変にピンチョン一族の繁栄が約束されるようにと尽力したのである。彼の性質を表す“provident”は“providence”の派生語であり、“sagacious”が持つ「正しい判断を成す」という意味もまたプロヴィデンスの特性を表している。すなわち、プロヴィデンスのごとく子々孫々に至るピンチョン家の歴史を支配し、繁栄させることができると考えた大佐は、神の領域に踏み込む冒涜的行為を犯したことが示唆されているのだ。

そしてピンチョン大佐の神への冒涜行為は、他方でモールの復讐心を煽ることになる。初代モールは、魔法使いとして処刑される間際に「神様はやつに血をのませなさるぞ！」（II, 8）という呪いの言葉をピンチョン大佐に浴びせかけ、ピンチョン一族の未来に影を投げかける。そして、実際にピンチョン大佐を始めとし、血を吐いて死ぬピンチョンが時折現れて呪いは成就する。またもともと催眠術の能力を代々引き継ぐモール一族は、その特異な能力ゆえに魔法使いの一族と見なされ続けることになる。こうしてプロヴィデンスにとって代わって人為的に歴史支配を試みたピンチョン家に繰り返して降りかかる不幸と、そのピンチョンに怨嗟を抱くモール一族が持つ催眠術や特殊な技術が相まって「呪いの成就」の物語が展開していく。

しかし、マシーセンが指摘するように、ピンチョンの不幸は初代ピンチョンが招いた「呪いの成就」というよりは、その時代毎の「ピンチョン一族が自ら招き続けている呪い」(326) である。例えば、ピンチョンのある者は土地を得たいが為に、娘アリス (Alice) をモールの犠牲にするが、一方、アリス自身もその高慢さゆえにモールの恨みを再燃させてしまっている。また、幻の土地を追い続けて全うな労働につかない者もあれば、独立戦争時に財産没収を逃れるために節操のない寝返りを行う者もあり、さらにはモール一族に財産を譲渡しようとする叔父を甥が殺すという忌まわしい殺人事件まで起こる。先祖の行為に「魔法使いのマシュー・モールは邪な手段で土地を奪われてしまった」と良心の呵責を感じるその叔父にしても、「生命をとはいわぬまでも」(II, 22–23) と考えており、初代ピンチョンが土地を奪ったことに責任を感じる一方、彼が魔法使いのモールを処刑したこと自体は正義としている。結局、初代ピンチョンが子孫に伝えた実際の負の遺産とは、モールの呪いというよりは、傲慢、強欲、高慢、冷酷といった気質であったといえる。

こうした気質はピンチョン家の没落を体現するヘプジバーにも多かれ少なかれ受け継がれている。例えば、セント・ショップを開店したヘプジバーを励まそうと、労働を賞賛するホールグレイヴに彼女は、「少しばかり威厳を傷つけられた様子で」、自分は「貴婦人」として生まれたのだと身分の違いを強調する（II, 45）。こうした彼女の高慢な態度は、かつてアリス・ピンチョンが大工のモール（Matthew Maule）の自尊心を傷つけ、復讐心を掻き立てたように、モールの末裔であるホールグレイヴからそのやさしい物腰の中の「かくしきれぬ異様なあてこすりの調子」（II, 44）を引き出している。また、ヘプジバーは、身分違いの結婚をして家を出たピンチョンの娘であるいとこのフィービーが訪ねてきたときには、「一日まえに予告することもしなければ、きていいかどうかを問い合わせることもしない」などというのは、「全く田舎育ちの」（II, 69）やり方だと見下している。ヘプジバーは身分の低い彼女の母親を蔑んでいるのだ。

呪いの本質がどうあれ、ともかく『七破風の屋敷』では、こうした性質を有するピンチョン一族の「呪いの成就」の物語としてのプロットが展開され、その末裔であるヘプジバーとクリフォードにもまた不幸が襲いかかる。監獄から釈放された兄クリフォードを迎えるために、ヘプジバーは屈辱感に耐えながらセント・ショップを開くも上手くいかない。ホールグレイヴとフィービーの助けによって、ひとときの幸福が訪れるが、ピンチョン判事の強引な要求に苦しめられる。彼が発作で血を吐いて死ぬと、クリフォードに殺人の嫌疑がかけられることを恐れて屋敷から二人で逃げ出すが、結局、死体のある屋敷に戻らざるを得なくなる。ジャフリーの死に様も殺人の嫌疑もこれまでのピンチョン家の災いの再来であり、彼女にもまた呪いがふりかかるかと思われたとき、急転直下、戻ってきたホールグレイヴとフィービーによって問題は解決される。

まさに「機械仕掛けの神」を用いたごとくの唐突なハッピーエンディングとしてしばしば批判の対象となる箇所であるが、実は物語の当初から語り手は「呪いの成就」とは異なるプロヴィデンスの計画があることを示唆している。いわば表面の「呪いの成就」とは相反する表面下のプロットが展開されているのだが、語りによるプロヴィデンスへの言及に注目して、その「呪いの解体」のプロットの展開を追ってみよう。

ピンチョン家に引き継がれてきた強固な「呪いの成就」の物語の枠組みの揺らぎが示されるのは、ヘプジバーの意識内においてである。彼女の心の内を覗く語り手は、彼女に対して同情的な態度を示し、一貫して、呪いの物語とは違った慈悲を持つプロヴィデンスの計画があることに度々言及する。そして、第一章でピンチョン大佐による人為的な歴史支配による物語展開の枠組みにはめられた読者は、物語の登場人物と同じ目線で「呪いの成就」の物語を追う一方で、彼らが知らされていないプロヴィデンスの計画とヘプジバーの意識の変化を、語り手と共有しつつ「呪いの解体」のプロットが推進する結末を目撃することになる。

これまでに見たように、ヘプジバーは確かに災いを招くピンチョンの気質を受け継いでいる。しかし語り手は、本当のヘプジバーは、ピンチョン特有の強欲や冷酷さを持たず、その情緒の中に「愛情のもっとも温かい奥底」(II, 34) があると彼女を弁護する。そして、セント・ショップを開くことを決意した彼女に「人生とは、大理石と泥からできあがっている」のだから、「われわれを支配している広大な恵み」(II, 41)、すなわち神への信頼を持つようにとヘプジバーには届かない声で励ます。ヘプジバーの信仰心は揺らいでおり、「野蛮な客」に腹を立てては、無意識とはいえ天上のプロヴィデンスにしかめ面を向け (II, 53)、金持ちの貴婦人に嫉妬してはプロヴィデンスに不服を感じる (II, 55)。しかし、それを懺悔して心の中で許しを請う彼女に語り手は、「神が彼女を許したもうたことに、疑いはない」(II, 55) と断言する。さらに、語り手は、ヘプジバーの天性の「気高く寛大な、高貴なもの」と「貧困によって豊かにされ、悲しみによって成長し、おのが生活への強い、孤独な愛着によって高められた英雄性」(II, 133) を讃え、「自分のためには何も願わず、一心に兄のクリフォードに尽くす機会だけをプロヴィデンスに願ってきた」(II, 133) 彼女に、神が善を計画していることを示唆する。

ヘプジバーが呪いの本質や神の存在を真摯に考え始めるのは、クリフォードから秘密の地図の在りかを聞き出そうとする執拗なジャフリーに対峙した時である。この時までにフィービー、ホールグレイヴやヴェナー爺さんに感謝と共感を抱くようになっていた彼女は、ピンチョン一族が持つ本質的な欠点を直視するようになっている。そして彼女はジャフリーに、次のように切々と訴える。

「心が病んでいるのは、あなたの方で、クリフォードじゃありませんわ！　あなたは、ご自分の母親が女であったことを忘れてしまってらっしゃるんです！――かつてご自身に、妹や弟や、ご自分のお子さんたちがあったことを！――いいえ、こんなみじめな世のなかでも、かつては人間同士のあいだに愛情が通いあい、人間がおたがいに憐みの心を伝えあったことを忘れていらっしゃるんですわ！　そうでなかったなら、夢のなかでさえ、どうしてこんなことをお考えになれたでしょう？（中略）それなのに、なぜあなたは、こんな残酷な、ほんとに残酷なことをなさらなければならないんでしょう？――悪意があるといっていいかどうかわからなくなってしまうほどに血迷ったことですわ！　ああ、ジャフリーさん、そういう冷酷な、貪欲な精神こそ、悲しいことに、この二百年間私たち一族の血に流れ続けてきたものじゃありませんの！　あなたはただ、むかしあなたの先祖がしたことをべつの形でもう一度くりかえして、先祖から受けついだ呪いを、あなたの子孫に

伝えようとしてらっしゃるだけですわ！」（II, 236–37　傍点筆者）

ヘプジバーは「あなたの血」と言わずに「私たち一族の血」と言い、一族に降りかかる「呪い」とは過去の先祖の悪行の結果ではなく、自分達の心が引き起こしてきたものであり、ジャフリーが「べつの形でもう一度繰り返して」呪いを再現させようとしているということを切実に訴える。

ここで、重要なのは、ピンチョン一族に、災いの原因が彼ら自身にあると認識させることを妨げているのが「呪いの物語」の存在だという点である。ヘプジバーはこれまで「卑しい身分」のホールグレイヴが呪いの話に触れた時、「受けつがれてきた呪いという、この陰鬱な威厳に言及されてまんざらいやでもないらしいようす」（II, 46）を見せており、フィービーにも「ピンチョンの災いはみんな、その魔法使いとのいさかいから始まった」（II, 184）として呪いの物語を何度か聞かせている。ピンチョン家の老人たちは「過去の灰をつついては、まるで火のおきでもかきだすように言い伝えをかきだし」、真夜中には「死んだピンチョンの人間たちは全部この居間に集まらなければならない」（II, 278–79）のだ。そのようにして「七破風の屋敷の部屋部屋や炉辺に蜘蛛の巣や煙の煤のようにたゆたっている家族の言い伝え」（II, 123）

の色が褪せないように努め、「呪いの物語」は一族を特別なものにする「世襲財産の一部」(II, 21)になってきたのである。零落したピンチョン一族にとっては古ぼけた七破風の屋敷とモールの呪いが、彼らを平民から区別する貴重な貴族の証であり、何より「呪いの成就」の物語を強化し維持することで、彼らは身に降りかかる災いの原因を過去の出来事に帰することが可能であったのだ。こうして本質的な問題は変わらないまま、ピンチョン一族は忌まわしい歴史を繰り返してきたのであり、「呪いの成就」による本質の隠蔽というパターンをジャフリーは再現しようとしているとヘプジバーは訴えるのだ。

この説得も空しく、孤立無援の立場に置かれたヘプジバーは自身に降りかかる災難を、「神がその被造物たちにたがいにわかちあうように命じたもうた支え」を頑固に拒んできたことに対する神の罰だと考える(II, 245)。ホーソーンは、「イーサン・ブランド」でブランドが「人類をつなぐ磁力の鎖(the magnetic chain of humanity)」(XI, 99)を断ち切ってきたことを批判するが、隣人との温かい交流を避けて生きてきたことをヘプジバーは悔いるのである。そして自分の信仰は「あまりに弱く」、その祈りは「あまりにも重荷を負うて、とうてい天までとどくはずもない」と考え、「神意(Providence)というものは、ひとりの人間がいまひとりの人間に加えるこうしたちっぽけな悪などに介入したもうものでもなければ、このような孤独な魂の小さな苦悩に慰めをあたえたもうものでもない」と(II, 245)とあきらめようとする。それに対して語り手は、「どんな小さな小屋の窓にも暖かい日光がそそぎこんでくるのとちょうど同じように、それぞれの個人の必要に応じて神の愛と憐憫の温かい光はたちあらわれるものだ」(II, 245)と、神の慈悲が彼女に届くことを読者に示唆する。

ジャフリーの突然の死に動転したヘプジバーはクリフォードともに屋敷からの逃亡を図るも失敗に終わり、彼女は今こそ、地上から下界を見下ろす全能の神を疑っている時ではないと悟り、「おお、神よ—われらが父よ—私たちは主の子供たちではないでしょうか? われらに慈悲をたれたまえ!」と心から祈りを捧げる(II, 267)。そしてその後、屋敷に戻ったヘプジバーとクリフォードは、ホールグレイヴとフィービーの助けを得ることとなり、物語は急転直下、ハッピーエンディングへと向かう。ホールグレイヴはジャフリーの死を科学的に説明して殺人によるものではないことを証明する。そしてモール一族に敵意を持つ世間によって自身の孤独が作り出されるのではなく、「あまりにも落ちつきはらった、冷ややかな観察者」(II, 177)としての自らの振る舞いから孤独が生まれていたことに気づいたホールグレイヴは、フィービーに結婚を申し込む。こうして、ヘプジバーによる一族の呪いの本質への気づきと、ホールグレイヴによる呪う側の心の問題の気づきによって両家の和解が成されるのだ。

「機械仕掛けの神」と批判を呼ぶ結末ではあるが、ヘプジバーが呪いの本質に気づき、一族の間違いを悔い、謙虚な信仰を取り戻し、運命を神に委ね、回心に至った彼女に文字通り神が救済の手を差し伸べた、という経緯がプロヴィデンスへの言及を用いて描かれており、不十分な展開とはいえ、個人と神の契約の回復という宗教的なプロセスを経ての結末だといえよう。初代のピンチョン大佐が傲慢にもプロヴィデンスに代わって歴史を支配しようとしたところから、モールの復讐心を招き、ピンチョンとモールが人為的にその物語を再生し続けることで作られた「呪いの成就」という歴史が物語の表面のプロットを構成している。同時に、その人為的な歴史を、心から神に運命を委ねたヘプジバーの回心を通して、プロヴィデンスが計画した本来の歴史へと回帰させるプロットが表面下に組み込まれており、物語の「二重のナラティヴ」が形成されているのだ。語り手は「神が現実の唯一の支配者である」（II, 180）と述べるが、ここにはいうまでもなく「人間世界の偶然の出来事は神の計画」というホーソーンのプロヴィデンスに対する信条が示されている。「機械仕掛けの神」の導入のように一見不自然に思える物語の結末は、文字通り物語世界の支配者であるプロヴィデンスによってもたらされた結末であり、人為的歴史からプロヴィデンスの歴史への回帰という作家の重要なテーマが提示されているといえる。

本書の第一章で扱った「ラパチニの娘」では、ホーソーンが物質の「凝縮」と「溶解」というモチーフを用いて、人工の過剰と自然を司るプロヴィデンスへの回帰という、相反する方向に展開するプロットを物語に構築していることを確認したが、『七破風の屋敷』では、人間の歴史を支配するプロヴィデンスの属性を用いて、作家は相反する方向に展開するプロットを組み込んでいるのだ。それでは、『七破風の屋敷』の批評で「安易な結末」とともに批判の対象とされてきたもうひとつの問題、すなわち「序文の予告と本体の結末との矛盾」はこの物語の二重構造とどう関わるのだろうか。十九世紀中葉のプロヴィデンス言説に対するアンチテーゼがこの矛盾に提示されていることを次に見ていきたい。

前述したように、十九世紀前半のアメリカにおいては、「アメリカには神の特別の計画がある」、「デモクラシーは見えざる神の手によって進歩する」といった「国家的プロヴィデンシャリズム」に基づく進歩思想（progressivism）が主に民主党によって唱えられ、拡大主義が推進された。こうしたあまりに楽天的な社会思潮に対する作家の懐疑が『七破風の屋敷』ではさまざまなレベルで投影されている。

例えば、『七破風の屋敷』ではその屋敷の落成式に「貴族」と、彼らよりも多くの「平民」が呼ばれたと記されているように（II, 12）、物語の発端からエリートと大衆の対比が明確に描かれている。十九世紀の物語の展開の中では、その対比が貴族階級を体現するピンチョン判事と、彼に対抗する雑多なヘプジバーやホールグレイヴの一団という構図で表される。ピンチョン判事の活動が、ウェブスター（Daniel Webster, 1782–1852）の演説（II, 273）や後に共和党に吸収されるフリー・ソイル党（Free Soil Party）と関連（II, 273）することが示唆されていることから、彼がエリートで構成されるホイッグ党派であることがわかる。[5] それに対して、彼に対抗する「奇妙に構成された小さな社会的一団」（II, 155）、すなわち、ヴェナー、ヘプジバー、ホールグレイヴ、クリフォード、そしてフィービーの一団は雑多な人々を党員とする民主党を体現しており、物語の結末が示すように、ホーソーンは民主党側に軍配を上げているようだ。

しかし『七破風の屋敷』の対比には、政治や倫理的な問題に対する作家の複雑な態度が表されており、特にホーソーンは民主党の進歩思想と拡大政策が招く問題に対する懐疑を示している。例えば、民主党的な大衆に属するホールグレイヴの進歩思想の誤りは、「どんな過去あるいは未来の時代よりもこの時代こそがまさに、古い衣装に継をあてつつ（patchwork）しだいに更新してゆくのではなく、そのぼろぼろの衣装を脱ぎすてて新しい服に着替える運命を担っている」（II, 180）と想像するところにあると批判する。ここには『ブライズデイル・ロマンス』におけるのと同様の急進的な社会改革への批判が見られる。また、作家は、過去を拭い去ることが可能だとするホールグレイヴの楽天的な考えを明確に否定し、人生の終わりには「人間の輝かしい運命」に対する彼の信念は、それが一種の夢に過ぎないという気づきとともに、「神こそが唯一の現実の作為者」であるという「はるかにつつましい信念」に置き換わると述べる（II, 180）。ホーソーンは、人間の進歩思想が描く人為的な未来像が、神の計画と相容れない可能性を示唆するのだ。

さらにホーソーンは、ヴェナー爺さんに、クリフォードからの財政的援助の申し出を次のような文言で断らせている。

「たしかに人間てぇやつは、大財産を築き上げようなどとして、とんでもないまちがいをしでかしとるようじゃ。もしわしがそんなまちがいをしでかしたなら、きっと神さま（Providence）に心をかけてもらう資格などないような気持になるでしょうわい。」

（II, 156）

「つぎはぎ哲学者（the patched philosopher）」（II, 155）であるヴェナー爺さんは、身に着けたつぎはぎの衣装のごとく、古い知恵も新しい考えも取り入れてバランス感覚を発揮し、ピンチョン家の伝説の広大な領地への執着に取りつかれて身を滅ぼしたピンチョン判事の二の舞にならないようにと自戒するのだ。

ピンチョン判事が求めた広大な領地がそもそもインディアンの居住地であったことに鑑みると、彼を批判するヴェナー爺さんの言葉には、プロヴィデンス言説に基づく民主党の拡大主義に対するホーソーンの懐疑が投影されていることがわかる。プロヴィデンスに与えられた大陸に広まっていくことを「明白な運命」であるとして未曽有の領土拡大に邁進するアメリカは、一八三〇年に「インディアン移住法（Removal Act）」を批准し、「涙の道（Trail of Tears）」に代表されるインディアンの強制移住[6]を断行し、一八四五年のテキサス併合（Texas annexation）や一八四六年のメキシコ戦争（Mexican War）を正当化していった。一八四八年のカリフォルニアにおける金鉱の発見は、その言説の「正しさ」の証明となり、人々は一獲千金を狙って金鉱に群がった。その言説の流布に大きな役割を果たしたのがバンクロフトの『アメリカ合衆国の歴史』であった。ホーソーンはヴェナー爺さんの言葉を借りて、無限に拡大する国家や人間の欲望の在り方、言い換えれば民主党政権の拡大政策の行きつくところの危うさに警鐘を鳴らすのである。

しかし『七破風の屋敷』において、こうした作家の風刺が最も巧みに表されているのが、人間の歴史を支配するプロヴィデンスの属性を用いて、序文が予告するプロットと相反する方向に展開するプロットを組み込んだ「二重のナラティヴ」の構造そのものにある。『アメリカ合衆国の歴史』の編纂では、プロヴィデンスの計画という文脈に沿って現在の状況が説明されるように過去の出来事を配置しなおし、未来に向けてプロヴィデンスの計画の成就に手を貸すことが人類の使命であるとするメッセージが織り込まれた。『七破風の屋敷』でも、登場人物達が既存の物語に合わせて現在の出来事を解釈することで予言に沿ったピンチョン家の歴史が続いてきたのであり、そこにはバンクロフトの歴史編纂の手法が踏襲されていることが見てとれる。ただし、現実世界の楽天的な歴史創生と異なり、物語世界の人為的歴史は「呪いの成就」という、現実世界の反転図となっている。そうだとすれば、物語世界の機械仕掛けのようなハッピーエンディングの反転としての現実世界の行く末は、突然訪れる不吉な結末ということになる。

ホーソーンはプロヴィデンスの計画に手を貸しているとする人間の解釈がしばしば、真のプロヴィデンスの計画とは正反対となることを描いている。例えば『大理石の牧神』の語り手は、プロヴィデンスの計画を読み取ってその手助けをすることが使命だと信じるケニヨンについて、次のように述べる。

予測も想像もつかぬ出来事が起こることを望むならば、鉄の枠組みを考案し、ある一つの必然的な形を未来にとらせるようにと考えるべきなのだ。そうすれば、「予想外」が割りこんできて、我々の計画を木端微塵に打ち砕いてくれる。(IV, 289)

ここで語り手はケニヨンの予測が全く外れ、彼の期待が打ち砕かれることになるということを逆説的に述べているのだ。この語り手が述べる「鉄の枠組み(an iron frame-work)」は『七破風の屋敷』における初代のピンチョン大佐の「不屈の目的遂行の精力(an iron energy purpose)」(II, 7)と通じるものであり、結局、ピンチョン大佐の思惑とは全く異なる形で歴史は展開することになる。『七破風の屋敷』では、ピンチョン家の出来事をずっと観察してきた村人が次のように述べる。

「もしこいつを運がいいというつもりなら、それァそれでおおいにけっこうというもんだ。しかし、もしこいつを神さま(Providence)の御心だと考えなきゃあならねえとしたら、いやはや、神さまの御心ってやつは、とても量りしれねえもんだな!」(II, 319)

ここで思い起こされるのは、物語の第一章で読者を巻き込む語り手の存在である。物語の村人と同様に、読者は語り手によって序章での予告通りの物語が進行するかのように思わされたのだが、肝心のプロットが展開しはじめるとすぐに、その語り手は村人にとって「とても量りしれねえ」プロヴィデンスの計画があることを読者に仄めかしはじめる。その読者とは、物語の反転世界である現実の世界を生きる人々であり、人為的で楽天的な幸運の成就の物語を共有し、拡大主義やゴールドラッシュ（gold rush）に沸いている現代を生きる読者である。『七破風の屋敷』の最後で読者は、登場人物達が知らない、井戸に映る不吉な影を見せられる。物語世界の出来事を鏡のように映す井戸の水の映像は、反転図としての現実世界を映し出しており、突然訪れる幸運で閉じる物語とは逆に、現実世界の歴史には不吉な結末が用意されていることが読者に暗示されているのだ。

『七破風の屋敷』が執筆された年には領土の拡大がもたらす南北の亀裂がいよいよ深まり、一八五〇年の妥協の中でも逃亡奴隷法は北部の強い反感を引き起こし、その後、アメリカは南北戦争への道を加速度的に辿りはじめる。しばしば民主党の人脈の恩恵に与るホーソーン(7)は、その民主党が推進する進歩思想や拡大政策の危うさを感じつつも、それを真っ向から批判するようなことはしない。暗い結末の『緋文字』よりも当初は好意的な評価を受け、作家自身も気に入っていた『七破風の屋敷』だが、彼は歴史を支配するプロヴィデンスの概念を用いて「二重のナラティヴ」を構築し、その構造を利用して巧みに世相に対する警告を投げかけたのだといえる。

これまで検証してきたように、『旧牧師館の苔』、『緋文字』、『七破風の屋敷』でホーソーンは、プロヴィデンスの宗教的属性やその概念を用いた政治的言説を利用し、短編集やロマンスに「二重のナラティヴ」を構築し、それが生み出す曖昧性や矛盾を巧みに利用してテーマを展開したり、読者を操作したりしてきた。『ブライズデイル・ロマンス』では、こうしたホーソーンの手法がより精巧な形で用いられていることを次章で明らかにしたい。

注

（1）『七破風の屋敷』の邦訳は、大橋健三郎訳『七破風の屋敷』（筑摩書房）を参照し、必要に応じて改訂を加えた。

（2）序文と本体の矛盾に加え、呪いの物語が急転直下、唐突にハッピーエンディングへと向かうストーリーについて、例えばマシーセンは「いくぶん安易にすぎる」(8)と述べ、その欠点を作家の人生経験の不足から生じたものとする(335)。また宗教的解釈を行うガッタ(John Gatta)は、作家がキリスト教の黙示録的世界を現代のエデンに描こうとして失敗したとする(48)。スターン(Milton R. Stern)は、ホーソーンが市場原理を考慮してヴィクトリア朝的な価値観を結末に反映させたのだとしている(xxx–xxxii)。

(3)バンクロフトは十巻の『アメリカ合衆国の歴史』を一八三四年から一八七四年にかけて編纂出版した。最初の三巻が一八三四年から一八四〇年にかけて出版され、残りの七巻は一八五二年から一八七四年にかけて出版された。一八七六年の改訂で六巻本に編纂され、一八八五年版で『憲法制定の歴史』(*The History of the Formation of the Federal Constitution*, 1882)の二巻が加えられた。("George Bancroft")

(4)バンクロフトの義理の兄弟でホイッグ党の政治家のデイヴィス(John Davis)は、一八三五年四月にバンクロフトに宛てた手紙で、彼が編纂している「歴史書に党派的思想を忍び込ませないように願いたい」と忠告をしている(M. Howe 211)。

(5)ピンチョン判事のモデルは、ホーソーンがセイラム税関職を失うように働きかけたホイッグ党のチャールズ・アッパム牧師(Charles W. Upham, 1802–1875)とされている(Stern xx)。

(6)インディアンの強制移住の問題がホーソーン作品に与えた影響については、マドックス(Lucy Maddox)の『リムーヴァルズ』丹羽隆昭訳(開文社出版)を参照。

(7)ホーソーンはバンクロフトに政治職の斡旋を依頼し、実際に彼の口ききでセイラム税関職を得た。しかし、ホーソーンの彼に対する評価はあまり高くなく、家では彼のことをスペンサー(Edmund Spenser, 1522?–1599)の『妖精の女王』(*The Faerie Queene*, 1589–96)に登場する百枚の舌を持つ怪物で、噂と中傷の象徴とされる"Blatant Beast"の名をつけて呼んでいた(Turner 170)。

第四章　『ブライズデイル・ロマンス』
創造主としてのプロヴィデンス——劇場神と酒神のアイロニー

はじめに

ホーソーンの三作目のロマンスである『ブライズデイル・ロマンス』は、ブルック・ファーム[1]に参加したホーソーン自身の体験を基にして創作された自伝的要素を交えたロマンスである。一八四一年四月から十月まで、このユートピア共同体に加わった作家は、肉体労働と知的創作活動の両立の望みをかけ、婚約者ソファイアとの新生活の基盤を得ることを期待した。しかし、その計画の非現実性を思い知り、失望したホーソーンはこのプロジェクトから脱退する。その苦い経験から約十年後の一八五二年、作家はこの体験をもとに創作した『ブライズデイル・ロマンス』を出版した。出版当時、そのプロットの難解さと読者が期待したほどブルック・ファームの内実が描かれていないことから、『ブライズデイル・ロマンス』の評価は芳しくなく、失敗作とする批評もあった。しかし一九五〇年代になると本作品は新批評による再評価を受け、特に信頼できない語り手(unreliable narrator)カヴァデイルの視点の問題に関心が向けられるようになった。[2] 本章では、人間世界の創造主としてのプロヴィデンスの属性と自然を司るプロヴィデンスの属性を用いて物語に構築された枠組みにより、作家の自伝的テーマや社会改革運動批判、語り手の問題などのテーマが精巧に統合されていることを検証したい。

ここでまず『ブライズデイル・ロマンス』の内容を概観しておこう。

物語は、主人公であり語り手でもある二流詩人カヴァデイルが、ブライズデイルでの体験を追憶するという形で描かれる。カヴァデイルは雪が舞う四月のある日、不安を感じつつも、参加を決意したブライズデイルに到着する。当初は仲間の理想に共感していたカヴァデイルは、次第に肉体労働を負担に感じるようになり、また、参加者の自己中心的な願望に気づいて、共同体に幻滅を抱き始める。また、女権論者のゼノビア(Zenobia)、博愛主義者で罪人更生を謳うホリングズワース(Hollingsworth)、そして彼が連れてきたプリシラ(Pricilla)を巡る愛憎劇の秘密を探る態度を批判され、仲間からの疎外感を強く感じるようになる。カヴァデイルは、一旦ブライズデイルを離れて、好きな酒を飲み、たまたまホテルの窓から彼らの秘密に迫る光景に出食わすが、ここでも覗き見を非難されて屈辱を味わう。その後、プリシラとゼノビアがムーディー老人（Old Moody）を父とする腹違いの姉妹であることや、プリシラがゼノビアの暗い過去と関わりのあるウェスタヴェルト（Westervelt）のいかがわしい催眠術ショーに利用されてきた事情などを知ったカヴァデイルは、ブライズデイルに戻る。ゼノビアと恋愛関係にあったホリングズワースの関心は、彼が救い出したプリシラに徐々に移り、相続財産がプリシラのものになると知ると彼はゼノビアを捨ててプリシラと結婚する。財産も恋人も失ったゼノビアは入水自殺をし、彼女を死に追いやった良心の呵責から廃人のようになったホリングズワースはプリシラを頼りに生きていく。そして、ブライズデイルを去ったカヴァデイルが、その追憶の最後に自分はプリシラが好きだったと告白して物語は終わる。

さて、こうした物語の枠の構築に、創造主としてのプロヴィデンスと自然を司るプロヴィデンスの属性が用いられていることを論じるわけだが、人間世界を創造したプロヴィデンスは、自らが創造した地上の出来事に関心を持ち、予見的配慮を行い、あらゆる地上の出来事を監視する目を持つ。一方、フィクションの世界を創造する"author"は、作品世界の創造主として物語舞台を見おろす「プロヴィデンスの目（the Eye of Providence）」(3)を持ち、その舞台を采配する能力を有するといえる。『ブライズデイル・ロマンス』の序文の作家と思しき語り手も「作家の脳内で創造した人物達に変幻の如き道化を演じさせる」劇場を作る（III, 1）[4]と予告しており、その劇場の世界で起きる全ての出来事を采配するプロヴィデンス的な能力を持つかのようである。しかし、本体の物語でブライズデイルの出来事を報告する作家の分身と思しきカヴァデイルは、しばしば「自分の劇場」から締め出され、物語を自在に采配することも満足に語ることも出来ない、いわゆる信頼できない語り手として造形される。ホーソーンは『七破風の屋敷』と同様、『ブライズデイル・ロマンス』でもプロヴィデンスの属性を用いた枠組みを構築し、序文と本体の物語の矛盾を導入する手法を用いているようだ。

『ブライズデイル・ロマンス』ではプロヴィデンスという直接の言葉や概念は、他のロマンスにおけるほど多く用いられているわけではない。しかし表面的には、さほど重要ではなさそうに思える作中の葡萄や葡萄酒の記述に注目すると、異教の神バッカスの役割を語り手カヴァデイルに担わせることにより、プロヴィデンスの概念と属性が物語に導入されていることがわかる。演劇神でもあり酒神でもある異教の神バッカスは、プロヴィデンスの地上の出来事を監視する創造神としての属性、ならびに自然秩序の支配を行う属性を付与するのに格好のモチーフといえる。以下の節では、「劇場から締め出される演劇神」、「禁酒をする酒神」という語り手カヴァデイルが担うアイロニカルなバッカスの表象により、作家のブルック・ファーム体験、個人改革の問題、社会改革とメイン法（Main Law）批判、そして、ホーソーンの作家としてのジレンマ、という主要テーマの提示と統合が成されていることを見ていきたい。

一　葡萄を愛でるカヴァデイル

ギリシア神話でディオニューソス（Dionysus）と呼ばれるローマ神話のバッカスは、酒の神であると同時に演劇の神でもある。古代ギリシアのディオニューソスの祭では演劇のコンテストが行われ、アイスキュロス（Aeschylus, 525–456 BC）、エウリピデス（Euripides, c.480–c.406 BC）、アリストパネス（Aristophanes, c.448–c.385 BC）などの作品が競演され、ディオニューソスの神官が審判を下した[5]。

『ブライズデイル・ロマンス』では、共同体の隠れ家とボストンのホテルで葡萄を見守り、葡萄酒の醸造を思い描くカヴァデイルには、酒神バッカスの属性が付与されているようである。同時に、これらの葡萄が茂る場所で、「自分の劇場（my private theater）」（III, 70）の「古典劇のコーラス」（the Chorus in a classic play）（III, 97）のような位置から、仲間達の演じる愛憎劇の真相を知ろうとし、時にはその劇場で、全知の神の如くに物語を把握しようとするカヴァデイルには、演劇神バッカスの属性も付与されているといえる。ところが、この十九世紀アメリカのユートピア共同体のバッカスは、社会改革運動を標榜するブライズデイルで禁酒をせねばならず、(6) また「自分の劇場」で演じられる劇の全容を知ろうとすると、仲間から詮索好きだと疎まれ、その目論見はことごとく失敗する。さらに、ボストンの下宿屋でも覗き見を非難され、酒場に出向き、禁酒を破って共同体に戻ったカヴァデイルは、バッカスの祭儀ともいうべき仮面行列で糾弾されて逃げ回るはめになる。このように、ホーソーンは「禁酒をする酒神」、「劇場から閉め出される演劇神」というアイロニーを施すのだが、それによって彼自身の失意に終わったブルック・ファーム体験、自然の秩序に反する過激な社会改革運動への批判、禁酒法であるメイン法への不満、そして創作に対する自身のジレンマを描き、これらのテーマを一つの物語に統合するのである。

それではまず、バッカスの属性をカヴァデイルに付与する作中の葡萄の記述を辿ってみよう。「よりよい生活」(III, 10) を求めて四月にブライズデイルでの生活を始めたばかりのカヴァデイルは、早くも五月には共同体での暮らしに違和感を持ち始める。同時にホリングズワース、ゼノビア、プリシラの三人で構成される人間関係から締め出されているという疎外感を抱くようになったカヴァデイルは、森に隠れ家を見つける。彼は葡萄が生い茂るこの場所が「自分の個人的立場を象徴しており、その立場を誰にも犯されないように守る」のに役立っていると感じる。そしてそこにある葡萄の房を数えながら上等の葡萄酒がたくさん作れそうだと想像する。さらに彼は「熟した葡萄の重い房を両肩に担いで身をかがめ、額をつぶれた葡萄で血の色に染め、寓話の実り豊かな十月の精の姿をして、共同体の仲間の前に現れて皆を驚かせたらどんなに愉快だろう」(III, 99) と考える。古代ギリシアの葡萄の収穫を祝うディオニューソスの祭りであるオスコポリア祭[7] (Oschophoria) では葡萄の房を担いで走るレースが行われたが、葡萄を巡ってさまざまな空想を楽しむカヴァデイルには、葡萄の成長と葡萄酒の熟成に関わるバッカス神のイメージが重ね合わされているといえる。そして酒の精の姿で共同体の仲間を驚かせてやりたいという彼の思いには、社会改革運動の一環である禁酒を実施しているブライズデイルに対する反発も見てとれる。

やがて、九月になって、ホリングズワース、ゼノビア、プリシラの愛憎関係から決定的に締め出されたカヴァデイルは、一旦ボストンに戻ってホテルの一室を借りる。彼はこの部屋で、ある瞬間には、「現在自分を取り巻いている環境」が、「遠く離れてぼんやりしている」かのように思え、次の瞬間には、「ブライズデイルの方が霞んで見える」(III, 146) ように感じる。カヴァデイルは森の隠れ家と同様に、現実世界から隔離された場所で「精神的甘美」(the moral sillabub)を味わうのだが、"sillabub"とは、ミルクやクリームにワインを混ぜ、砂糖・香料を加えて固めたものであり、彼がワインと解放感とを重ねあわせているのがわかる。そしてここでもまた、裏庭の「すでに紫に染まった葡萄の房を実らせて、蔓棚をはい上る葡萄の木」の葡萄に目をとめたカヴァデイルは、「その熟した果汁で豊かな香りとこくのあるマルタやマデイラのような上質の葡萄酒」(III, 148)が出来るだろうと思い描く。この直後、ムーディー老人に会うために酒場に出向いて葡萄酒を口にした彼は、ブライズデイルに参加する際に決意した禁酒をおおっぴらに破ることになる。その後、共同体に戻ったカヴァデイルは再び隠れ家に出向き、「夏の間中、目をかけて育て、今や十分に深い紫色に色づいて豊かに実った葡萄の房」に囲まれて、「この葡萄から絞り出されてできる葡萄酒には情熱的な風味があり、マデイラやフランスやライン産の精気の薄い葡萄からは作り出せそうもないバッカス的陶酔(bacchanalian ecstasies)をもたらす」(III, 208)ことだろうと考える。このように物語の季節の移り変わりに伴い、初夏に彼の隠れ家を囲む緑の実をつけた葡萄の木を発見し、そして九月の終わりにその葡萄を収穫するカヴァデイルにはバッカスのイメージが付与されている。しかし、この共同体の酒神カヴァデイルは禁酒を強いられ、同じく演劇神でありながら、その劇での出来事を知ろうとすれば覗きだと非難されて、本来、彼の祭儀であるはずの仮面行列で攻撃されて逃げまうことになる。アメリカ独自の「バッカス的陶酔」を伴う葡萄酒を思い描くユートピアの酒神は、皮肉にもインディアンやジム・クロウといったアメリカ的扮装をした仮面行列の仲間に糾弾され、ゼノビアの自殺を経て、ついに共同体を去る。ブライズデイルの隠れ家とボストンのホテルを中心にした葡萄・葡萄酒の記述は、その葡萄の生育と収穫によって、季節の移り変わりという時間軸を物語に導入し、一方で、バッカスを用いたアイロニーを通して、カヴァデイルが共同体で感じている疎外感や彼の禁酒の撤回を提示し、彼の心境の変化を描写する役割を果たしているのである。

それでは、こうした季節と心境の変化は、ホーソーンのブルック・ファーム体験とどのように関連しているのだろうか。超越主義者リプリー（George Ripley, 1802–1880）によって一八四一年に設立されたブルック・ファームは、環境の整備が人間性向上に繋がるとする彼の理想に基づいて文明離脱的な共産主義的農業共同体の実現を目指した。ホーソーンは、肉体労働と執筆活動を両立させ、美しい田園の中で婚約者ソファイアとの新しい生活の礎を築くつもりであった。しかし、前述したように、実態はホーソーンの理想とは相容れず、四月から六ヶ月余り滞在した後、彼はブルック・ファームを去る。『アメリカン・ノートブックス』によれば、ホーソーンは九月二十六日にブルック・ファームで葡萄の木を見つけている（VIII, 197–98）[8]。そして、この前日、婚約者ソファイアに「ひとつ確かなことは、私はここ（ブルック・ファーム）で冬を過ごす事はできないし、そうするつもりもないということだ」（XV [*The Letters, 1813–1843*], 578）と記した手紙を書いている。ホーソーンが葡萄を発見した時には、すでに共同体を去る決意を固めており、カヴァデイル同様、最後の葡萄の果実を味わった後、彼は十月末にブルック・ファームを去る。これらの事実が示すように、作家自身の体験ではブルック・ファーム脱退の決意を固めていた九月末に発見した葡萄を、『ブライズデイル・ロマンス』では、カヴァデイルが初夏に見つけ、秋に熟した葡萄を収穫するというように脚色が施されているのである。この脚色は、作家がブルック・ファームで過ごした春から秋という季節の変化を葡萄の成長によって物語に導入し、作家自身のブルック・ファームに対する心境の変化をカヴァデイルに投影するために成されたといえる。このようにバッカスのイメージを伴う葡萄や葡萄酒の記述は、作家の体験を投影しつつ物語の展開とテーマの提示に重要な役割を果たしているのだ。次に、バッカスのイメージとそのアイロニーが、さらに社会改革運動批判と個人改革の問題というテーマを展開する機能を果たしていることを見ていこう。

二　社会改革運動と酒のメタファー

この作品における、罪人更生運動を目指すホリングズワースや女権運動に従事するゼノビアなどの社会改革運動家への批判は、個人改革をないがしろにした結果陥る独善性や精神的脆弱さに対する批判となっている。「どこにもない」という意味を込めた「ユートピア」という言葉を生み出して作品名にしたトーマス・モア（Thomas More, 1478–1535）が、主観的な理想郷というよりは、現実社会への批判や反現実を描くことを意図したように、そもそもユートピア運動（utopian movement）の背景には、現実社会への不満やそこからの離脱希望があるといえる。実際、カヴァデイルは、罪人更生に取り組むホリングズワースが自分たち同胞に近づいたのは、共同体の人々の考えや理想に共感したからではなく、彼らが「世間から疎遠になろうとしていた」（III, 55）からだと見抜く。ホリングズワースは自身の描く「空中の楼閣」（III, 56）を建てる資金を得るという目的のために、現実社会からのはみ出しものという共通点を利用して人々に近づくのだ。そして「強力な目的の虜」となり、「神聖なる共感力」（III, 55）を喪失したホリングズワースは、ついにはゼノビアを自殺に追いやり、罪人となってしまう。バッカスの役割を担う語り手カヴァデイルは、そうしたホリングズワースの過ちについて、葡萄酒と蒸留酒の比喩を用いながら次のように述べる。

神は、豊かな心のエキスが、不自然な方法（an unnatural process）で荒々しく搾り出され、蒸留されたアルコール飲料（distilled into alcoholic liquor）のようになることを意図するのではなく、人生を甘く穏やかで静かな善行心に富んだものにし、他者の心と人生に、それとわからないように流れ込んで、同様の祝福された目的へといたることを意図しているのである。（III, 243）

ここでは、酒神の働きで自然に発酵していく葡萄酒と、人為的に濃度を高めた蒸留酒の対照によって、ホリングズワース個人に向ける批判が、過激な社会改革運動一般に対する批判へと集約されている。作家は、この語り手の声を通して、人間の改革は、自然に反して蒸留させられるアルコール飲料のようにではなく、酒神によって穏やかに発酵して熟成する葡萄酒のように成されるべきだと述べ、上質の葡萄酒が心地よく人を酔わせるごとく、成熟によって改革された個人の心が、周囲の人々にそれとなく感化を及ぼし、結果として社会全体の改革が実現するようなプロセスが必要だと訴えているのだ。

ホーソーンの酒の比喩の用い方は一貫しており、例えば「地上の大燔祭」においても、禁酒運動批判に際して、醸造酒と蒸留酒の対比を用いている。焚火の周りにやって来た禁酒運動家達は、この世の不要物としてあらゆる酒を焚火に投げ込む。そして蒸留酒が投げ入れられるとその炎は「昔のように、大酒呑み達の目に狂乱の火を灯す代わりに、全ての人類を飛び上がらせ戸惑わせるような閃光を放って上方へと舞い上がった」のであるが、一方、上質の葡萄酒の瓶が投げ入れられるとその炎は、「あたかも葡萄酒を愛でるがごとく瓶の中味をぺろぺろと舐め、他の酒飲みたちと同様に、飲み干した酒によって、より一層楽しげで熱狂的になった」(X, 386　傍点筆者)のである。

「地上の大燔祭」が創作された一八四〇年代には、アルコール度の高い蒸留酒も、低い醸造酒も区別なく、あらゆるアルコール飲料の販売禁止を唱えるワシントニアン協会による禁酒運動が盛んであった。岡本勝の『アメリカ禁酒運動の軌跡』によれば、厳格な神権政治の行われた植民地時代においても、人々は禁酒を強要されたわけではなく、酒場のライセンスはしばしば土地の名士に与えられた。それが十九世紀に入ると、生産性向上を目指す資本家と聖職者の利害が一致して禁酒運動団体が組織され、一八四〇年代には断酒会の運動が盛んになる。当初、断酒や節酒という個人的問題を扱うものであった禁酒運動は、その後、ドイツ系やアイルランド系移民の増加などによる状況の変化によって、酒の販売などの社会的規制を求める政治的な社会改革運動へと方向を変えていく。同時に、アルコール度の強い蒸留酒の節酒を推奨していた運動が、やがて、ワシントニアン協会のように、醸造酒を含めた全ての酒類を対象にする極端な禁酒運動へと向かっていくのである（岡本 一五）。ホーソーンが醸造酒と蒸留酒のメタファーを用いて過激な禁酒運動を批判する背景にはこうした流れがあったといえる。

社会改革運動に熱中する人々はホリングズワースがそうであったように、あたかも人工的に無理やり濃度を高めた蒸留酒のごとく、「一方向のこと以外のことを知ろうせず、その考えにあまりに没頭し、あまりに深く感情を掘り下げたため、間違いなく世界全体の理性と正義がそこにだけ集約したかのように」（III, 55–56）思い込むのだ。そして自身の欠点に目を向けるのではなく、外的要素を変えることに躍起になり、「恐るべき利己心」を「神の使いの天使」（III, 55）と見誤るのである。「地上の大燔祭」の最後に語り手は「内面を純化せよ、そして、外面にとりつくさまざまな形の邪悪を」（X, 404）と警告するが、ホーソーンが真に重要だと考えるのは個人レベルにおける精神の向上なのだ。

このように『ブライズデイル・ロマンス』において、神の働きによって自然に「成熟」することの必要性を説くカヴァデイルの声は、社会改革運動全般にむけたホーソーンの警告でもあり、作家自身が失意の内に脱退したブルック・ファームの環境の整備が人間性向上に繋がるとする方針に対する批判となっているのだが、この酒の比喩でもうひとつ重要なことは、そこに自然の秩序を司るプロヴィデンスの属性が反映されていることである。「旧牧師館」でホーソーンはシェイクスピアの比喩を用いて、自然の秩序を司るプロヴィデンスの恵みを「成熟」(ripeness)という言葉で表象しているが、同じく『緋文字』でも「この世界が神自身の時間において、成熟に(ripe)至る時が訪れることがあれば、新たな真実が明かされるであろう」(I, 263)と語り手に述べさせている。このように、ホーソーン作品で言及される「成熟」に関する語は、プロヴィデンスの自然の働きによってもたらされる変化を表象することが多い。メイル(Roy R. Male)は、『ブライズデイル・ロマンス』では「自然の基本的なリズムとしての季節に反する形で物語が展開する」(142)ことを指摘しており、フォーグルも同様に、作品の時間的な設定が「作品構造の重要な要素」(141)であると述べている。自然を司るプロヴィデンスの概念は、物語に四季の移り変わりに伴う時間の流れを構築し、一方、その季節外れの気候によって自然に反する社会改革運動への批判を描くのに適したモチーフだといえる。ホーソーンはそのプロヴィデンスの属性を擬人化しやすく豊かな神話的背景を持つバッカスに置き換えているのである。

カヴァデイルに付与されたバッカスの役割にプロヴィデンスの属性が重ね合わされていることを考慮すれば、彼がプロヴィデンスを用いた風刺やアイロニーによって、社会改革運動家であるホリングズワースやゼノビアの自己中心性を批判するのも頷けるだろう。例えば、カヴァデイルがブライズデイルに到着した日、プリシラを伴って遅れてきたホリングズワースは、共同体の人々に彼女の参加を認めさせるために「プロヴィデンスが彼女をブライズデイルによこした」(III, 30)と結論付ける。カヴァデイルはそのホリングズワースの「ぼさぼさの髪」、「浅黒い肌」、「豊かな顎鬚」(III, 28)に賞賛の眼差しを向け、「実に美しく、思慮深く慈悲に溢れた表情」(III, 30)だと、まるで彼をキリストであるかのように描写する。しかし、やがてホリングズワースの利己性や手段を選ばないやり方に不自然さを感じ始めたカヴァデイルは、当初の判断を変えて次のように述べる。

ホリングズワースは本来、同胞に贈る特権としてしばしばプロヴィデンスが人類に与える程度には、公平無私の善行の源ともなるべき深く温かい偉大な慈悲の精神を十分に授けられていたに違いない。この生まれ持った本性は未だ彼の中に生きていた。私自身も必要とする時にその恩恵に浴したし、彼のプリシラに対する扱いにもそれは見られた。そうした普段の時ならば、こうした彼の神聖なる共感力は活気づき、その影響が継続する間は、彼は地上でもっとも優しい真実の友であるかのように思えただろう。しかし、だんだんと、昨日の彼の優しさを見失うようになり、やがてホリングズワースは自分よりももっと親しい友人を持っているのではないかという、とんでもない意識を抱くようになったのだ。そしてその友達とは、彼が自分の想像力で作り出した冷酷な霊的怪物で、そいつのせいで、彼はすべての温かい心を捨て去り、そしてついには、強力な目的の虜となったこうした人間が必ず陥るように、彼はそいつの奴隷となってしまったのだ。(III, 55)

こうして自分が呼び出した怪物の奴隷となったホリングズワースは、ゼノビアを自殺に追いやり、その罪意識からプリシラの介護なしでは生きていけない状況になってしまう。かつて自信たっぷりにプロヴィデンスの思し召しだとしてプリシラを助けた彼が、皮肉にもその彼女の助けに頼って生きることになる。物語当初のホリングズワースの判断とそれを賞賛するカヴァデイルの判断を物語の終盤で覆すアイロニーが、予言的機能を持つプロヴィデンスへの言及によって導入されており、バッカスの役割を担うカヴァデイルの心境の変化が効果的に描かれているのがわかる。

同様に、ゼノビアに対するカヴァデイルの批判もプロヴィデンスを用いて行われる。カヴァデイルが「ゼノビアの心は雑草で一杯」(III, 44) だと表現するように、彼女の関心の中心は女性の権利を守ることというよりは、ホリングズワースの愛情を自分に繋ぎとめておくことにある。そのホリングズワースの裏切りにあった彼女は、「女であれ男であれ、世間はみな、プロヴィデンスも宿命も、髪の毛一本ほどでも通常の道から外れた女性に対して、社会全体でこぞって非難する理由を見出すのです」(III, 224) と人間だけでなくプロヴィデンスに対しても怒りを向けながら入水自殺で命を絶つ。カヴァデイルは、水死体はあらゆる死の中で「最も醜い」と容赦の無い言葉で彼女の死を描写する。そして、ゼノビアの死体の前で組まれた手は「あたかもプロヴィデンスに対する終わりのない敵意の中でもがいたかのよう」(III, 235) であったと、最後まで彼女が改悛しなかった可能性を示唆する。ホーソーンはこうしたカヴァデイルの語りを通して、彼女がまず取り組むべきであったのは「雑草で一杯」の彼女自身の心の改革であったことを描き、環境や世間、神を恨んで死んだゼノビアの姿を通して、外的要因の改革で人間の向上を図るというブルック・ファームの考え方に疑義を呈しているといえる。

ここまで『ブライズデイル・ロマンス』において、バッカスによる葡萄の熟成とプロヴィデンスがもたらす成熟とが重ねあわせられ、バッカスと関連付けられた酒のメタファーとアイロニーによって、作家の苦いブルック・ファーム体験ならびに社会改革と個人改革の問題というテーマが提示されていることを確認した。次に、作品が創作された一八五〇年代にニューイングランドで拡大していたメイン法に対する辛辣な批判が、やはりバッカスのアイロニーによって展開されていることを検討したい。

三　メイン法とバッカスの反逆

『ブライズデイル・ロマンス』において読者は、ゼノビアやホリングズワースの具体的な社会改革運動の内容や、プリシラを含む彼らの複雑な関係について、語り手カヴァデイルからほとんど情報を与えられない。しかし、このいわば信頼できない語り手のカヴァデイルが例外的に、物語の中で饒舌かつ写実的に状況を説明する箇所がある。それが禁酒法についての持論を展開する酒場の場面である。禁酒運動に対する作家の批判は、前述のように「地上の大燔祭」においても成されている。しかし、この短編で批判の対象とされているのは、一八四〇年代のワシントニアン協会による禁酒運動である。一方、一八五一年に創作し翌年に出版した『ブライズデイル・ロマンス』で作家が批判の矛先を向けているのは、禁酒の法制化を進めるメイン法である。『ブライズデイル・ロマンス』には、十一年前の作家の体験記という体を装いながら、リアルタイムで告発すべき問題としてメイン法が存在したといえる。ここではバッカスの役割を担うカヴァデイルの禁酒法に対する明確な反論に注目して、ホーソーンの禁酒法に対する強い関心とその背景にある政治的問題について考察する。

ホーソーンは処女作『ファンショウ』ですでに物語の展開に重要な場面として酒場を用いている。「地上の大燔祭」、「イーサン・ブランド」、『大理石の牧神』などでも、酒場や酔っぱらい、葡萄酒、禁酒運動などのモチーフが頻繁にみられ、作家の酒への関心が窺われる。特に「地上の大燔祭」では、様々な社会改革運動家達が世の中の「不要品」をつぎつぎに焚火に投げ入れていく中で、禁酒運動団体ワシントニアン協会の大群衆（a vast procession of Washingtonians）（X, 385）が、酒の壜や樽を火にくべていくのを横目で見る愛飲家の慨嘆が描かれる。

「ほろ酔い気分にも浸れなくなった今となっては」と最後ののんだくれは言った。「この世の中は何の楽しみのためにあるのか？　悲しみと困惑に陥ったあわれな人間を慰めるものは何なのだ？　陰鬱なこの世の冷たい風にさらされてどうやって温かい心をもてばよいのか？　お前たちが奪った慰みの代替として、彼に与えるべきものを差し出せるのか？　互いに楽しくかわすグラスもなく、どうやってむかしからの友と炉端を囲んで集えというのか？　お前たちの改革運動などこんちくしょうだ！　それは悲しい世の中であり、利己的な世の中であり、わびしい世の中だ。炉端を囲む仲間との宴が永遠に去ってしまった今となっては、実直な人間が、住む値打ちなどない世の中なのだ！」（X, 387）

この作品では、一八四〇年代に活発な運動を展開していたワシントニアン協会や指導的立場にあったマシュー牧師についての言及があり、作家が社会における禁酒運動の動向に敏感に反応して創作していることがわかる。

その後、一旦、下火になった禁酒運動は一八五〇年代に勢いを盛り返し、禁酒法制定へと向かう。今回の禁酒運動はこれまでと異なり、酒の製造と販売を法律で規制することを要求した。そして一八五一年にメイン州で採択されたのを皮切りに、一八五五年までに、メイン法と呼ばれる禁酒法が、ニューイングランドを中心に十一の州とふたつの準州で採択された（岡本一二四）。ホーソーンが『ブライズデイル・ロマンス』を執筆、出版したのはメイン法の採択がニューイングランドで拡大していく最中であった。彼は一八五一年の六月、禁酒法がメイン州で採択された翌月にブルック・ファームをモデルにしたロマンスを書くという着想を得て執筆を始め（Pearce xvii）、マサチューセッツ州で同様の禁酒法が採択された七月に『ブライズデイル・ロマンス』を出版した。そして同年、出版社のティクナー（William D. Ticknor）にメイン法制定に対する不服を書き送っている（XVI, 583）。こうして創作された『ブライズデイル・ロマンス』では、「地上の大燔祭」の時よりさらに具体的で辛辣な禁酒法への批判が展開されている。少し長くなるが、語り手カヴァデイルの口を通して作家の酒に対する考えがよく描かれている箇所であるので引用しておきたい。

人間の性質の中には、たとえ強い酒でなくとも、少なくとも葡萄酒を求めるような悪戯な本能がある。禁酒家たちは世の終わりまで説教するかもしれないが、それでも、この冷たい荒涼とした世界は酒杯によってずっと温かく、ずっと優しく、なごやかに思えるだろう。禁酒家たちはどんなに頑張っても、今までに無い素晴らしい気晴らしが発見されて、酒飲み連中が酒にとって代る真の喜びとなる物を手にするまでは、彼らの酒の一滴たりとも床にこぼす事はできない。人生全般が十分に活気のある雰囲気にされることが第一で、酒の慰めを必要としないようでなければならない。飲酒の習慣は他のどの問題にもまして弁護されなければならない側面を持っている。しかしこれらの善良なる禁酒家たちは、年季もののデミジョンをひったくり――物質的にも精神的にも――それの代替となるべき何ものも差し出さないのだ。それに大多数の人の生活は、恐らく、酒樽を取り上げてしまった後の大きな空白に耐えられないだろう。今、酒が占めている場所は、酒に代わる何かで埋め合わされなければならない。金持ちにとっては、自分の葡萄が立ち枯れてしまっても大した問題ではないかもしれないが、しかし、貧乏人は――酒によってしかよりよい生活を垣間見ることもできない――どうすれば良いのか。社会改革家達は、消極的ではなく積極的な努力をしてもらいたい。善と置き換えることによって悪を廃止しなければならないのだ。(III, 175)

この場面に至るまで、カヴァデイルは社会改革を掲げるブライズデイルで「禁酒」を強いられてきている。酒神バッカスの役割を担う彼がここぞとばかりに、禁酒法に対する異議申し立てをするのである。ここでカヴァデイルは、酒の持つ悪い影響と良い影響の両方を挙げながらも、ほどほどの飲酒がもたらす陽気な側面を支持する。例えば、飲んだくれの「生きながらの死」を描く絵が掲げられているこの酒場では、同時に、若者も年寄も飲むほどに陽気に慎ましく酒をたしなむ。バッカスは葡萄と葡萄酒の神というだけでなく、この酒場が示すような破壊と再生、死と生、老いと若さなどの相反する複雑な神性を包含する。古来より人間は、不可解な心の闇や不可知の自然の力を、バッカスの存在とともに畏れ崇めてきたのであるが、禁酒を強いられたバッカス役のカヴァデイルが偏狭な禁酒運動への反論を試みるという形で、滔々と酒への弁護を行うのだ。

さらに、酒場のリアリズム的描写に伴って、この場面の語りと作家ホーソーンの距離は接近する。彼はボウドン大学在籍中、しばらく酒を飲むのを控えるという内容の手紙を家族に送るほど若い頃から酒を好んでいる。また、一八五二年に編集者に宛てた手紙では、「メイン法にも関わらず」、友達から送ってもらったクラレット、シャンパン、シェリー酒、ブランデーを楽しんでいるとも書き送っており（Wagenknecht 99–101）、作家の並々ならぬ酒への嗜好が窺われる。禁酒法制定は世間を騒がせている話題であっただけではなく、酒を好んだホーソーンにとって個人的に強い関心のある出来事であった。こうした伝記事実に鑑みると、カヴァデイルの禁酒運動批判を「作家の強い意志表明」（Stoehr 226）とする指摘は正しいといえるだろう。ホーソーンはカヴァデイルの語りを通して、酒に対して抱いてきた自身の考えを述べながら、禁酒運動に対する明確な批判を繰り広げているのだ。

しかしながら、この作家渾身のパラグラフは初版でそっくり削除されており、それが復刻されるのは一九六五年のセンテナリー版を待たねばならない。当時、メルヴィルと交流があり、互いに酒を酌み交わしていたホーソーンであったが、妻のソファイアはそうした夫の飲酒を快く思っていなかった（Stoehr 226–27）。こうしたことから、禁酒運動批判箇所の削除を、道徳的な観点から夫の評判を損ねることを恐れたソファイアの影響だとする指摘は頷けるものだ（Bowers liii）。しかし、『ブライズデイル・ロマンス』のメイン法批判部分の削除を考える際に、禁酒法制定の背景に、さらに複雑な政治事情があったことに注目する必要がある。

前述したように、一八五〇年代に活気を呈するようなった禁酒運動は単に民間で酒の規制を求めるというものではなく、州法による法制化を主張するものであった。すなわち、禁酒運動は禁酒法運動へと様相を変えたわけだが、これはその運動が政治的取引の温床となることをも意味した。一八四〇年代の後半にメイン州の民主党は奴隷制を巡る問題で内部分裂をきたしており、奴隷制廃止論者と禁酒法運動家とが、それぞれの目的を達成する法制定のための票獲得に向けて手を組むという事態が生じていた。[9] すなわち、メイン法の拡大は奴隷制廃止運動（abolitionism）が高まる予兆となっていたのだ。メイン法に強い関心を持ち、民主党との深い接点を持つホーソーンが、メイン法と奴隷制廃止運動との関わりを意識していなかったとは考えにくい。
奴隷制問題に対するホーソーンの態度は曖昧であるとされるが、これまでの社会改革運動に対する態度と同様に、社会そのものの破壊を招く過激な変革に反対する作家の立場は一貫している。そして『ブライズデイル・ロマンス』の四ヵ月後に出版した『フランクリン・ピアス伝』の中で、作家は奴隷制問題について次のように述べている。

しかし、まだ、もう一つの見方、おそらくは賢明である見方がある。それは、奴隷制とは、プロヴィデンスが人間の創意工夫では矯正できないように定め、人間には予知することが不可能だが、適切な時期が到来し、その役割が果たされた暁には、この上なく単純で容易と思われる手段によって夢のごとく消滅させられる類の悪の一つであるとみなすものである。（XIII [*Miscellaneous Prose and Verse*], 352）

ここにはホーソーンの「人間世界の偶然の出来事は神の計画」というプロヴィデンスに対する信念が表されており、本体を破壊しかねない過激な社会改革運動に対する懐疑が提示されている。禁酒法制定論者と奴隷制廃止論者が政治的に手を組むという、それぞれの本来の目的から外れた改革運動が、現実の社会と政治に大きな影響力を及ぼしていた当時の状況に鑑みると、『ブライズデイル・ロマンス』における辛辣な禁酒法批判とその箇所の削除は、さらに深刻な意味を持つことがわかる。

『ブライズデイル・ロマンス』が刊行された一八五二年には、一八五〇年に奴隷州と自由州の権益を調整するための苦肉の策として制定された五つの法案を含む妥協策の中でも、特に「逃亡奴隷法」が巻き起こした論争で南北の亀裂が深まっており、当時、この話題に触れることは作家としても政治家としてもかなり危険であった（Stoehr 227）。現実とフィクションの境目を曖昧にし、バッカスの役割を担わせたカヴァデイルに禁酒法に対する反対を述べさせるという、幾重もの精巧な文学技法の隠れ蓑を用いて慎重に作家と語り手の距離を縮め、本来の目的からかけ離れていく社会改革運動への警告と批判の表明を試みたホーソーンであるが、奴隷制問題にも抵触するメイン法に言及することの危険性を認め、ソファイアの意向を汲んで、この箇所の削除を受け入れざるを得なかったものと思われる。しかし、作家は『ブライズデイル・ロマンス』の出版とほぼ同時に取り掛かった『フランクリン・ピアス伝』で、今度はより直接的に、奴隷制廃止運動に対する批判を再現させている。ホーソーンは急進的な奴隷制廃止運動が引き起こす連邦の分裂に対する危機感を深めていたのだが、その議論については補章で詳しく扱うことにしたい。

ともあれ、ホーソーンは葡萄の記述によるプロヴィデンスの概念の導入によって、酒神でありながら禁酒をしなければならないユートピアのバッカスという戯画的な語り手を造形し、物語の統一性を損なうことなく、当時の敏感な話題であるメイン法や奴隷制問題に対する意志を表明することを試みたのである。

四　自分の劇を采配できない語り手

さて次に、語り手カヴァデイルが担うバッカスと創作における作家のジレンマというテーマとの関連性を考察したい。『ブライズデイル・ロマンス』という作品の難解さの一因はカヴァデイルの語りにあるが、この信頼できない語りによって提示されているのは、作家ホーソーンの芸術家としてのジレンマだといえる。すなわち、物事を客観的に観察することと、物事に主体的に関わることとの間に生じる矛盾。人の心の奥の真実を覗きみることと、その行為に対する罪意識。ロマンス作家としてのプライドと、実用性を重んじる世間から向けられる冷たい評価。こうしたホーソーンの作家としての自意識が投影された優柔不断の二流詩人カヴァデイルは、演劇神バッカスの役を担いながら物語を采配できず、他の登場人物から疎まれ、劇から締め出され、ブライズデイルで起こっている事柄を十分に伝えることができない「信頼できない語り手」として造形されることになる。

カヴァデイルにとって、葡萄の茂る隠れ家とボストンのホテルは彼が自己回復を図る場所であり演劇神の属性を付与される場でもあった。例えば、これらの場所でカヴァデイルはゼノビア、ホリングズワース、プリシラの謎を知ることができそうな偶然に恵まれる。また、森の隠れ家の高みからカヴァデイルは「地上の、星の数にも劣らぬほどたくさんの物語」(III, 99) を観察し、随分遠くにいるホリングズワースの声を聞き分けたり、部屋の中のプリシラの縫い物の種類まで見分けたりすることのできる全知の視点を得たように感じている。そして、ウェスタヴェルトとゼノビアの会見を覗き見できる状況に巡りあわせたことを「運命の采配」(II, 103) だと彼は考える。しかし、こうした期待はどれも空しく破れ、やがて、彼の詮索好きはゼノビアからもプリシラからも疎んじられるようになる。そして、ボストンに戻ったカヴァデイルが泊まったホテルの向かいの下宿屋では、またしても偶然に、ゼノビア、プリシラ、ウェスタヴェルトの姿が現れて、思わぬ光景が展開し始める。今度こそ、秘密を知る手がかりをつかめるものと熱心に彼らを観察しながら、彼は次のように考える。

さあ、あとはこの場にホリングズワースとムーディー老人さえ居合わせば、登場人物は勢揃いとなるところだ——ひどく錯綜した事態はこれを他の関係性から切り離して考えるというのが私流のやり方だったのだが、そのため、彼ら四人はいわば私の空想の舞台の上で、もうずっと長い間、ドラマを演じる役者のごとくになっていた。(III, 156)

カヴァデイルは彼らの行動を自分の劇場で行われる演劇のように眺めるのだ。そして「この場所にたまたま居合わせることになったのには、何か宿命的なものがあるように思える」(II, 157)と自分には彼らの秘密を知る義務と特権が与えられているかのように感じる。しかし、またしても彼の期待は破れ、覗き見しているところをゼノビアに見つけられたうえ、その行為を彼女に非難される。

侮蔑的なゼノビアの態度にプライドを傷つけられたカヴァデイルは、「自分の好奇心は単に下品なものだろうか」と自問しつつ不満を述べる。

彼女は、他者の人生に入り込み、人の心に入り込んで、本人にさえ隠されている秘密を知るように（時として自分の意志に反し、自身の心地よさを傷つけてまでも）努力せざるをえない私の知性と気質に感謝して然るべきであった。それは深く同情し、神経も使い、本当に繊細なことまで記録し、人道的精神を神が私に与え給うた仲間たちとぴったりと調和させることで成されるのだから。（III, 160）

ゼノビアの心に入り込むことについての弁護をこのように求めるカヴァデイルの声には、ホーソーンの作家としての自意識が反映されている。ホーソーンにとって、創作という行為は神に与えられた仕事であり、人間の心の秘密を知ることを彼に余儀無くさせるものは単なる覗き趣味ではなく、神によって与えられた同胞への温かい共感だというのだ。

やがて、ブライズデイルに戻ったカヴァデイルは、森の隠れ家に向かい、彼の葡萄をほおばりながら（III, 208）、ここなら発見される心配はない（III, 209）とふんで、共同体の仮面行列を覗き見るのだが、またもやゼノビアに見つかってしまう。本来のバッカスであれば信女に付き従われて行列をするところだが、このユートピア共同体のバッカスは「自分の劇場」を覗き見したことを非難され、仲間の攻撃を受けて逃げ回ることになる。

『ブライズデイル・ロマンス』の序文で作家は、彼の空想の創造物に道化芝居を演じさせる劇場を造ると宣言するが、これまで見てきたように、語り手であるカヴァデイルは「自分の劇場」から締め出され、劇の出来事を上手く伝えることができない。作家のブルック・ファーム体験をも伝える役を担うカヴァデイルは作家の分身ともいえるのだが、ホーソーンはそのカヴァデイルに落ちぶれたバッカスとしての役割を担わせ、彼を信頼できない語り手として造形するのだ。こうした自己を戯画化するホーソーンの手法には、彼の作家としてのジレンマを読み取ることができる。

前述したように、作者（author）は作品世界の創造主であり、本来は自分の創造した物語世界のすべてを把握し、その世界を見下ろす全知のプロヴィデンスの目を持って然るべきである。しかし、ホーソーンのプロヴィデンスに対する信念からすれば、人間には計り知れない神の領域に踏み込むことは冒涜であり、人の心を覗き見ることは「許されざる罪」を犯すことになる。そして、作家は出来事のすべてを書かない抑制の効いた創作にこそ、むしろ人間としてのリアリティを見出すのだ。しかし、その芸術観に忠実に従えば、現実には統合された物語を創作することは不可能である。自分の創造する作品世界を見渡すプロヴィデンスの視点を持つことが出来ないという、こうした作家のジレンマが、序文の自分の劇場の物語を操るという予告と矛盾する、未消化に終わる本体の物語という形で提示されているといえる。ホーソーンは、酒神としてのバッカスに自然の秩序というプロヴィデンスの属性を体現させると同時に、演劇神でもあるバッカスに創造神として世界を見下ろすプロヴィデンスの属性を体現させるのだが、そのバッカスは「禁酒をする酒神」、「劇場から締め出される演劇神」なのだ。このようにしてホーソーンは、本来のプロヴィデンスから見れば、作家としての自分の姿は、自分の劇場の劇を断片的にしか見ることができないカヴァデイルのように映っていることであろうと自身を戯画化し、メタフィクション的（metafictional）な手法を用いて創作のジレンマを芸術的に表現するのである。

バッカスをメタフィクション的に用いるアイデアを、ホーソーンはアリストパネスの喜劇から得たと思われる。バッカスは古代ギリシアのディオニューソスであるが、その演劇神の祭りで行われたコンテストで優勝したアリストパネスの『蛙』（*The Frogs*, 405 BC）は、例外的に再演を許されるほど人気を博したという（松本 一六八）。ケッセルリングの記録によれば、ホーソーンはセイラム図書館で一八二七年から一八二九年の間に、アリストパネスの喜劇集を三度借りているが、古典喜劇の『蛙』と『ブライズデイル・ロマンス』には、その場面と登場人物の設定に類似が見られる。例えば『蛙』では、演劇神ディオニューソス自身が登場人物となり、冥界で二人の詩人の演劇を鑑賞して勝敗を決める。一方、『ブライズデイル・ロマンス』では、演劇神バッカスの役を持つカヴァデイルがやはり登場人物となり、他の登場人物が演じる「劇」を観察する。また、詩人を競わせるため、蛙のコーラスとともに冥界に下るディオニューソスは「古典劇のコーラス」（III, 97）の位置を与えられるカヴァデイルを想起させる。このように両者には類似が見られるのだ。ディオニューソスと二人の劇詩人が演劇について議論する『蛙』は、劇の題材、個々の語句の表現、プロロゴス、コロスの歌などの構成部分ごとに細かく検証採点する方法を提示することを意図したメタフィクション的な劇であり、ギリシア劇における演劇技法批評の応酬となっている（高橋 二二三―二二四）。ホーソーンが大学卒業後のいわゆる作家修行時代（Solitary Years）に、アリストパネスの喜劇集を読んでその創作技法を研究し、その構成やモチーフを『ブライズデイル・ロマンス』に援用したとしても不思議はない。

五　語り手と作家の距離

これまで『ブライズデイル・ロマンス』では、プロヴィデンスの属性がバッカスに置き換えられて物語の枠組みが構築され、表面上のプロットとは異なるアイロニカルな酒神、演劇神が設定されたプロットによってさまざまなテーマの提示と統合が精巧に行われていることを論じてきた。こうした構造の中で、過去を追憶する語り手としてのカヴァデイルが行うプロヴィデンスへの言及と、物語の現在における登場人物としてのカヴァデイルが行うプロヴィデンスへの言及には異なる機能が付与されていることを最後に確認しておきたい。

これまで見てきたように、語り手としてのカヴァデイルは、プロヴィデンスの概念と関連させて社会改革批判やメイン法批判などを行う際には、作家自身の「人間世界の偶然の出来事は神の計画」という一貫した信条に基づく発言を行っている。しかし、登場人物としてのカヴァデイルが会話で口にするプロヴィデンスは、他の登場人物達と同様に、自己正当化するものであったり、感情的なものであったりと利己的で一貫性のないことが多い。例えば、ホリングズワースが目的の虜となっており、共同体そのものの理想には関心がないことを確信したカヴァデイルは、ホリングズワースの本音を引き出す為に、次のような言葉で挑発している。

「ホリングズワース、ここの逞しい男たちや、美しい女性や娘たちの中で、最初に死ぬ運命なのは一体誰なんだろう。実際に必要になる前に、前以て墓場の場所を決めておくのもいいことじゃないだろうか？　死者のための庭には、一番荒れていて、一番耕作に適さないところを選ぼうじゃないか。そうすれば私たちは、土地を美化するにはどうしたらよいか、ひと墓ごとに死者から教えてもらえるというものだ。やさしく心静かに死に赴き、軽やかで優美に葬儀を行い、陽気な寓意絵を墓石に描く——こうすれば死という人間最後の場面も恐ろしくなくなる。あとは生きるも楽しく、死ぬも幸福ということになるかもしれない。若死にするなどということはきっとなくなる。もしも、神（Providence）の思し召しというのであれば、若死にとて悲しいことではなく、却って、やさしくデリケートな情感というか、半ば憂鬱であっても大部分は心楽しくなるような、そんな情感を与えてくれるだろう。」（III, 130）

カヴァデイルはこの時点ですでにブライズデイルの社会改革者達に対する疑念を抱いており、彼らを賛美する言葉も、ここで美しい死を迎えようとする言葉も彼の本心ではない。カヴァデイルが言及するプロヴィデンスと死との関係についても彼の真摯な考えというよりは、ホリングズワースの本心を知るために発したものである。果たして、ホリングズワースはカヴァデイルの計画を「根拠のない思い込み（fantastic anticipations）」として一蹴し、「君やここの他の者たちが夢見ているようなことが実現するなどと、一体、君は本気で考えているのかい？」（III,

130）と本心をさらけだす。こうしてカヴァデイルはホリングズワースへの疑念を確信に変えることになる。

このカヴァデイルとホリングズワースのやりとりには後のゼノビアの自殺が暗示されているが、そのゼノビアの葬式の場面でも、亡骸となった彼女に対するウェスタヴェルトの冷ややかな言葉に反感を抱いたカヴァデイルは次のように述べる。

「彼女は何もかもうまくいかなくなっていたんだ――世俗的意味の成功もなかった――財力が尽きていたんだ。愛という形の心の幸福もなかった。それに彼女には人知れぬ重荷があった――このことはあなたが一番ご存じのはずだ。若くして彼女は人生の苦しみをたっぷり経験し、もはや希望もなくて、何か不安を感じていたのだろう。神がその聖なる御手に彼女をお召しになったのなら、あんなに惨めだった人にとっては、それはこの上なく優しい神の摂理（Providence）というものだろう。」（III, 239）

この弁護にもかかわらず、なおもゼノビアを貶めるウェスタヴェルトに対し、カヴァデイルは、彼女にとって邪悪な運命である彼との関係が死によって解き放たれたのであるならば、「彼女があの墓に眠るのもあながち不幸だとは思えない——むしろ、神の限りない恵みの賜物というものだ！」と辛辣に言い返す（III, 240）。このように登場人物としてのカヴァデイルはウェスタヴェルトを非難し、同胞でもあった彼女をかばう為にプロヴィデンスを持ち出す。しかし、語り手のカヴァデイルは前述したように、ゼノビアの死体の醜さを描写し、また彼女が最後までプロヴィデンスに歯向かっていたのではないかと懸念しており、彼女の死がプロヴィデンスに反するものであることを描いている。ここの会話でカヴァデイルは、プロヴィデンスを持ち出して相手の反応を窺い、ウェスタヴェルトの冷酷で邪悪な本性をあぶりだしているのだ。

このように語り手であるカヴァデイルと登場人物であるカヴァデイルは時として乖離し、それに伴って、作家と語り手の距離も変動する。これは、ホーソーンが十一年前の自身のブルック・ファーム体験の追憶を作品に投影する場合、執筆当時の政治的問題を導入する場合、純粋にフィクションの世界を描く場合、というようにいくつもの異なる視点を用いるからである。こうした視点のずれを作家はプロヴィデンスという言葉や概念の用い方の違いによって巧みに描き分けるのだ。登場人物達のプロヴィデンスへの言及は、彼らの危うい願望や自己正当化を浮き彫りにして人物造形を行ったり、彼らの関係性を描くのに好都合であり、その予言的機能を用いてさまざまなレベルのアイロニーを導入することもできる。一方、語り手がプロヴィデンスの概念を用いて禁酒法批判を行ったり、個人改革の必要性や社会改革批判を展開したりして作家自身の信条を表現する際に、作家と語り手の距離は最も接近する。その際、カヴァデイルにアイロニカルなバッカスの役を担わせたり、彼を信頼できない語り手にしたりと、彼を戯画化して語りの主体を曖昧にすることで、作家は奴隷制や禁酒法などの敏感な社会問題に触れることも可能になるのだ。

本章では、『ブライズデイル・ロマンス』において、自然の秩序を司るプロヴィデンスの属性と創造主としてのプロヴィデンスの属性を付与した「禁酒をする酒神」、「劇場から締め出される演劇神」という語り手の造形により、表面下のプロットが展開されていることを見てきた。そこでは、葡萄と葡萄酒の表象がカヴァデイルにバッカスとしての属性を付与し、同時に作家のブルック・ファーム体験を反映する。社会改革運動批判というテーマは自然の秩序に反するものとして、また作家の芸術観と創作のジレンマというテーマは創造神でありながら全知の目を持てない"author"として、それぞれアイロニカルなバッカスの表象で描かれ、メイン法批判もまた禁酒を破ったバッカスの反逆として提示される。『ブライズデイル・ロマンス』は四つのロマンスの中でも最も短い作品であるが、プロヴィデンスの概念が持つ属性によって「二重のナラティヴ」を構築し、そこに多層的なテーマをまとめ上げる手法においては、ホーソーンのロマンスの中でも最も精巧に編まれた作品といって良いだろう。

注

（1）ブルック・ファームは、一八四一年にボストンのユニテリアン派（Unitarian）の牧師ジョージ・リプリーによってロクスベリーに創設され、一八四七年まで続いた。フォガーティ（Robert S. Fogarty）によれば、一八三六年にボストンで結成された超越主義クラブの会員が当初の中心的メンバーであった（183）。ブルック・ファームでは、個人は「ファランクス（phalanx）」と呼ばれる共同体を構成し、運営するメンバーとなることで抑圧的状況を回避することが可能であり、また組織的に会員相互で必要な労働や物を調達することで、新しい社会的調和が達成できるという方針を信奉していた。そのファランクスの規模は千五百二十名が適切とされた（Fogarty xxiii）。ブルック・ファームやユートピア共同体については、グロス（Seymour Gross）のイントロダクションならびにカイン（William Cain）の解説に詳しい。

（2）例えばハウ（I. Howe）は『ブライズデイル・ロマンス』には、ブルック・ファームに対する関心と反感という作家の矛盾する感情が混在していると指摘しており（165–66）、またマシーセンはこの作品を「もっとも内容の薄い」ものだと評している（246）。一方、作品の再評価という点では、カヴァデイルの視点という問題を扱ったオーキンクロス（Louis Auchincloss）の批評が初期の代表的なものといえる。

（3）「プロヴィデンスの目」はしばしば宗教画や標章のモチーフにされ、アメリカの一ドル札などにも描かれている。

（4）『ブライズデイル・ロマンス』の邦訳は、山本雅訳『ブライズデイル・ロマンス』（朝日出版）、西前孝訳『ブライズデイル・ロマンス――幸福の谷の物語』（八潮出版）を参照し、必要に応じて改訂を加えた。

（5）ギリシア劇とディオニューソスについては、松本仁助他編『ギリシア文学を学ぶ人のために』（世界思想社）、石見衣久子「ディオニューソス像の再構築――古代ギリシアからヘレニズム、ローマへの系譜とノンノス「ディオニューソス譚」に基づく考察――」（新潟大学大学院現代社会文化研究科）を参照されたい。

（6）カヴァデイルが禁酒を行ったという明確な記述はないが、ホーソーンが参加したブルック・ファームでは禁酒を含む社会改革運動の実践が強調されていた（Cain 334）。実際に、カヴァデイルはブライズデイルに参加する直前に、最後のシェリー酒の壜を空けウィスキーやワインに別れを告げており、彼が禁酒を決意したことが示唆されており（Cain 268）、また、ゼノビアの提供するネクターが美酒ではなくお茶であることなどからも、ブライズデイルでは禁酒が実践されていることが窺える。

（7）「葡萄を担ぐ」という意味を持つオスコポリア祭は古代ギリシアの葡萄の秋の収穫祭である。ギリシアの壷に葡萄の房を担いで走る祭りが描かれている（Ogden 196–200）。

（8）『アメリカン・ノートブックス』の記録には八月に別の場所で見つけた葡萄の記述も残されているが、作家が『ブライズデイル・ロマンス』で用いたのは、九月にブルック・ファームで見つけた葡萄である。

（9）メイン州における禁酒法と民主党の内部分裂の状況に関しては一八九六年にニューヨークタイムズ（*The New York Times*）に掲載された“Prohibitory Laws of Maine”と題する記事を参照。

第五章　『大理石の牧神』

地上を見下ろすプロヴィデンス——二つの「幸運な堕落」

一　デモクラシーとプロヴィデンスの言説

ナサニエル・ホーソーンは、一八五二年に友人ピアス（Franklin Pierce 1804–1869）の大統領選挙用の伝記『フランクリン・ピアス伝』を手がけ、その報酬としてピアス大統領から駐英アメリカ領事に任命される。一八五七年に領事の任務を終えたホーソーンは一八五八年から五九年にかけてフランスとイタリアを周遊し、一八六〇年にローマを舞台にした『大理石の牧神』を出版する。本章では、この『大理石の牧神』に描かれる二つの「幸運な堕落」に注目し、地上を見下ろすプロヴィデンスの属性によって構築されている「二重のナラティヴ」を検討するのだが、ここでまず『大理石の牧神』の概要を見ておこう。

物語は、カピトリーノ美術館にニューイングランド出身の清教徒である彫刻家ケニヨンと画家ヒルダ（Hilda）、イタリアの由緒ある伯爵家の末裔で純朴なドナテロ（Donatello）と彼が慕う国籍不明のミリアムという四人の主な登場人物が集まっている場面から始まる。彼らはプラクシテレス（Praxiteles, c.370–c.330 BC）の大理石の牧神像を鑑賞しながら、この半身半獣の像がドナテロと似ているという話題で盛り上がる。一方、ミリアムの過去の秘密を握り、彼女につきまとうカプチン僧（Capuchin monk）の存在が明らかになる。後日、ローマに集う芸術家達と夜の散策に出かけた際に、憎しみから獣性を目覚めさせたドナテロは、ミリアムの視線による教唆に促されて、その日も彼女につき纏っていたカプチン僧を崖から突き落として殺害してしまう。そのカプチン僧、すなわちアントニオ修道士（Brother Antonio）を殺害した罪意識に苛まれるドナテロはミリアムと別れて故郷のモンテ・ベニの屋敷に引きこもる。事件の真相を知らないケニヨンはミリアムとの仲を修復させるべくドナテロの故郷に向かい、ペルージアへの旅に彼を連れ出して二人を再会させる。一方、物陰から殺人を目撃したヒルダはそのことを誰にも明かせず、犯罪を隠匿する罪の意識に苛まれ、サンピエトロ大聖堂でカトリック信者にのみ許されている告解を行う。それにより彼女の心は救われるが、ドナテロとミリアムは犯罪者として当局に追われることになり、またヒルダ自身も行方不明となる。それを知って狼狽するケニヨンは、逃亡中のドナテロとミリアムに出会い、カーニバルの日にヒルダが現れると聞かされる。ヒルダと再会できて安堵したケニヨンは、罪によって精神的成長を果たしたドナテロの体験を「幸運な堕落」とするミリアムの論をヒルダに告げて危険な考えだと強く否定される。ケニヨンはヒルダの信仰心を「道しるべ」にしたいと彼女に求愛し、結婚を決めた二人はアメリカに帰国する。物語の後日談でドナテロは刑に服する一方、ミリアムは教唆の証拠がなく無罪とされたこと、そのミリアムからヒルダに高価な宝石のブレスレットが結婚祝いとして送られてきたことが告げられる。

ホーソーンは多くの作品で頻繁にプロヴィデンスを用いているが、特にカトリックの総本山ローマを舞台とする『大理石の牧神』では、「幸運な堕落」という宗教的主題が提示されることも関連して、作中におけるプロヴィデンスへの直接言及は二十箇所以上に及んでおり、その示唆的な表現も含めるとプロヴィデンスという言葉と概念は物語に遍在している。しかし、それぞれの登場人物や語り手の異なる宗教観や道徳観が反映されるこれらのプロヴィデンスは矛盾に満ちており、そこに全体的な構造に関わる重要な機能や一貫性のある意味を探ろうとすると、その試みは暗礁に乗り上げてしまう。『大理石の牧神』にはプロヴィデンスが多用されているにも関わらず、その包括的な議論がほとんど成されてこなかったのはこうした理由によるものであろう。

しかし、物語の第二十三章で語り手によって言及される「幸運な堕落」の文脈に注目するとき、作品の一連のプロヴィデンスの記述がそこに集約しており、十九世紀アメリカの「プロヴィデンスに導かれるアメリカのデモクラシー」という政治的言説をインターテクストとする、表面とは異なるプロットが構築されていることが見えてくる。そして、その「二重のナラティヴ」で提示されるアメリカ人の他者性の問題が、「地上を見下ろすプロヴィデンス」の属性によって表現されていることがわかる。本章では、プロヴィデンスを用いたこのホーソーンの精巧な手法を明らかにし、そこに提示されるアメリカ人の他者性という問題に、十九世紀アメリカのプロヴィデンス言説の綻びと、作家のアイデンティティの危機というテーマを読み取っていきたい。

本章の議論では特に、「地上を見下ろすプロヴィデンス」の属性に加え、歴史的にプロヴィデンスに付与されてきた特性が重要になる。そこで多少繰り返しになるが、ここで今一度その属性について確認しておきたい。序章で述べたように、プロヴィデンスの概念はギリシアにその起源を持ち、「予見する」という意味を有していた。ローマでキリスト教に取り入れられたプロヴィデンスは、神の予見的配慮と神そのものを意味するようになるが、邪悪の存在や人間の自由意志とプロヴィデンスの関係をどう解釈するかなどが問題とされてきた。こうした歴史的経緯から、プロヴィデンスの概念は常に異教的要素や、矛盾や多義性を孕んできたといえる。また、第三章でも確認したように、十九世紀のアメリカでは「見えざるプロヴィデンスの手によって進歩する民主主義（the democratic principle, which is borne onward by an unseen hand of Providence）」というプロヴィデンスをデモクラシーと結びつける政治言説が唱えられており、「神に導かれるアメリカが世界でも際立った成功をおさめている」という「お馴染みの物語（a familiar narrative）」（Guyatt 214）が広められていた。民主主義共和国を実現して世界に範を示すというプロヴィデンス言説は『アメリカ合衆国の歴史』にも強く反映され、「明白な運命」のスローガンは、十九世紀の未曾有の拡大主義を正当化した。また、「予見する」という意味を有するプロヴィデンスという概念は、何らかのプロットを作中に展開させる機能を持つ。これらのプロヴィデンスの属性や機能が、ホーソーンの「二重のナラティヴ」の構築に重要な役割を果たしていることをこれまで確認してきた。

『大理石の牧神』では、プロヴィデンスが内包してきたカトリック性、異教性、邪悪と罪の存在意義、運命論との関係といった宗教的な問題が「幸運な堕落」を通して提起されると同時に、カトリックの総本山ローマでアメリカの優位性を信じて疑わないケニヨンやヒルダのプロヴィデンスへの言及には、十九世紀のアメリカのナショナリズムが反映されている。ホーソーンはこうしたプロヴィデンスのさまざまな特性を用いて、表面のプロットとは異なるプロットを『大理石の牧神』で展開させ、そこに十九世紀におけるアメリカのプロヴィデンスの言説に対するアイロニーを施すのであるが、まず、「二重のナラティヴ」の展開軸となる、作品の二つの「幸運な堕落」について確認しよう。

二　二つの「幸運な堕落」

『大理石の牧神』では、ミリアムによって「幸運な堕落」という問題が提起される。これは、ミリアムを慕うドナテロが、彼女につきまとうカプチン僧を殺害したことに端を発する。この事件によって、無邪気な牧神に喩えられていたドナテロは無垢を喪失するが、それと引き換えに精神的な成長を遂げる。それを受けてミリアムは次のような「幸運な堕落」論を展開する。

「あの罪は――彼と私が結ばれたあの罪は――ああいう不思議な仮装をした祝福だったの

かしら。素朴で不完全な本性を、他の試練によっては到達しえなかったような感情と知性のレベルまで引き上げる教育の手段だったのかしら?」(中略)「例の人間の堕落の話です! それは私たちのモンテ・ベニのロマンスで繰り返されているのではないでしょうか? その類推をもう少し辿ってみてもよいのではないでしょうか? あの罪こそが――アダムが人類ともども陥ったその罪が――私たちが長い労苦と悲哀の道を辿った末に、私たちが失った生得権よりも崇高で、輝かしく、深い幸福に到達する為の定められた手段だったのでしょうか? この考えによって、他の理論では不可能な、罪の存在が許されていることの説明がつくのではないでしょうか?」(IV, 434–35)[1]

彼女はドナテロの問題を「アダムの堕落」になぞらえて、個人の問題を人類一般の問題へと拡大し、罪は人間の知性と感情の向上の為に存在するのではないかというのである。

このミリアムの「幸運な堕落」を通して作中では、彼女の論に揺れ動くケニヨン、全面的に否定するヒルダ、賛否のどちらともつかない語り手など、各々の意見や立場の違いが提示される。それでは一体、「幸運な堕落」に対するホーソーンの判断や作品の立場はどこにあるのか、作中に描かれるドナテロの成長をどう解釈するべきかという議論が批評で成されてきた。[2]

ここで議論を整理するために、『大理石の牧神』には「幸運な堕落」の神学的解釈と世俗的解釈とが提示されていることを確認する必要があるだろう。神学的解釈の骨子は、「アダムの堕落の結果、キリストを降臨させて人間の贖罪を図る神の慈悲を人間が知ることになった」というものである。ラヴジョイ（Arthur O. Lovejoy）によれば、邪悪の存在や人間の自由意思をどう捉えるのかといった問題が残るものの、こうした解釈は古くからカトリック教会で受容されてきた。(3) プロヴィデンスに運命を委ねて楽園を去っていくミルトンのアダムとイヴの姿は神学的解釈における「幸運な堕落」を文学的に描いたものであるが、『楽園喪失』を愛読したホーソーンはその主題を『大理石の牧神』の創作に用いており（Matthiessen 308）、その物語の背景には神学的解釈による「幸運な堕落」があるといえる。

一方、登場人物のミリアムが「アダムの堕落の結果、人類は無垢と引き換えに精神的向上を果たした」とする「幸運な堕落」は、道徳的判断に重心をおいた世俗的解釈とされる（Martin 173）。作品では、強烈な個性を放つミリアムが唱える世俗的な「幸運な堕落」が前面に押し出され、表面のプロットは彼女が主張する「ドナテロの罪と精神的成長」という文脈に沿って展開する。

それに対して神学的解釈による「幸運な堕落」は、はっきりと登場人物のせりふによって言及されることもなく物語の背景に押しやられており、それに伴うプロットは存在しないかのようである。ところが、ドナテロとヒルダが無垢の世界を喪失したことを受けて、作品の第二十三章で語り手が言及する次の「アダムの堕落」には、神学的解釈の重要なモチーフが提示されている。

それが初めてずしりと胸にこたえるのは、彼等が信頼する何人かの悪を通じてという場合が多いのだ。高い信頼、恐らくは高すぎる信頼を彼等から受けていた人間が、やがてプロヴィデンスによって、この恐ろしい教訓を彼等に与える役を担う。彼は罪を犯す。そしてアダムの堕落は再現され、それまで色あせることのなかった楽園は再び失われ、燃える剣で楽園の門は永遠に閉ざされる。(IV, 204)

『楽園喪失』では、人間を陥れるセイタン(Satan)の企みも、それによって人間が罪を犯すことも、神は見通していながら放置する。そして罪を犯したアダムとイヴは楽園を喪失することになるが、その罪ゆえに、キリストによる罪の贖いの計画という神の深い慈悲を知る幸運に恵まれ、プロヴィデンスに運命を委ねて楽園を去っていく。すなわちプロヴィデンスとは、苦悩を通して慈悲を、邪悪を通して善を知らしめる神なのである。こうしたことを考慮するとき、語り手の「プロヴィデンスによって、彼等に恐ろしい教訓を与える役を担うもの」という言葉には、邪悪を用いて人間に善とプロヴィデンスの慈悲を教えるという神学的解釈の中心的要素が含まれていることがわかる。従って、語り手がここで述べる「幸運な堕落」は、その人物設定が曖昧にされているものの、敬神の念を欠くミリアムの「幸運な堕落」とは明確に区別されるべき神学的解釈の系譜に属するものといえる。

そしてこの語り手による「幸運な堕落」のモチーフに従って作中のプロヴィデンスの記述を辿ると、表面のプロットにおける一見脈絡のないプロヴィデンスへの言及がここに集約し、「邪悪を体現するミリアムとの関係を通してドナテロとヒルダは無垢を喪失し、その苦悩の末にプロヴィデンスの祝福に与る」という神学的解釈をベースとするプロットの展開を推進していることがわかる。

そこでまず、語り手の「幸運な堕落」を軸に展開されるプロットにおいて、ミリアムがどのように邪悪を体現するものとして描かれているかを検証し、次にドナテロとヒルダの回心という出来事がどのように展開され、そこにどのようなアイロニーが施されているかを、作中のプロヴィデンスの記述を辿りながら検証していく。

三　プロヴィデンスを冒涜するミリアム

ミリアムは物語当初から一貫して神への不敬を示している。例えば、地下墓地で行方不明になったミリアムが現れて安堵したヒルダが「あのような暗闇から救われたのはプロヴィデンスの計らいですわ」と述べると、ミリアムは「奇妙なうすら笑い」を浮かべて「私が戻ってこられたのは、本当に天の計らいだったなどと思うの」と答える（IV, 29）。またベアトリーチェ（Beatrice）の罪についてヒルダが「恐ろしく、償いえない罪悪」と言うのに対して、ミリアムは「まったく罪業などではなく、あの状況の中では最善の行為だったかもしれない」と述べて、ヒルダを驚かせる（IV, 66）。

さらに、ミリアムはヒルダが見出した大天使ミカエルの素描画を揶揄するが、それに対してヒルダは「あなたは私を悲しませるのね。あなたは私が悲しむことを知っていて、そのような言い方をするのよ」（IV, 139）と非難する。当初、ミリアムの言葉を容認していたヒルダも、次第にミリアムが故意に冒涜的な言葉を発していることに気づいてくる。

また、カンピドリオ広場では、マルクス・アウレリウス帝の騎馬像を見て「この世の王」には救いを求めないというヒルダに対して、ミリアムは「あなたは、それじゃあ、プロヴィデンスが私達のことを天から見守って下さると本当に思っているの？」と言う。ヒルダは、ミリアムがプロヴィデンスを疑っているようだと恐れる（IV, 166–67）。

ミリアムの神に対する不敬な態度はさらに度を増し、ヒルダが殺害現場を目撃したことを知ると、「一体、プロヴィデンスだか運命の神だかが、私たちが誰にも知られず秘密の行動をしているつもりでいる時に、私たちを見張る目撃者をどのようにして送るのか知りたいものだわ」（IV, 209）と、神をも恐れないかのような言葉を口にする。

さらにミリアムは贖罪を求めるドナテロについて、次のようにケニヨンに言う。

「彼はともかく罪が犯された時には、その行為者は法廷がそうした件に関して行ういかなる審理にも身を委ね、その判決に従わなくてはいけないと（いわば真っ正直すぎて、私がいくら言っても無駄なのですが）思い込んでいるのです。私は現世における正義等はない、特にキリスト教国の総本山であるこの地にはないと請け合ったのですが。」（IV, 433）

ドナテロが正義や法や道徳を重んじて、罪の責任を負うという考えに至ったことを、彼の単純さ故の「思いこみ（fancy）」だと判断するのであれば、「罪によるドナテロの精神的成長」という道徳的側面に重きをおく彼女の世俗的解釈の「幸運な堕落」も、その根拠が怪しいものとなる。「幸運な堕落」とは、たとえ神概念の希薄な世俗的解釈であれ、キリスト教の信仰に基づく宗教概念であることに違いなく、神を否定したり冒涜したりするものではない。一貫して神を冒涜し、その存在にすら疑問を投げかけるミリアムが展開する「幸運な堕落」は、その内容を問う以前に、これが彼女の詭弁であることを知らなければならない。

それでは、彼女の詭弁がまことしやかに聞こえるのはなぜなのか。それは、ミリアムが、自身の信仰や道徳的判断に基づくというよりは、彼女が相手の心を見抜き、巧みにそれに合わせた言動を行うからである。例えばミリアムは、ヒルダに対して自らプロヴィデンスを持ち出して問題提起するということはなく、ヒルダが敬神の念を示す度に、そのヒルダの言葉を受けて揶揄したり皮肉ったりするのである。

このミリアムの傾向はケニヨンに対してはより顕著であり、彼女はケニヨンの揺れ動く心境を見抜いてはそれを暴くような発言を行っている。例えば、ケニヨンはドナテロとの旅の道中で度々カトリックに対する激しい批判を行うが、二人の後を影のように追ってきたミリアムは、ケニヨンのその言動を観察していたことになる。彼女がケニヨンに聞かせた前述のカトリックへの批判は、ある意味では彼の意見を代弁したものなのである。ミリアムは、頑なヒルダの反発を買うような発言をする一方で、信仰的にも道徳的にも頼りなく揺れ動くケニヨンに対しては、彼の共感を誘う発言を行うのである。

例えば、問題となるミリアムの「幸運な堕落」もまた、彼女がケニヨンの様子を窺いながら行っていることが示されている。ペルージアの教皇像で別れて以来、久々に見るドナテロの様子に感嘆するケニヨンを、語り手は次のように描写する。

ケニヨンは、ドナテロに最後に会って以来、古代の牧神の持つ優しく愉快な性格が彼に幾分戻ってきたように思えた。そこはかとない巧まざる優美さと陽気で無邪気な特徴が窺えたが、それらは、モンテ・ベニで彼が経験していた深い苦悩、そして彫刻家が青銅の教皇が手を差し伸べた像の下でミリアムと彼と別れた時にもまだ抜け出ていなかったあの深い苦悩によって消し去られていたのだった。これらの楽しげな花々が今また開いたのだ。彼の心から陽気さが生まれ出て、それと深い共感や真剣な思考とが交互にあらわれたり、あるいは絡み合ったりしながら、炉端の明かりのように彼の仕草を照らしていた。

(IV, 433–34　傍点筆者)

ここでケニヨンは、事件の真相を知らないものの、カプチン僧の葬儀の折に、ドナテロが事件に関与していることに気づいている(IV, 189)。そして、その罪の結果として、牧神の陽気さや優美さと、人間の深い共感や思考とが混じり合った賞賛すべき現在のドナテロの状況がもたらされたと、ケニヨンが心の中で思ったのである。

そしてミリアムは「その彫刻家の目が賛美するようにドナテロの上に釘づけになっているのを観察しながら」(IV, 434)、彼女の「幸運な堕落」をケニヨンに向けて展開する。ミリアムの「幸運な堕落」は彼女の信念の表明というよりもむしろケニヨンの心境を言語化したものなのだ。そうだとすれば、ケニヨンがミリアムの論に揺れ動くのは当然の成り行きで、彼が一旦は危険な考えとしてミリアムの論を否定しておきながら、同じ論をヒルダに投げかけて彼女の反応を窺う心理も頷けるだろう。

ミリアムはドナテロに対しても、彼の眼に眼で答えて殺人を教唆している。彼女自身は何らかの信念を持つわけではなく、対象とする人物の心を見抜き、相手に応じたやり方でそれを炙り出すのである。このように対象とする人物の性質を見抜き、巧妙に詭弁を弄して対象を貶めるミリアムの手口は、楽園のイヴを唆し、崖に立つキリストの誘惑を試みた悪魔の手口と類似するものである。美しい天使を装ってエデンに浸入したセイタンは、醜悪な惑乱状態に陥ったところをウリエル（Uriel）に目撃される（Milton 81）が、ミリアムもまた、狂気に陥り歯ぎしりをして地団駄を踏む醜い姿をドナテロに目撃されている（IV, 157）。このように、悪魔とパラレルを成すミリアムは、まさに語り手の「幸運な堕落」における邪悪を体現しているといえる。

四　ヒルダとケニヨンのアイロニー

それでは次に、ヒルダとドナテロが苦悩の末にプロヴィデンスの祝福に与るというプロットがどのように展開されるかを、やはりプロヴィデンスの記述を辿りながら考察する。まず、ヒルダの回心とそこに施されたアイロニーを見ていこう。

殺人事件を目撃して罪の意識に苛まれるヒルダは、苦悩の末にサンピエトロ大聖堂で告解を行い、神の祝福を受けて苦悩から解放される。しかし、清教徒の彼女が「罪の赦免（absolution）」を請うたことを神父に非難されると、「神は私が人間に罪の赦免を請うことを禁じておられます」（IV, 359）と清教徒としての解釈を主張し、自分の意志ではなく、「プロヴィデンスの手

(the hand of Providence)」(IV, 360) に導かれてそこに来たのだと弁明する。そしてカトリック信者でない者の告解に守秘義務はなく、彼女が述べた事件の真相を当局に通報すると述べる神父に対して、「罪人達の身はプロヴィデンスに委ねて下さい」(IV, 361) と懇願する。そして「プロヴィデンスが私を導いて下さるところから先へは一歩も踏み入れません」と改宗に応じないことを強調して、自分は「清教徒の娘 (a daughter of the Puritans)」(IV, 362) なのだと断言する。

ヒルダは、カトリックの総本山ローマで、カトリックにプロヴィデンスなど存在しないかのように清教徒としての優位性を主張するのだが、彼女にとっては、罪、邪悪、異教への誘惑など全てが、それを通して彼女に祝福を与える清教徒のプロヴィデンスが計画したものなのである。マリアの祭壇に火を灯したり、告解をしたりというカトリック的行為を経て、最終的に祝福を受けて清教徒のプロヴィデンスに回帰するというこの構図は、ヒルダが自己の信仰の優位性に対する確信を得たことを示すものであり、ヒルダに対するプロヴィデンスの教訓は成就したかのようである。

しかし、祝福を受けたヒルダの心境を描写するその同じ語り手が、彼女にアイロニカルな視線を投げかける。告解の神父は、ヒルダの話の流れを妨げる岩や絡み合った木々の枝を取り除くかのごとくに、苦悩を和らげ励ましの言葉をかけて彼女を導いていく（IV, 357）。それによってヒルダは苦悩から解放されると同時に、彼女を憐れむプロヴィデンスの深い慈悲を知って彼女の回心は訪れる。ところが、その告解でのヒルダの高揚した心境を描写する語り手が、突如そこに介入し、「彼の質問がいちいち的を射ていることからして、自分が語ろうとしている事柄の概略を、神父が既に知っているのではないかとヒルダは察知しても良かったのだ」（IV, 357）と水をさす。

事実、ヒルダがプロヴィデンスの導きと考えたものは、カトリックの神父にとっては真相を聞きだす手段に過ぎず、友人の犯罪を秘密にしておくために苦悩したはずの彼女は、わざわざそれを当局に通報したのも同然で、これまでの苦悩が無に帰することになる。そして、結局、彼女もそれによって事件に巻き込まれるという、アイロニカルな方向に物語は進められていく。

さて、ヒルダと同様に罪意識に苛まれて信仰に救いを求めるドナテロにも神の祝福が訪れるようであるが、そのドナテロを旅に連れ出すケニヨンにもまたアイロニーが施されている。殺人事件の後、故郷に引き籠もってしまったドナテロに会うために、ケニヨンはモンテ・ベニを訪れ、由緒あるドナテロの屋敷の高い塔に案内してもらう。そこでドナテロの部屋にあるカトリックの儀式に用いる品々を見たケニヨンは、「醜い複製画」や「ひどく忌まわしい象徴」（IV,

255-56）だと、嫌悪感を抱く。
一方、塔の頂上から見る壮大な風景に感銘を受けたケニヨンは、「イタリア中が自分の眼下にある」（IV, 257）かのように思え、プロヴィデンスを賛美する。

「世の常の平原からこのようにほんの少しでも高くに登り、人類に対する神の御業を普段より多少広く見晴らすことが出来ると、哀れな人間のプロヴィデンスに対する信頼もどんなに強まるでしょう。御業には決して過ちがありません。御心が行われますように。」
（IV, 258）

ドナテロはケニヨンのこの様子を見て「あなたは私から隠されている何かを見ている」と述べるが、ケニヨンはドナテロには見えない神の働きを捉えていることに優越感を覚え、神の働きは自然の中に「壮大な象形文字」（IV, 258）として描かれると説明する。『緋文字』では、こうした解釈がアメリカの祖先に特有のものであることが説明されるが、十九世紀の清教徒であるケニヨンもまた、そのアメリカ特有の解釈法で状況の認識を行うのである。例えば、自然の風景にある青い湖を、天から見下ろす神の「青い眼」（IV, 257）が映されたものと見立てて、そこにプロヴィデンスの働きを見出す解釈はまさにアングロサクソン的な見方であり、イタリア人のドナテロには理解できるはずもない。しかし、カトリックに対する侮蔑と相まって、ケニヨンはまるで自分自身がプロヴィデンスの目と一体となって塔の胸壁からイタリア中を見下ろしているかのような高揚感を抱く。

さらにケニヨンは、イタリア人はアメリカ人がするように、「人間が親切に手を貸さねば成就できないプロヴィデンスの計画」(IV, 268) に加担することに誇りを持つことなど出来ないと考える。ここには「プロヴィデンスが導くデモクラシー」、「プロヴィデンスの計画を成就させる義務」といった、十九世紀のアメリカにおける政治言説が反映されており、ケニヨンの言及するプロヴィデンスが、単なる個人的な信仰心の現われというよりは、アメリカという国家のアイデンティティと結びつけられていることがわかる。そしてケニヨンは、ドナテロには「プロヴィデンスが与えた給うた仲間から遁れることはできません」(IV, 264) と言い、ミリアムには「プロヴィデンスは我々の誰よりも大きな手を持っています」(IV, 285) と告げ、この二人を結ぶことがプロヴィデンスの計画だと信じて疑わない。そして、そのプロヴィデンスの計画を読み取り、その計画の成就に携わっていることに、ケニヨンはアメリカ人としての優越意識を持つのである。

ところが、首尾良く事が運ぶごとにプロヴィデンスの意図を確信するケニヨンの充実感を描写してきた語り手は、突然、ヒルダに向けたのと同様のアイロニカルな視線をケニヨンに向け、自信たっぷりの彼に批判的なコメントを差し挟む。

しかしこの翼ある種子という比喩には、必ずしもケニヨンの幻想（fancy）を満足させせぬ宿命観が入っている。（中略）予測も想像もつかぬ出来事が起こることを望むならば、鉄の枠組みを考案し、ある一つの必然的な形を未来にとらせるようにと考えるべきなのだ。そうすれば、「予想外」が割りこんできて、我々の計画を木端微塵に打ち砕いてくれる。

（IV, 289）

ケニヨンは、風に運ばれる種子のようにあてどのない旅をすると言いながら、現実には確信を持って自分の計画通りに事を進めているのであるが、その彼に対して語り手は、本当にあてどのないことを望むのであれば、今の彼のように、必然的な未来を頭に描いて鉄の枠組みに従って行動することだと皮肉まじりに警告し、彼の「幻想」が打ち砕かれて予想外の事が起こることを予告するのである。

ペルージアに到着したケニヨンはドナテロの変化を見て、「教皇の祝福が君に与えられたような気がする」(IV, 314)と声をかける。しかし清教徒のケニヨンが偶像の祝福を信じているわけではない。「ええ、僕も魂が祝福されたのを感じます」(IV, 315)と答えるドナテロにケニヨンが向けた「苦笑」(IV, 315)には、彼がドナテロの髑髏や絵に対して嫌悪を見せた時に、ドナテロが「あなたはこれらの神聖な品々を笑うのではないでしょうか」(IV, 256)と問い質した時の笑いと同種の侮蔑が潜む。そしてドナテロが語るイスラエルの民の話に驚いたケニヨンは笑ったことを謝り、「プロヴィデンスが人間の魂に働きかける力を推し量ることは、僕には許されていないのですから」(IV, 315)と弁明するが、ケニヨンが優越意識を持ち続けていることに何ら変わりはない。

ドナテロはモンテ・ベニからの旅を「改悛の巡礼(a penitential pilgrimage)」(IV, 296)として敬虔な祈りを重ねて信仰を深めてきており、実際に彼には祝福が訪れたのであろう。そして彼に対するプロヴィデンスの教訓は成就したのだが、カトリックにプロヴィデンスなど無いかのような言動を行うヒルダと同様に、カトリックの信仰によるプロヴィデンスの祝福の可能性をもとより排除してきたケニヨン[4]にとっては、ドナテロの変化は旅によってもたらされた気分転換の効果に過ぎない。

そして、ミリアムとドナテロを再会させ、プロヴィデンスに成り代わって祝福を与えたケニヨンは大いに満足して彼らと別れるのだが、その後、ヒルダの失踪をミリアムから聞かされた彼は、プロヴィデンスに対するこれまでの確信をすっかり喪失してうろたえる。

プロヴィデンスは天国のように安全で危険のない、ささやかな場所と空気を彼女に確保してくれるだろう。（中略）だがプロヴィデンスの意図は全く測りがたいものなのだ。（中略）プロヴィデンスは無限に正しく、賢明であるが（おそらくまさにそうであるが故に）、その計画が大きな円を描き終わり、これらの悲しみのすべてを十二分に償うまでには、無限に近い歳月を要するだろう。（IV, 413）

語り手の警告通りの予期しない事の成り行きにすっかり度を失ったケニヨンは、今やプロヴィデンスの不確かな計画ではなく、「ヒルダの現在の安全と即時の復帰の証拠」（IV, 413）を望む。そのようなケニヨンに対してこれまでプロヴィデンスを冒涜してきたミリアムが、「ヒルダにはプロヴィデンスがついています」（IV, 429）と言い、「特別のプロヴィデンス（the special Providence）」（IV, 433）の計らいによってヒルダが現われることを予告する。ヒルダの告解で追われる身となり、プロヴィデンスの計画を成就させてご満悦の態であったケニヨンの狼狽した様子を見てとったミリアムは、清教徒の優越意識をカトリックの総本山に持ちこんだおめでたいアメリカ人達に、痛烈な皮肉を投げかけているのである。

五　視点の逆転と「普遍性」の揺らぎ

ケニヨンとヒルダに向けられたアイロニーは、視点の逆転として最後のカーニバルの場面でより明確に表される。このときまで、旅行者であるケニヨンとヒルダのアメリカ人のレンズを通して客観的に描かれていたイタリアは、カーニバルの場面で主体化され、ケニヨンとヒルダはイタリア人のレンズを通して他者として見られるようになる（Bentley 934）。優越意識をもってイタリア人を観察してきたケニヨンとヒルダは、逆にからかわれ嘲笑される被観察者となり、ローマにおける自らの他者性を痛感することになる。

視点の逆転による他者性の提示は、ケニヨンとヒルダが向かったパンテオンの場面で「目」というシンボルによってさらに具体化される。二人はパンテオンにある「巨大な目（the great Eye）」（IV, 457）を模したドームの下にやってくる。そして「パンテオンの開いた目（the open

Eye of the Pantheon)」（IV, 461）の穴から彼らは空を見上げるのであるが、かつてモンテ・ベニの塔で、自身が天から地上を監視するプロヴィデンスの目を持つかのごとくイタリア中を見下ろしたケニヨンが、今や異教の聖堂の巨大な目に見下ろされているのである。そして、そこで出会ったミリアムと彼らの間には「測り知れない深淵」（IV, 461）が横たわる。旅行者の他者を見る視線でローマを観察してきたケニヨンには「自分が信じていること、見たいもの以外は見えない」（福岡 一〇二）のであるが、ここに至ってケニヨンとヒルダは彼らには見えない得体の知れないものの存在を突きつけられ、自分達の側が異国の目に見下ろされて深淵の淵に佇む他者であることを知る。

結局のところ、ドナテロの変身が世俗的であれ神学的であれ「幸運な堕落」に相当するのかどうかは謎のままである。なぜならヒルダとケニヨンにはカトリックにおけるプロヴィデンスを理解できず、ミリアムの「幸運な堕落」も揺れ動くケニヨンの見方を投影した詭弁に過ぎないからである。そして語り手もまた、ケニヨンやヒルダに時として批判的な視線を投げかけるものの、やはりアメリカ人旅行者の視点しか持ちえないからだ。ドナテロが彼の言葉通り祝福を受けたのかどうかを知ることのできる登場人物も、それを描くことのできる語り手も『大理石の牧神』には存在しないのであり、そこにローマにおけるアメリカ人の他者性という問題が提示されている。

　そして、プロヴィデンスを用いたアイロニーによって提示されるアメリカ人の他者性という この問題は、民主主義共和国を実現して世界に範を示すという十九世紀アメリカの自負を支えてきたプロヴィデンスの言説の「普遍性」の揺らぎを示す。ケニヨンやヒルダ、そして作家ホーソーンにとって馴染みである「プロヴィデンスに導かれるアメリカ」という言説はローマでは何の価値も持たなかったのだが、それだけでなく、この言説はアメリカ国内においてもその綻びが顕わになってきていた。

『大理石の牧神』のトレビの泉の場面では具体的なアメリカの問題が提示される。ケニヨンは、アメリカ人なら「奔放な神々の像」を打ち壊して「僕に、三十一（という数でよかったかな?）の姉妹州の像を注文してくれるかもしれない。それぞれの缶から流れだす銀色の水が一つの大きな水盤に注ぎ、それが国家繁栄の壮大な貯水槽を表すのさ」(IV, 146) というアイデアを披露する。彼は「一つの大きな水盤に水を注ぐ三十一の姉妹州の像」という表現で「多から一へ」(*E Pluribus Unum*) というアメリカの理念と彼の愛国心を表すのである。しかしこのケニヨンの言葉に作家は「三十一（という数でよかったかな?）」というコメントを差し挟んでいる。アメリカの州の数は『大理石の牧神』が創作されている最中の一八五八年に三十二となり、出版時の一八六〇年に三十三に達している。しかし、「明白な運命」というスローガンの下で領土の拡大を進めてきたアメリカは、その拡大が招く亀裂により連邦分裂の危機に直面していた。作家はこうしたアメリカに無批判でいられるケニヨンの能天気振りを、当のアメリカ人にさえ把握できない州の数という皮肉で表すのだ。さらに、作家は「その同じ三十一の姉妹州の像にこれまでに国家が招いたあらゆる汚れの染みついた国旗を洗濯しているところを表現してもいいね」(IV, 146)という皮肉をイギリス人の芸術家に言わせる。彼は、イギリス国王の悪徳の数々を糾弾して独立した「無垢なるアメリカ」が、三十一州を獲得するまでに行使してきたメキシコ戦争、インディアンの強制移動、奴隷制拡大などを示唆し、国旗に染みついた汚れを姉妹州の女神に洗濯させてはと風刺するのだ。

ホーソーンが『フランクリン・ピアス伝』を手がけた時、すでに一八五〇年の妥協を巡って南北の亀裂が顕在化していたが、一八六〇年に作家が『大理石の牧神』を出版した時には、国家分裂の危機は現実のものになりつつあった。この年の三月、『ハーパーズ・マガジン』(*Harper's Magazine*)は「我々は、プロヴィデンスに委ねられた成就すべき使命があるという思いをますます深めている」(Guyatt 275)と、国家の分裂を避けるべく再度、この言説の下で国家が結束するように呼び掛けている。しかし、ホーソーンが帰国する年の六月に民主党大会で南部民主党が脱退し、その後、アメリカは南北戦争への道を加速度的に進んでいく。未曾有の拡大主義を支えたプロヴィデンスの言説は、その拡大がもたらした不協和音を結局収拾することは出来なかった。

『大理石の牧神』の語り手は、ケニヨンとヒルダが故国に帰る決心をした理由を次のように述べる。

余り長い外国生活を送ってしまうと、年月は一種空しいものになってしまうからだ。そういう場合、再び故郷の空気を吸う将来の時まで、実体のある人生はお預けにしてしまうことが多い。ところが時が経つにしたがって将来の時というものは無くなってしまい、たとえ戻れたとしても、故郷の空気は活気づけてくれるものでは無くなっており、人生の現実はほんの一時逗留するつもりだった場所に移動してしまう。かくして、飽きたらぬまま、いよいよ最後に骨を埋めようとしても、この二つの国にその場所はまるで無いか、両方にほんの少しだけしか無いということになってしまう。だから速やかに帰るか、あるいは全く帰らないことにしてしまうのが賢明だ。（IV, 461　傍点筆者）

ケニヨンとヒルダが向かうアメリカには、彼らを「活気づけてくれる」ようなプロヴィデンス言説が以前と変わらずに待ち受けているかは疑わしい。ここには、ホーソーン自身が、故国で自らの他者性に遭遇し、アメリカの危機に直面しなければならないことを予期していたことが示されている。実際、作家は『大理石の牧神』を執筆中の一八五八年十月、故郷アメリカについて次のように述べている。

私は、そもそもアメリカ人が国を愛したりするだろうかと思う。アメリカは国境に際限なく統一性もない。そしてそれを心の問題にしようとすると、自分の州の他は全て剥がれ落ちてしまう。そして、連邦から引きはがさない限りは州を保持できず、それは血を流して弱々しく震える。しかし、それでも我々アメリカ人は確かに世界中のどの国民にも負けないぐらい断固として国旗を守る。私自身もそれを目にすると胸の高鳴りを感じてきた。我々の特異な政体こそが、アメリカ人にある種の愛国心を与えることに寄与しており、我々を他とは全く一線を画するものにしていると思う。もし他の国が似た政体を有するならば――特にイギリスにデモクラシーがあるなら――我々はすぐにでも新しい州であるように、別の国で安らぐことができるだろうに。

（XIV [*The French and Italian Notebooks*], 463–64）

ここでホーソーンは自分の居所が故郷に無いという疎外感を感じる一方で、アメリカに対する強い愛国心を抱いていることを打ち明け、さらに、アメリカ人の愛国心を支えているのはこの国を他と分ける非凡な政治制度であり、そのデモクラシーが他で存在するならば、そこで安堵するであろうにと、暗雲漂う故国への思いを吐露している。『大理石の牧神』のプロヴィデンスを用いたアイロニーには、ホーソーンのアメリカに対する愛郷の念と失望が投影されているのである。

本章では、『大理石の牧神』において、「幸運な堕落」の多義性を軸とする「二重のナラティヴ」が構築されており、「罪によるドナテロの精神的成長」と「ヒルダとドナテロの無垢の喪失とプロヴィデンスの祝福」という二つのプロットが、プロヴィデンスへの言及の巧みな配置によって統合されており、そこに提示されるアメリカ人の他者性というテーマが、地上を見下ろすプロヴィデンスの目によって象徴的に描かれていることを明らかにした。ホーソーンは『大理石の牧神』を、作家の能力の粋をつくして巧妙に編んだタペストリー（IV, 455）に喩えているが、まさに、プロヴィデンスは技法とテーマを絡めて精巧に作品を編む糸となっているといえる。しかし、その老練な作家の精巧な技法によって描き出されているのは、民主主義共和国の実現というアメリカの理想を支えてきたプロヴィデンスの言説の綻びであり、南北戦争に向かう故国と作家自身のアイデンティティの危機という深刻な問題であるといえる。

注

(1)『大理石の牧神』の邦訳については、島田太郎他訳『大理石の牧神 Ⅰ・Ⅱ』(国書刊行会)を参照し、適宜、筆者による変更を加えている。

(2) 例えば、三宅卓雄は批評で論じられる「幸運な堕落」に対する作家の立場を、一、肯定、二、否定、三、確信がもてない、四、結論をわざと曖昧にしている、という四つに分類している(四五)。ワゴナーは、ホーソーンは、ヒルダが危険だとして退けるミリアムの言う「幸運な堕落」の方に親近感を持っていたとしても、それを明らかにすることを避けているとし(Waggoner 167)、フォーグルは、作家は問題提起をするだけで判断は下していないとしている(Fogle 191)。また、マシーセンは、ミリアムが「幸運な堕落」について述べる場が異教のカーニバルであることを指摘し、彼女の論がキリスト教のモラルに基づくものではなく、作品の最終的判断も彼女の「幸運な堕落」論にはないとする(Matthiessen 311)。

(3) ラヴジョイは、神学的に受容されながらも「幸運な堕落」論が危険視されるのは、人間の堕落が神の慈悲を引き出したとすれば、絶対的な神の判断に人間の行為が影響を及ぼしたという不都合な解釈が生じる点と、もう一つは、邪悪の存在が神によって許されており、アダムの堕落も予期されたものであるならば、邪悪は善を生み出すための必然であり、邪悪も善であるという解釈が生じる点にあると説明している(Lovejoy 289–94)。

（4）三宅は、ドナテロは悔恨の苦悩を通じて贖罪に近づくものの、神の恩寵という人間を超えたものとの深い関わりがない（五八）とするが、そのように思えるのは視線的人物であるケニヨンが排除しているものを、われわれ読者もまた見逃してしまうからであろう。

補章 『フランクリン・ピアス伝』と「主に戦争のことに関して」

奴隷制と南北戦争のプロヴィデンス

はじめに

ホーソーン作品の中でも特に政治と直接的な関わりを持つ作品は『フランクリン・ピアス伝』と「主に戦争のことに関して」だといえる。これまでの批評では、ホーソーンは政治とあまり関係しなかったとされる傾向があり、政治と直結するこれらの作品の注目度も評価もそれほど高くなかった。また発表当時から『フランクリン・ピアス伝』では、作家が奴隷制に言及した箇所が問題となり、その無責任な現実逃避や非人道的な態度を非難する声があった[1]。また「主に戦争のことに関して」においても、南部側に対して作家が示す同情的な態度が当時の北部社会で批判の対象となり、また後世においても、その脚注で作家自らが編集者を装って本体内容を批判するという、いわゆる読者をかつぐ自己検閲的な手法が、戦争視察記事としてふさわしくない（Matthiessen 318）とされたりした。[2]

このようにホーソーンが書いたピアスの伝記と南北戦争視察記は、評価も低く関心が向けられることの少ない作品であるが、本章で問題としたいのは、これらの作品で批判を浴びる箇所が、いずれも作家のプロヴィデンスへの言及と深く関係していることである。ホーソーンは両作品で、本書の議論の出発点ともいえる「人間世界の偶然の出来事は神の計画」という彼のプロヴィデンスへの信条を表す表現を用いて政治問題への言及を行っており、その曖昧な表現が物議を醸したのである。そして一見、よく似た文言でありながら、作家の絶頂期に書かれた『フランクリン・ピアス伝』と、晩年の「主に戦争のことに関して」では、プロヴィデンスを用いたレトリックには明らかな相違が見られる。この変化には、両作品が創作された時期の違いによる政治言説の変節が反映されており、その考察には作品が持つ間テクスト性への視点が欠かせない。この両作品で用いられるプロヴィデンスを用いたレトリックは芸術的完成度という点ではロマンスにおけるような精巧さはなく、プロヴィデンスの宗教的、世俗的属性を二重構造の枠組みの構築に用いるという点でも、本書の議論の類型からは少し逸れる。しかし、その間テクスト性とプロヴィデンスを用いたレトリックの綻びに焦点をあてるとき、作家のロマンスでは巧妙な技法で隠されている、プロヴィデンスを用いたレトリックの構造を垣間見ることができるに違いない。そこで本書の議論の最後に、『フランクリン・ピアス伝』と「主に戦争のことに関して」における「二重のナラティヴ」におけるプロヴィデンスを用いたレトリックと、ホーソーンのロマンスにおける「二重のナラティヴ」の構造との相関性といった観点から、これらの作品を考察しておきたい。

一　一八五二年の大統領選と民主党分裂の危機

『フランクリン・ピアス伝』はホーソーンの大学時代からの友人であるピアスが、民主党の大統領候補として出馬した際の選挙キャンペーン用の伝記であり、ホーソーン作品の中でも最も政治色が明確なものだといえる。こうした仕事で作家が要求されるのは、有権者、すなわち読者の動向を的確に把握して選挙戦に勝利することであり、作品外の社会に流布されている政治言説との間テクスト性を巧妙に構築することである。この選挙でピアスは圧倒的な得票率でホイッグ党候補のスコット（Winfield Scott, 1786–1866）に勝利して第十四代大統領に就くことになった。とにもかくにも、ホーソーンは政局と人々の動向を熟知し、『フランクリン・ピアス伝』によってピアスの勝利に寄与したのだ。ホーソーンがその読者操作に用いたレトリックがどのようなものであったかを知るために、一八五二年の大統領選における争点、ならびに、全くのダークホースであったピアスが民主党の候補に選出された経緯についてまず確認したい。

一八五二年の大統領選は、一八五〇年の妥協に対する国民投票の様相を呈していた（ケリー 二六七）。一八四八年のメキシコ戦争での勝利で獲得した領土への奴隷制導入を巡る南北の対立を調整すべく、ホイッグ党のフィルモア（Millard Fillmore, 1800–1874）政権下で制定されたこの妥協策は却って南北の亀裂を深めていた。そして、この年の六月の民主党大会では、一八五〇年の妥協の五つの法令の中でも特に逃亡奴隷法を巡って北部と南部の議員が対立し、三十四回の選挙後も大統領候補が決まらず進退窮まっていた。そうした中で、北部人でありながら奴隷制維持を支持しており、南北両方の立場を損わない、言い換えれば優柔不断なピアスの名が候補として浮上し、四十九回目の投票で彼は民主党の大統領候補に選出される。当時、北部出身の大統領はまれであり、十九世紀ではアダムズ（John Q. Adams, 1767–1848）の後、ピアス以外にニューイングランド出身の大統領はいない。こうした史実からも、民主党が苦肉の策としてピアスを選んだことが窺える（ケリー 二〇四）。この事情は奴隷制の拡大や維持に反対の立場をとるホイッグ党でも同様で、同じく党内の亀裂をどう繕うかに苦心しており、大統領本選においては、両陣営とも党内論争を巻き起こす危険性のある奴隷制と一八五〇年の妥協の問題には触れず、対立候補者の個人攻撃に終始していた。

実際、『フランクリン・ピアス伝』では、ホイッグ党がピアスに対して行ったネガティブ・キャンペーンの内容がよく反映されていて興味深い。ピアスに対する攻撃材料は、メキシコ戦争で戦わずして退却した臆病者、大酒呑み、ニューハンプシャー州知事時代にカトリック教徒を政治職から排除する法律を変えなかった宗教的偏見の持ち主、といったものであったが、ホーソーンは、大学時代からの友人として、ピアスの生来の誠実さを強調することで、ピアスに対する誹謗中傷のそれぞれに巧妙な抗弁を行っている。

しかし最も注目すべきは、ホーソーンが一八五〇年の妥協と奴隷制という危険な話題に、あえて一章分を費やしている点である。「妥協とその他の事」と題した第六章で、彼はまず、奴隷制が悪であるのは確かだが、一方の善は全く偶然によってもたらされることがままあると述べる。そして妥協の余地のない急進派の理論家が唱える奴隷制廃止は、より悪い結果をもたらす可能性が否めないとして、現実主義のピアスが支持する奴隷制維持の立場を擁護する。こうした議論は一般的なものであったが、その後に作家は彼自身の意見と読みとれる文脈で次のように加えるのだ。

しかし、まだ、もう一つの見方、おそらくは賢明である見方がある。それは、奴隷制とは、プロヴィデンスが人間の創意工夫では矯正できないように定め、人間には予知することが不可能だが、適切な時期が到来し、その役割が果たされた暁には、この上なく単純で容易と思われる手段によって夢のごとく消滅させられる類の悪の一つであるとみなすものである。どのような歴史を見ても、人間の意志や知性がその目的に適合した手段によって精神の大改革を成し遂げた例はない。世界の進歩は、その歩みとともに何らかの過ちを道すがらに置き去りにしてゆくもので、最も賢明な人間が、最も賢明な意図をもってしても、その過ちを矯正する手段を決して見いだすことはなかったのだ。(XXIII, 352)

これは、当時はもちろん、その後のホーソーン批評でもしばしば批判されてきた箇所である。例えばマシーセンは、この記述は奴隷制廃止論者、キリスト教団体、そして、一八五〇年の妥協策のすべてに積極的な賛成を示すピアス陣営も扱いに窮する本末転倒な言及だとしている(Matthiessen 317)。確かに、そもそも政治的議論自体が無駄だとするようなこの内容は大統領選挙キャンペーンとしてふさわしくないように思える。そして、誰にとっても無益であるどころか、ホーソーン自身、この記述で北部の知識人から強く非難されて評判を落としているのだ。[3]

それでは、ホーソーンはなぜこの記述をあえて行ったのであろうか。この伝記を考察する際に忘れてならないのは、実際にピアスは大統領選で三十一州の内の二十七州の票を獲得して圧勝したという事実である。『フランクリン・ピアス伝』は政治キャンペーンとしてはそれほど大量には売れなかったものの、ホーソーンの短編やロマンスでは獲得しえない数の読者に読まれた。[4] この伝記がどれほど大統領選に貢献したかを明確に知るデータは無いが、うかつに奴隷制に触れることでピアス票を大量に失う危険性が高い状況下にあって、少なくともこの伝記での奴隷制への言及は、社会の動向に反したものではなかったことが窺える。ホーソーンはそれを良く把握したうえであえてこの問題に触れてこの記述に及んだのだ。

ホーソーンがこの伝記で用いたプロヴィデンスのレトリックには、奴隷制を巡る南北のプロヴィデンス言説が反映されている。例えば、北部では、クレイ（Henry Clay, 1777–1852）やリンカーン（Abraham Lincoln, 1809–1865）などの穏健派は、奴隷制は神の呪いであり早晩消滅すべきものという暫定的な立場を支持したが（ケリー 三〇九）、急進派のギャリソン（William

L. Garrison, 1805–1879）などの奴隷制廃止論者は「奴隷制は神の呪いであり、それを廃止しなければ恐ろしい罰が下る」と主張していた（Guyatt 223）。一方、南部では、聖書で奴隷の存在が認められていることを盾に「神がもたらした奴隷制は神が消滅させるのであり、それに人間が介入するのは不敬行為である」と唱えて北部の言論にも影響を与えた。そして、「奴隷になることを拒んだインディアンは滅亡の道を辿っているが、神の計画に従う黒人は増えている」（Guyatt 254, 276）というような正当化を行うプロヴィデンス言説が支持され、さらにカルフーン（John C. Calhoun, 1782–850）などは、奴隷制は善であり天恵とまで言い切っていた（ケリー二五八）。

こうしたプロヴィデンスの概念を介した奴隷制を巡る論争に鑑みる時、『フランクリン・ピアス伝』のホーソーンの言及には、奴隷制と神とを関連づける南部と北部の両方の言説が巧みに織り交ぜられていることがわかる。ホーソーンは、奴隷制は神の呪いだとする北部の言説を取り入れる一方、奴隷制が善ではないにしろ神の意図によって何らかの計画の下に作られたことを仄めかすことで、南部の言説をも踏襲している。作家はこのどちらつかずの表現を用いることで、ピアスの利益を損ねる事無く、自身の信条を交え、これまでの作品で主張してきた過激な社会運動に対する批判をも織り込んでいるのだ。

また、南北の奴隷制を巡るプロヴィデンス言説に加え、社会に奴隷制を巡る論争と党分裂に対する嫌気があったという事実にも注目する必要がある。ホーソーンは日和見主義的な記述で北部の友人達から非難されることになったわけだが、多くの有権者は日和見主義を選択したのだ。例えば、当時、移民の政治的抑制と反カトリックを唱え、外国人排斥を主張する、後にノー・ナッシング党（Know-Nothing Party）となる団体が勢力を拡大しており、移民問題という単一争点を打ち出し、奴隷制については言及しないとする方針をとっていた。一八五四年頃から奴隷制を巡って党内分裂した民主党とホイッグ党からの離脱者が加わってノー・ナッシング党は勢力を増し、一八五五年にアメリカ党（American Party）と名を改め、一八五六年には元大統領のフィルモアを大統領候補として擁立するまでに成長する。この党はその非現実的な政策により短命であったが、党が存在した二年間、民主党に次ぐ第二政党であった（*Political Parties* 54–56）。ノー・ナッシング党は、ピアス大統領選挙の際にはまだ政党としての体を成していないものの、すでにその動きは活発になりつつあった。この党では、その組織について問われた際には「何も知らない（I know nothing）」と答えることが求められたのだが、奴隷制を巡る政党間の論争や党内分裂に嫌気がさした現実逃避的な有権者は多かったのだ。

ホーソーンが非難された日和見主義とは、有権者の間に浸透していた民意を反映したものであり、作家はこうした世情に鑑みて彼特有のプロヴィデンスを用いたレトリックで奴隷制問題にふれたのだ。彼はこうした動向を踏まえ、『フランクリン・ピアス伝』では奴隷制に言及しつつも、議論を沸騰させることになる奴隷制そのものの道義性や一八五〇年の妥協への具体的な是非には触れず、連邦維持、憲法遵守、建国の父祖の精神に則ってピアスが揺らぐことなく一八五〇年の妥協の全てに賛同してきたことを強調し、この一貫性こそが誠実さの証だというレトリックで押し切る。ホーソーンは、声高な政治家や社会運動家の背後に表面化されていない声があることをよく理解して読者操作に成功し、浮動票の獲得に寄与したといえる。

ホーソーンは決して政治に無関心ではなく、奴隷制を巡る南北の問題という敏感な話題の扱いについてかなり自信を持っていた。『フランクリン・ピアス伝』に取り掛かる際に、奴隷制と一八五〇年の妥協という敏感な問題への対処について、ホーソーンはピアスに宛てた手紙で次のように忠告している。

僕の考えでは、申し分のない正直さ、率直さでその問題に対処すること、そして君がこれまでどういう行動と立場をとり続けたかをはっきりと言うこと以外に方法はないと思う。また、国家全体に相応しい人間として、可能な限りもっとも幅広い立場に君を位置づけるために、けんか腰になっても、決して及び腰になってもいけない。僕が実際にこれらの面倒な問題を扱う際には、自分のやり方をもっと明確に示して見せようと思っている。ともかくこうした問題に怖気づいたり、尻込みしたりしてはならないのだ。(XVI, 561)

この言葉どおり、あえて「妥協とその他の事」というタイトルの章を設け、プロヴィデンスで曖昧さを織り込むお得意のレトリックを用いて奴隷制への言及を行ったホーソーンの戦略は成功する。ホーソーンはこの伝記の出版について、自分の名前を冒頭に置き、すべてを大文字にしてその広告を出すようにと編集者のティクナーに求め、彼に宛てた手紙では「ともかく、強気でいかなければ。現在、僕たちは政治家なのだから、きみも紳士的な出版者としてふるまおうなどと考えてはならない」と述べている。一方、ホイッグ党候補であったスコットは、一八五〇年の妥協に迂闊な言及をしたことで南部のホイッグ票を民主党に奪われてピアスに完敗した(Baker, "Franklin Pierce: Campaigns and Elections")。

こうした一連の出来事から、ホーソーンが如何に現実の社会をよく観察し、政治や人々の動向を熟知し、読者操作に対する自信を持っていたかを窺い知ることができる。『ボストン・ジャーナル』(*The Boston Journal*)は『フランクリン・ピアス伝』をホーソーンの「新しいロマンス」（XVI, 608）と揶揄したが、ホーソーンはむしろロマンスの手法を最大限に活用し、政治という極めて現実的な世界で、民主党の北部票を逃さず、ホイッグ党の南部票を獲得し、さらに日和見主義者の浮動票を拾って、ピアスを国家全体に相応しい人物として幅広い立場に置くことに成功したといえるだろう。彼は作家としての腕を振るって大統領選という最大の政治イベントに関与したのだ。

ホーソーンのロマンスにおけるプロヴィデンスの属性を用いた「二重のナラティヴ」の構造や、プロヴィデンスの言及を用いた表面下のプロットの展開などの複雑さは『フランクリン・ピアス伝』では見られない。しかし、読者が良く知る馴染みのプロヴィデンス言説を文学的コンヴェンションとして利用し、作品外に存在する言説との間テクスト性を構築してテーマを提示する創作のレトリックは、作家がロマンスで用いた手法のひとつのバリエーションだともいえるだろう。

こうしてホーソーンは友人ピアスの一世一代ともいえる出世に寄与したわけだが、奴隷制に言及することは、一歩間違えばピアスの命取りにもなる危険な話題であった。また、作家自身は伝記執筆で大した収入を得たわけでもなく、むしろこの記述によって北部の知識人から非難されることになった。確かにピアスの勝利によって作家は領事職を得て経済的困窮を脱することができたが、それは結果論ともいえる。こうしたリスクをとってまでなぜホーソーンが『フランクリン・ピアス伝』で奴隷制に言及したのか、その真意についてもう少し考察を深めてみよう。

二　『ブライズデイル・ロマンス』の削除箇所の再現

ホーソーンが『ブライズデイル・ロマンス』の着想を得たのは、メイン州で禁酒法が採択されたのと同時期の一八五一年六月のことであった。そしてマサチューセッツでも同様の禁酒法が採択された一八五二年の七月にこのロマンスを出版している。こうした背景に鑑み、第四章では『ブライズデイル・ロマンス』での禁酒運動批判がメイン法に向けられていること、出版に際して禁酒法批判の箇所が削除されたこと、そして、メイン法拡大の背景に奴隷制廃止論の高まりがあったことを指摘した。繰り返しになるが、『フランクリン・ピアス伝』との関連で重要な箇所をここで再掲しておきたい。

人間の性質の中には、たとえ強い酒でなくとも、少なくとも葡萄酒を求めるような悪戯な本能がある。禁酒家たちは世の終わりまで説教するかもしれないが、それでも、この冷たい荒涼とした世界は酒杯によってずっと温かく、ずっと優しく、なごやかに思えるだろう。禁酒家たちはどんなに頑張っても、今までに無い素晴らしい気晴らしが発見されて、酒飲み連中が酒にとって代る真の喜びとなる物を手にするまでは、彼らの酒の一滴たりとも床にこぼす事はできない。人生全般が十分に活気のある雰囲気にされることが第一で、酒の慰めを必要としないようでなければならない。飲酒の習慣は他のどの問題にもまして弁護されなければならない側面を持っている。しかしこれらの善良なる禁酒家たちは、年季もののデミジョンをひったくり——物質的にも精神的にも——それの代替となるべき何ものも差し出さないのだ。それに大多数の人の生活は、恐らく、酒樽を取り上げてしまった後の大きな空白に耐えられないだろう。今、酒が占めている場所は、酒に代わる何かで埋め合わされなければならない。金持ちにとっては、自分の葡萄が立ち枯れてしまっても大した問題ではないかもしれないが、しかし、貧乏人は——酒によってしかよりよい生活を垣間見ることもできない——どうすれば良いのか。社会改革家達は、消極的ではなく積極的な努力をしてもらいたい。善と置き換えることによって悪を廃止しなければならないのだ。(III, 175)

メイン州でメイン法が可決された時、禁酒法に反対の立場をとる民主党員が圧倒的多数の与党であったにもかかわらず、ホイッグ党とフリー・ソイル党側についた民主党員が多数いたためにこうした反転現象が起こった。そしてそこには、禁酒運動の法的規制論者たちがメイン州の民主党内の分裂を自らの政治的影響力を拡大する好機として捉え、奴隷制廃止運動家と手を組むという背景があった。党内対立によって二派閥に分裂した民主党では、カルフーン派が南部の奴隷制擁護論者と歩調を合わせる一方で、対抗するビュレン（Martin V. Buren, 1782–1862）派の指導者ハムリン（Hannibal Hamlin, 1809–1891）らは禁酒運動家と手を組み、禁酒と奴隷制廃止という社会改革を目標に互いの票を融通するという政治的取り引きが生じていたのだ（岡本 一一五―一一六）。

すなわち、メイン法の拡大は奴隷制廃止論の趨勢が増すことを意味したのだが、実際に、メイン法採択の拡大が民主党の分裂を加速させ、結果的に共和党のリンカーン政権の誕生を促した（Snay 97–98）。[5] ケリーは、共和党設立の立役者はホイッグ党からの離党者ではなく、建国以来の長い伝統を持つ民主党から移ってきた党運営に長けた政治家達であったと指摘している（ケリー 二九〇）。すなわちメイン法を採択する州の拡大は政治情勢が奴隷制廃止へと向かう指標であり、北部民主党と南部民主党の権益を調整してかろうじて連邦の亀裂を繕ってきた最大政党民主党分裂の予兆となっていたのだ。『ブライズデイル・ロマンス』における作家のメイン法批判は、禁酒法そのものに対しての批判というよりも、禁酒法の法制化にやっきとなって本来の趣旨から外れ、国家の分裂をもたらす奴隷制廃止運動の拡大に手を貸す、過激な禁酒運動へ向けられていたと考えられる。

当時、奴隷制問題を解決するための最善策としてアメリカ植民協会（American Colonization Society）による黒人のリベリア（Liberia）への移住が進められていたが、「文明化した黒人をアフリカの文明化の原動力とすること」（Guyatt 251）がアメリカに奴隷として黒人をもたらした神の目的だとする言説も唱えられていた。こうした政策の人種差別性や非現実性に対する批判は当時からもあったが、来るべき奴隷解放後に予測される混乱への具体的な対処法を何とか見出そうとする苦肉の策であった。ホーソーンが編纂した『アフリカ巡航日誌』は、アフリカ艦隊に主計官として参加した親友ブリッジの航海日誌であるが、その艦隊の任務のひとつがリベリア植民地の視察であった。リベリア植民地は民主党が支持するアメリカ植民協会のプロジェクトであり、アメリカの解放奴隷をアフリカに「送り返す」ことで国内の奴隷制問題の解決を図ろうとしていた。その編纂を通してリベリアの現状を良く知るホーソーンは、このプロジェクトにポジティブな評価は与えていないが、少なくとも奴隷の即時無償解放を求めるギャリソンのような急進的な方策には反対であり、植民協会の取り組みに一縷の望みを抱いていたことが見てとれる。『ブライズデイル・ロマンス』で削除された禁酒法批判の「善と置き換えることによって悪を廃止しなければならない」という箇所の「悪」を「奴隷制」に置き換えればそのまま、奴隷解放後の対策もなく奴隷制廃止を唱える過激な社会改革への批判となることがわかる。

ホーソーンは国家そのものを崩壊させかねない社会改革運動に対して一貫して批判的であった。一八六〇年の南部民主党の離党による民主党の分裂が、大統領本選の一般投票で三十九パーセントの得票しかなかった共和党リンカーン政権の誕生に結びつき、そこからアメリカは南北戦争への道を突き進んでいく。一八五二年における党大会での民主党分裂の危機とメイン法を採択する州の拡大は連邦がこの歴史を辿っていく予兆であった。こうした民主党の深まる亀裂に危機感を持つホーソーンは、『ブライズデイル・ロマンス』においてメイン法にかこつけた婉曲的な方法で奴隷制廃止運動批判を行ったが、その箇所をそっくり削除することを認めざるを得なかった。

ピアスが思いがけなく出馬することになったのはこうした状況下であった。ピアスが六月五日に大統領候補に選出されたことを知ったホーソーンは、九日にはピアスに手紙を送って伝記執筆のことを仄めかしている。そして、伝記執筆が決まると『ブライズデイル・ロマンス』の出版から十日ほどでホーソーンは『フランクリン・ピアス伝』に取りかかる。(6) そして、『ブライズデイル・ロマンス』で削除されたメイン法批判と強く関連する奴隷制問題への言及をその伝記で再現したのだ。『フランクリン・ピアス伝』において、プロヴィデンスを用いて南北の奴隷制を巡る言説を取り入れたホーソーンのレトリックは、責任の所在を曖昧にして危険を回避し、ピアスに不利益を蒙らせず、不評を買うのを承知で奴隷制廃止運動に対する彼自身の批判を表明し、また作家としてのプライドをかけて『ブライズデイル・ロマンス』で削除された箇所を再現することのできる巧妙かつ極限の文学手法でもあった。(7)

三 「主に戦争のことに関して」のプロヴィデンス

さて、一八五二年のピアスの当選で民主党は分裂の危機を免れたが、ピアス政権下で採択されたカンザス・ネブラスカ法は国家の分裂を加速させることになった。イギリスで領事職の任務を終え、イタリアとフランスの周遊を終えて一八六〇年に帰国したホーソーンを迎えたのは、リンカーン共和党政権誕生に伴う南部州の連邦脱退と南北戦争の勃発であった。その南北戦争の視察記として手掛けた「主に戦争のことに関して」において、ホーソーンは『フランクリン・ピアス伝』で奴隷制に言及したのと同様のプロヴィデンスを用いたレトリックで戦争がもたらす結果について言及している。しかし、そのレトリックはそれまでのロマンスや『フランクリン・ピアス伝』の時とは明らかに様子が異なっている。そのレトリックの綻びに、晩年のホーソーンの創作の衰えの一因を探りたい。

一八六二年三月から四月にかけてホーソーンはワシントンとその周辺の地域で戦争の状況を視察し、リンカーン大統領とも会見をした。同年七月の『アトランティック・マンスリー』(*Atlantic Monthly*) に彼の視察記が掲載されたが、それには編集者を装ったホーソーン自身による九箇所の脚注が付されている。作家はそこで自分の書いた本文の批判を行ったり、実際には行われていない削除について言及したりなど、いわば自己検閲というフィクション的要素を持つ内容にしている。この視察記の脚注について詳細に調べたベンス (James Bense) は「検閲の体裁をとって読者をかついだもの」(200) としているが、その中でハーパーズ・フェリーの南軍捕虜収容施設を訪れた際の記述とそれへのコメントとして添えられた七番目の脚注に注目したい。本文側のテクストで作家はまず、次のように述べる。

大規模な人間の努力は、当事者の当初の目的通りには決して終わりはしない。結果として得られる善はいつも付随的なものである。人間世界の偶然の出来事は神の計画である。私たちは意図していた善を成し遂げることはできず、私たちが思いもしなかった善を成し遂げてしまうのである。（XXXIII, 431）

ここには、作家の信条である「人間世界の偶然の出来事は神の計画」という文言が書かれている。そして、人為的な努力が必ずしも神の計画と一致しないとするホーソーンの姿勢は『フランクリン・ピアス伝』における奴隷制に対する姿勢と変わっていない。ところがこの箇所にホーソーンは編集者を装って次の脚注を添えている。

この著者は、ちっぽけで固く乾燥した石つぶてのような警句に、大きな意味を込めているように思える。編者である我々は彼に賛成しかねる。賢明で善良な人間の意図はしばしば神の目的に一致する。目下の戦争は編者の考えの正しさを例証するであろう。

（XXIII, 431）

ここでのレトリックは、本体と脚注で異なる選択肢を提示しているように思えるが、この記事における最終的な判断として、曖昧性を否定する脚注が提示されている点でこれまでの作家のレトリックとは明らかに異なっている。もちろん、南北戦争下の検閲自体を前景化する作家の試みであるとする解釈もできるが（Bense 200）、本章で問題にしたいのは、プロヴィデンスによって曖昧性を提示し、読者の判断に委ねるという形をとってきた、作家のレトリックの綻びについてである。

南北戦争以前にもこの脚注に書かれている「賢明で善良な人間の意図はしばしば神の目的に一致する」という、ホーソーンの信条に反するナショナリスティックな見方は存在したが、プロヴィデンスの概念を用いて提示する多様な選択肢のひとつにそれも含めた曖昧な形で提示することが可能であった。そして作家は時として、多様な選択肢の中に鋭い批判の矛先を向けるものも忍ばせてきた。また、自分の判断がプロヴィデンスの計画に沿っていると自信を持つケニヨンやウィルソン牧師のような登場人物に、彼らの予想が全く外れるというアイロニーを施すことを忘れなかった。しかし、ここで作家が脚注に書いたように、プロヴィデンスの概念を用いて導入した作品テクストの「曖昧性」そのものを否定し、それを最終判断として提示することは、それまでのホーソーン作品にはみられなかったことだ。

「主に戦争のことに関して」が『アトランティック・マンスリー』に掲載された一八六二年、リンカーンは戦争の大義を単なる連邦維持から奴隷解放をともなう連邦維持へと移行させ、北部に残る、奴隷制廃止への躊躇いを払拭しようとしていた。その土台に据えられたのが、南北が一体となって「神が目的とする奴隷制廃止に国民が積極的にかかわり、自ら浄化を図ることでアメリカは神の祝福に与る」とする言説であった（Guyatt 280–81）。ホーソーンをとりまく社会のプロヴィデンス言説は『フランクリン・ピアス伝』の時とは全く様変わりしており、北部の言論が一元化した戦争下の社会では、ホーソーンのプロヴィデンスを用いて曖昧性を提示するレトリックは機能しなくなった。戦争の進行とともに共和党色を強めた『アトランティック・マンスリー』は、「人間が積極的にかかわって奴隷制を廃止し、連邦の勝利に向けて邁進する」という北部言論に与するものとなっており、作家はその一元化した言論に沿う選択肢を最終判断として提示せざるをえなかったのだ。ホーソーンは『ブライズデイル・ロマンス』でホリングズワースの独善を「一本の弦でバイオリンをかき鳴らす（fiddling upon one string）」ようなものと揶揄したが（III, 56）、作家にとっては、まさに戦時下の社会が一本の弦しかないバイオリンのように思えたことであろう。

こうして「主に戦争のことに関して」では、プロヴィデンスを用いて提示したホーソーンの曖昧性は、作家の手によってすぐさま否定されることになる。彼は南北戦争という深刻な状況の視察記に不相応な、半ばふざけたような自己検閲というレトリックで言論の検閲性に抵抗するものの、ここには矛盾を包含し、曖昧性を生み出してきたプロヴィデンスのレトリックは機能していない。しかも、作家が一貫してこれまで作品で用いてきたプロヴィデンスへの信条をも否定する形になってしまっており、『フランクリン・ピアス伝』の時に、世論を読み解き、批判を浴びることを承知で腕を振るったホーソーンの自信に満ちた姿はここにない。

ホーソーンが、プロヴィデンスを用いた「二重のナラティヴ」で、自身の信条を織り込みながら、様々なテーマを展開することができたのは、銘々の立場から生みされるプロヴィデンスの言説が共存する状態があったからだといえる。本来の宗教性が薄れたとしても、「人間世界の偶然の出来事は神の計画」とするピューリタニズム的な認識が受容される社会でこそ、プロヴィデンスが持つ曖昧性が矛盾を許容し、雑多な社会のバランスをとる機能を有した。厳格なピューリタニズムの精神性、矛盾に満ちた人間の日常の営み、激昂する政治的対立、こうした、もろもろの社会現象を包含するプロヴィデンスは、作家が自身の信条を表したり、新国家アメリカの危うさや活気、人間の心の不完全さや情を描き出したりするのに有用な概念であった。これらの矛盾や対立を社会が包含している限りは、人々がさまざまに共有するプロヴィデンスの言説を用いて、ホーソーンは多層的に物語を展開することが可能であったといえる。政治に最接近した『フランクリン・ピアス伝』を手掛けたときには、プロヴィデンスが生む曖昧性を利用したレトリックが、テクストの外部の社会に浸透する雑多な言説と共鳴することをホーソーンは確信していた。

ジフ（Larzer Ziff）は、ホーソーンがそのイデオロギーと歩みをともにして作品を生み出してきた民主党の分裂、そして南北戦争の勃発にともなう言論の変化が、彼の創作の終焉をもたらす一因になったと指摘している（126–27）。ホーソーンにとって複雑な亀裂を内包しながら統合を維持してきたアメリカ社会の状況は懸念の種であると同時にアメリカン・デモクラシーの実験的モデルでもあった。このダイナミズムが作家の創作のモチベーションとなり、その社会が共有するプロヴィデンス言説が、彼のロマンスのレトリックにも深く関わってきたのだ。『フランクリン・ピアス伝』と「主に戦争のことに関して」におけるプロヴィデンスを用いたホーソーンのレトリックの変化には、ロマンスの手法が垣間見えるとともに、社会の変化に伴う作家の失意と晩年の創作の衰えの一因が読みとれる。

注

(1) ギルモア(Michael T. Gilmore)は、「ホーソーンは政治からは距離を置き政治的活動に関わりを持とうとせず、『フランクリン・ピアス伝』も、フィクションのテンプレートを用いて、逃亡奴隷法を認めたピアスを日和見主義的に擁護したものであり、作家自身は奴隷制問題というより、過激な政治・社会運動に批判的であった」("Hawthorne and Politics (Again)" 22)というのが批評のコンセンサスであるとし、言葉による扇動に対する作家の異議申し立てと、人間の言葉が神の意図を超えて成就することに対する危惧が、一八五〇年代のホーソーン作品のレトリックを構築しているとする。『フランクリン・ピアス伝』におけるホーソーンの奴隷制への曖昧な態度を「はかない空想(such a fantasy of evanescence)」と批判的に評するアラック(Jonathan Arac)(254)や、ホーソーンのピアス擁護の意図を「逃亡奴隷法」制定の政治的妥協と重ね合わせるバーコヴィッチ(86)に対し、例えばレノルズ(Larry J. Reynolds)は、セイラムの魔女狩りと奴隷制廃止運動に共通するセンセーショナルな断罪のシステムと暴力性を指摘し、それに反対する作家の信念をカモフラージュするレトリックであるとして作家を擁護する立場をとっている。ゴッデュ(Teresa A. Goddu)は作家が政治職から得る収入と奴隷制との関わりを論じ、また作家が題材としての奴隷制の有用性に意識的であったとして、商業的、現実的要素をロマンス化する作家のレトリックを論じている。

(2) 「主に戦争のことに関して」については、その批評史も含め山本雅の「『主に戦争のことに関して』――ホーソーンの後半生におけるその伝記的意義について」(『ホーソーンの軌跡』開文社出版)に詳しい。山本は『フランクリン・ピアス伝』と「主に戦争のことに関して」におけるホーソーンの「この世の偶然の出来事は神の目的」という文言に注目し、後者の脚注について、「彼の従来の信条に一応の『区切り』」をつけるために行ったものだと結論づけている（山本 二八二―八三）。

（3）『ボストン・トランスクリプト』（*Boston Transcript*）は、ホーソーンの記述を「人類の敵の側に立つ」ものと批判した（XVI, 608）。ホーソーン自身、一八五二年十月にブリッジに宛てた手紙で、この記述で何百人という北部の友人を失ったと書き送っている（XVI, 605）。

（4）『フランクリン・ピアス伝』は、布製五十セント、紙製三十七・五セントで合計一万二千九百部ほど発刊され、ホーソーンは三百ドルの報酬を得た。この伝記が出版されたのは選挙戦も終盤の九月九日であり、またバートレット（David W. Bartlett）によるピアス伝が先行出版されていたこともあり、この部数に留まった（XXIII, 643–44）。

（5）メイン州が一八五一年に最初に採択した禁酒法は、一八五四年のイリノイ州におけるメイン法を巡る激しい動きの起因となった。また、禁酒運動と反ネブラスカ運動の間にも重要な関係性があり、イリノイ州の中でも共和党の勢力が最大の北部地区で、こうしたメイン法との提携関係は最も強く、禁酒法大会では共和党候補者への支持が決定された（Snay 97）。

（6）ホーソーンが『フランクリン・ピアス伝』の執筆を引受けた経緯と背景については、メロウ（James R. Mellow）の *Hawthorne in His Times* に詳しい。

（7）補足事項となるが、ピアスが大統領になったことで日本も少なからず影響を受けた。なぜなら日和見主義で内向きのピアス大統領は、日本遠征に向かうペリー提督に小笠原と琉球の占拠計画の許可を出さず、前任のホイッグ政権のフィルモア大統領が申し渡していた「発砲厳禁令」をより強化したからである。ペリーとホーソーンについては拙論「浦賀の『流星』とプロヴィデンス――ペリーとホーソーンと日本開国」（『アメリカン・ルネサンス――批評の新生』開文社出版）を参照。

むすび

本書では、ホーソーンの四つのロマンスに遍在するプロヴィデンスという言葉と概念に注目し、表面のプロットとは異なる表面下のプロットを持つテクストを「二重のナラティヴ」と定義した。そして、序文の予告と矛盾する本体の物語の構築とその物語の二重構造にプロヴィデンスのさまざまな属性が用いられていることを検討し、ホーソーンの芸術思想と長編創作の技法におけるプロヴィデンスの意義を確認してきたが、ここでホーソーンにとってのプロヴィデンスとは何であったのかという本質的な問題を振り返っておきたい。

ホーソーンは一八二〇年代の初期の作品から晩年の未完の作品に至るまで繰り返しプロヴィデンスという語や概念を創作に用いてきた。彼の芸術思想の根底にあったのは、ピューリタニズムの倫理に根差した人間の不完全性に対する認識、人間には計り知れないプロヴィデンスという認識である。彼はソファイアとの婚約と結婚を機に、それまでも作品で頻繁に用いてきたこのプロヴィデンスの概念に「人間世界の偶然の出来事は神の計画」という表現を与えるようになる。そして作家は『旧牧師館の苔』で試みた、プロヴィデンスの属性を用いて序文と収録作品を有機的に繋ぐ手法を長編の「二重のナラティヴ」の構築へと発展させる。この「二重のナラティヴ」の構築には、プロヴィデンスが持つ予言的機能と宗教的属性に加え、政治・社会・文化事象と共に創生されてきたアメリカ特有のプロヴィデンス言説が用いられていることを確認してきた。

アメリカ独自の文学の創造を目指すホーソーンにとって、新大陸への植民当初から人々のイマジネーションに強力に働きかけてきたアメリカ特有のプロヴィデンスの概念や言説は、文学的コンヴェンションとして有用であった。蔦のからまる古城や地下墓地などの廃墟のないアメリカにはロマンスを創作する素地が無いと作家が嘆く、『大理石の牧神』の次の箇所はよく知られている。

わが故国アメリカでは、陰影も古色も神秘もなく、目を見張る陰鬱な邪悪というものにも欠け、あるのはただ真昼の光の中のありきたりな繁栄ばかり。そういうところでロマンスを書こうという作家は、誰でも非常な難儀にあう。われらの堅古な共和国の年代記の中から、或いはわれら個人の人生の中から、ロマンス作家が自前のテーマを見つけ出して易々と扱うようになる迄には、随分と時間がかかるだろう。蔦や苔やアラセイトウなどと同様に、ロマンスと詩も、生い育つには廃墟というものが必要なのだ。(IV, 3)

地上での出来事に神の意図を読み取ろうとする十七世紀の清教徒の慣習は十九世紀にも受け継がれ、より世俗的な政党間の論争、禁酒運動や奴隷制廃止運動などの社会運動においてもプロヴィデンスという語や概念は頻繁に用いられることとなり、人々は新聞、雑誌などのメディアや講演会などを通して日常的にプロヴィデンスという語を耳にしたり目にしたりしていた。『緋文字』で「魔女」ヘスターのAの文字に「魔力」を与えるのは共同体の物語であったが、アメリカ特有のプロヴィデンス言説は文学的コンヴェンションを形成する役割を果たし、作家としての「魔力」をホーソーンに与える共同体の物語を提供したといえる。

本書で扱ったホーソーンの四つのロマンスが創作されたのは、アメリカが未曽有の領土拡大を成し遂げる一方、その拡大がもたらす南北の亀裂が修復できないほどに深まっていく時期であった。一八四〇年代の拡大主義の時代には「明白な運命」に代表されるプロヴィデンス言説が強力な政治的・社会的影響力を持つが、その拡大がもたらす亀裂の深まりとともに、「プロヴィデンスに導かれるアメリカン・デモクラシー」という一枚岩の「国家的プロヴィデンシャリズム」の綻びが顕在化し始める。中でも、奴隷制を巡る南北の対立を収拾すべく締結された一八五〇年の妥協は、逆に激しい政治論争を巻き起こして南北の亀裂を深め、さまざまな陣営がそれぞれの立場を正当化するプロヴィデンス言説を唱えるようになる。こうした時代背景を踏まえ、ギルモアは一八五〇年、五一年、五二年とホーソーンの最盛期に立て続けに出版された『緋文字』、『七破風の屋敷』、そして『ブライズデイル・ロマンス』の三つのロマンスに、一八五〇年の妥協の倫理的・法的な行き詰まりが描かれていることを指摘している(*Hawthorne and Politics* 22)。南北戦争に向かう社会のダイナミズムとそこで展開されるプロヴィデンス言説がホーソーンの創作のイマジネーションを刺激し、作品のテーマやモチーフを提供したのは間違いない。

しかし、それでは、作家が創作で依拠した時代性や地域性を超えてホーソーン作品が評価され続けているのはなぜなのだろう。ホーソーンの芸術におけるプロヴィデンスの意義の探究には、その宗教的属性への知識がなく、また十九世紀の社会に浸透していたプロヴィデンス言説をもはや共有しない読者に、なぜホーソーン作品が読み継がれるのかを考える必要があるだろう。そうした疑問に対し、グリーンブラット(Stephen Greenblatt)が文化と芸術作品との関係について述べる次の指摘が示唆的である。

世界はテクストで満ちており、そのほとんどはそれを取り巻く環境から切り離すと、実質的に理解不能なものになる。そうしたテクストの意味を再現し、ともかくなんらかの納得のいくものにするためには、それらのテクストが作られた元の状況を再構築する必要がある。それと対照的に、芸術作品はそれ自体の内部に直接的、あるいは示唆的に、それを取り巻く状況の多くを含んでいる。その創作を促した社会状況が崩壊した後も、その作品が有する持続的内包性が多くの文学作品を生きながらえさせることを可能にするのである。（227）

グリーンブラットは、他のテクストが意味を失う一方で、芸術作品のテクストはそれが内包する複雑な文化的テクストゆえに生きながらえるというのだが、それは見方を変えれば、ある時代の特定の場所に生き、その同時代の人々を対象に創作を行う芸術家の側では、どのような形であれ、その時代精神に裏付けられた独自の芸術観を持たずに、作家個人の人生、精巧な技法、そして時代的テーマを統合した優れた芸術を神業のように一つの作品に結晶させることはできないということを意味する。

こうした観点からホーソーンのロマンスを考える時、ホーソーンが自らのロマンスをタペストリーに喩える『大理石の牧神』の次の箇所には、それ自体の中に複雑に編まれた文化的テクストを内包する有機的統一体としての文学テクストの性質が描かれていることが見てとれるだろう。

職人が腕を振るって織り上げ、調和の取れた色の配合を見せるために巧みに配置されているタペストリーを、表側からとっくり見たのに、どうしても裏側からじっくり検分したいと主張する様なことは、賢明な読者がされるはずがない。見事な、あるいは、鮮やかな、そこまでいかなくてもまずまずの効果でも表れていれば、こういう立派な優しい読者の方々は、糸がどう織りあわされているだろうかなどという無益なことを知りたがって、織物を切り裂いたりはなさらず、あるがままに受け入れて下さるだろう。(IV, 455)。

タペストリーの表側に散在する模様も、裏側では複雑に編まれた糸で繋がっており、それらが織り合わされたテクストが一つの作品を構成しているのである。タペストリーを織る芸術家の側には、自身の芸術観に基づき、自身を取り巻く社会の出来事や言説を用いて作品をデザインする構想力とそのデザインを織りあげる巧みな技法が不可欠である。しかし、ホーソーンが精巧な技法で完成させた有機的統一体としてのロマンスのテクストを「見る／読む」側の私達は時代と場所を超えて、その調和のとれた表面の美しさや面白さだけを楽しむことができるのだ。

一方、本書では、プロヴィデンスという概念を手掛かりに、通常では意識しない表面下のプロットを構成するテクストを探し出し、全体との繋がりを読み解く試みを行ってきた。「税関」の語り手は、Aという緋文字の刺繍の技法について「いまでは忘れ去られた技法で、糸をほぐしていって復元できるていのものではなかった」(I, 31) と述べるが、その言葉を借りれば、本書の試みはヘスター（あるいは作家）が精巧な技法で編んだAという文字を解読する試みであったと言っても良いだろう。それはまさに、タペストリーとしてのホーソーンのロマンスの裏模様を検分する「野暮な」試みであったかもしれない。

ホーソーンはタペストリーの裏模様の存在を示唆しながら、あえてそれを検分しないようにと釘をさすが、このメタファーそのものが、人間の限られた視野というホーソーンのプロヴィデンスに対する信条を表している。ホーソーンは宗教的、政治的、文化的言説を含むプロヴィデンスの概念を用いて曖昧性を提示し、そしてプロヴィデンスそのものは不可知として抑制の効いた創作を行った。ホーソーンのロマンスは、作家の創作を促す社会事象を内包したテクストが複雑に編まれた有機的統一体としてのタペストリーであり、そのタペストリーを編む重要な糸が、ギリシア以来の宗教的背景を持ち、植民時代から作家の現在である十九世紀に至るまでアメリカ特有の言説を創生してきたプロヴィデンスなのである。

だが、ホーソーンがタペストリーとしてのロマンスを編むのに不可欠であったプロヴィデンスの言説は大きく変化する。ホーソーンがヨーロッパからアメリカに帰国した翌年の一八六一年、ついにアメリカは南北戦争に突入する。様々な対立を内包しながら「プロヴィデンスに導かれて成就するアメリカのデモクラシー」という「アメリカの神話」を共有していた社会の言説は戦争の勃発とともに変化し、ニューイングランドの言説も一元化へと向かう。社会の状況が必ずしも彼自身の執筆活動にプラスに作用せず経済的に彼を苦しめる事になったとしても、矛盾や対立を内包する社会と読者が、ホーソーン作品のスタイルを構築してきたのだが、ジフが指摘するように「南北戦争の勃発により、北軍の一部となったマサチューセッツは、かつて作家が芸術の花を開かせたマサチューセッツではなくなった」(Ziff 126–27) のだ。

言論が一元化していくニューイングランドにヨーロッパから帰国し、故郷において自らの他者性に直面した老境のホーソーンは「デイヴィッド・スワン」で「プロヴィデンスの法則性が読みとれるのではないか」と述べた若き日の自負や、『フランクリン・ピアス伝』の執筆で発揮した読者操作の自信をもはや取り戻すことはできなかった。晩年のホーソーンは、自身の老いや、時代の変化、アメリカのプロヴィデンスの変容を芸術の域に高める余力と創造力が自分に残っていないことを悟っていただろう。しかし、プロヴィデンスの概念を用いて精巧な技法を駆使し、代表作となるロマンスを次々と創作した全盛期の野心的なホーソーンでさえ、自分の芸術が世間に十分に受容されているとは感じていなかった。まして、現在のように時代を超え国境を越えて自作品が読み継がれることを作家は予見してはいなかっただろう。そうしたことは、結局、人間には計り知れない神の領域のこととしてホーソーンはプロヴィデンスに委ねていたに違いない。ソファイアと旧牧師館の窓に刻んだ“Man's Accidents are God's Purposes”というホーソーンのプロヴィデンスへの信条は生涯を通して変わらず、ホーソーンの人生と創作を結ぶ概念であった。

あとがき

本書は筆者が二〇一〇年に京都大学大学院人間・環境学研究科に提出した博士論文*Hawthorne's Dual Narratives in His Four Romances: Providence and the Multiplicity of Its Literary Use*を日本語に訳したものであり、そのテーマや論旨はオリジナルのままである。しかし博士論文を提出してからすでに七年の歳月が流れており、本書の出版に際しては、英語から日本語への変換に伴う論述の順序や表現などの変更に加え、その後の研究成果や博士論文の際には省いた論考を補章として加えたものとなっている。あとがきの末尾に、博士論文執筆時に公表済みのものも含めた関連論文一覧を掲載した。

このように書くと、七年の歳月を費やしてその内容の充実を図ってきたように聞こえるが、校務やその他の雑事による多忙を口実に、手をつけられずに多くの月日を過ごしてしまったというのが現実だ。もちろん確かに多忙ではあったのだが、それよりも四苦八苦で仕上げた博士論文を封印しておきたい気持ちがどこかにあったのだ。しかし恐る恐る博士論文をじっくり読み返してみると、未熟な筆者の苦労よりも、その覚束ない筆者をここまでご指導下さった先生方への感謝の気持ちが沸々と湧き上がってきた。四十代半ばで大学院に進んだ筆者にはすでに定年までそれほど時間は残されていない。拙い論考ではあるが、これまで支えて頂いた方々への謝意を表す時期を逸してしまう前に、再度、博士論文と真剣に向き合って、一区切りつけなければならないと決意した。

プロヴィデンスを博士論文のテーマに決めたのは博士課程二年の時で、初めての学会発表を『ブライズデイル・ロマンス』で行ったことがきっかけとなった。この発表自体はプロヴィデンスを主要なテーマにしたものではなかった。しかし、それまでにホーソーン作品に遍在するプロヴィデンスに関心を抱いていたこともあり、『ブライズデイル・ロマンス』の "ripe" という表現とシェイクスピアの『リア王』の "Ripeness is all" という表現がプロヴィデンスと関連することを知ってこの概念に強く惹かれたのだ。

しかし、博士論文の構想に取り掛かった頃、すっかり忘れていたことを思い出す出来事があった。ある時、資料の整理をしていて、筆者が大阪女子大学時代に書いた、ケイト・ショパン（Kate Chopin, 1850–1904）の「デズレの赤ん坊」（"Désirée's Baby," 1893）のレポートが出てきたのだ。奴隷制の南部における人種越境の問題を描くこの短編で、主要な登場人物達は、その出自や生まれてきた子供の人種を巡る疑念や不安を打ち消したり、欲望を正当化したりするときにプロヴィデンスを口にするが、それがことごとく彼らの願いとは逆の結果となる。筆者のレポートは、そのプロヴィデンスのアイロニーを考察したものだった。その頃、筆者自身、人間の弱さや身勝手さ、信仰や生死といったことで悩むところがあったのだが、レポートを書いている内にふと肩の力が抜けたことを思い出した。大方の人は精神的な高みを目指すよりも、自分が抱える弱さや身勝手さと折り合いをつけたり、不条理や理不尽に何らかの意味を見出したりして、日々の人生を生きるために信仰を求めるのだ。そしてその弱さや身勝手さこそが人間らしさなのだ、とやや短絡的ではあるがその時の筆者の腑に落ちたのだ。そのことをすっかり忘れてしまっていたのだからいい加減なものだが、ともかくプロヴィデンスへの関心は博士論文よりも六、七年前に芽生えていたのだった。

筆者が師事した丹羽隆昭先生は「博士論文のテーマは自分の心の琴線に触れるものを選ばないと、論じていく内に自己矛盾を起こすことになる。すぐに理解できて把握できそうなものをテーマに選ぶのではなく、不可解だけれども自分の心を捉えて離さないものを選ぶこと。他の人は捕らわれないのに自分だけが気にかかるところに、心の琴線に触れる自分のテーマが潜んでいる」と忠告して下さっていた。その意味で、筆者がホーソーン研究でプロヴィデンスという自分のテーマに出会えたことはとりわけ幸運なことであった。そして、博士論文の執筆に行き詰った時、本書の出版の実現に不安を感じた時、ホーソーン作品の登場人物たちのように筆者もまた、天が与えてくれたテーマなのだから最後までやり遂げられるはずなどと不安をまぎらわし、弱くて身勝手で怠惰な自分と折り合いをつけてきたことを認めなければならない。

本書が出版の運びとなるまでに、本当に多くの方々のお力添えを頂いたが、京都大学で博士論文のご指導を賜った丹羽隆昭先生に最も深く感謝を捧げなければならない。ホーソーン研究の第一人者として、研究に必要な知識や手法をご教示下さったことは言うに及ばず、常に一貫したご自身の態度で研究者としてのあるべき姿を示して下さってきた。先生の温かく厳しい有言無言の叱咤激励がなければ、本書の出版が実現することはなかった。同じく京都大学でご指導頂いた福岡和子先生の精読の授業の厳しさは格別であったが、時間が経つにつれその有難さがますます身に染みている。そして、大学院終了後の筆者の進路を誰よりも心にかけて下さった先生の御恩は決して忘れることはできない。水野尚之先生は、最もご多忙な時期、丹羽先生と福岡先生がご退官された後を引き継いで筆者の博士論文審査の主査を務めて下さり、最後まで細部に渡ってお世話下さった。そして同じく審査にあたって下さった廣野由美子先生、前川玲子先生にも、ご専門の立場から貴重なご指摘を賜ったことに深く感謝申し上げたい。また、あまりに多くの先生方にお世話になり、個々のお名前を挙げることができないのが残念だが、筆者を温かく育てて下さった日本ナサニエル・ホーソーン協会の先生方に厚く御礼申し上げたい。また、筆者の学問への道を開き、大学院進学を促して下さった、かつての大阪女子大学の先生方、京都産業大学で筆者の研究へ理解を示して下さってきた中良子先生にも心より御礼申し上げたい。そして本書の校正の手伝いを引き受け、最初の読者として素直な感想を寄せてくれた京都産業大学の学生のみなさん、資料作成や校正に協力を惜しまず、貴重な提案や指摘を下さった京都大学大学院人間・環境学研究科の井上拓也さん、西村綾夏さんにも感謝したい。

最後に、筆者にとって初の単著となる本書の出版を快くお引き受け下さり、がんばりましょうと温かく励まし続けて下さった開文社出版の安居洋一社長にもこの場を借りて心より感謝申し上げたい。

プロヴィデンスというテーマと出会い、多くの方々に助けられ、予期しない運に恵まれたこの年月を振り返ると、ホーソーンが言うように、人間世界の偶然の出来事は神の計画なのかもしれないという思いがふとよぎる。博士課程二年の時、ロードアイランド州のプロヴィデンスでお目にかかったホーソーン研究者のサミュエル・コール先生が、ご著書へのサインとして筆者に贈って下さった詩を添え、著者あとがきの締めくくりとしたい。

Sept. 29, 2006

To Kayoko Nakanishi—
It is Providence
that brought you to Providence,
Good luck with Hawthorne
and Your dissertation.
Providentially yours,
Sam Coale

二〇一七年十二月吉日

中西佳世子

［本書に関連する執筆者の論文］

博士論文（二〇一〇年京都大学大学院人間・環境学研究科提出）

Hawthorne's Dual Narratives in His Four Romances: Providence and the Multiplicity of Its Literary Use（邦訳『ホーソーンの四つのロマンスにおける二重のナラティヴ――プロヴィデンスとその文学的機能の多様性』）

序　章

書評 "*Nicholas Guyatt, Providence and the Invention of the United States, 1607–1876*. Cambridge: Cambridge University Press, 2007. ix+341pp."『フォーラム』第十七号　二〇一二年　六九―七五頁

第二章

"Witchcraft and Hawthorne's Fiction Writing."『甲子園大学紀要』第三十八号　二〇一一年　四九―五四頁

「賞賛すべき「魔女」ヘスター――緋文字の「魔力」と呪縛」『フォーラム』第十三号　二〇〇八年　二五―四四頁

第三章

「『七破風の屋敷』の噂する「群集」――呪いの予言と幸運な結末」『京都産業大学論集　人文科学系列』

第五十号　二〇一七年　二三一―四四頁

第四章

「ホーソーンとユートピア共同体のバッカス」『フォーラム』第十二号　二〇〇七年　一九―三七頁

第五章

「『大理石の牧神』の「幸運な堕落」をめぐる二重のプロット――十九世紀アメリカのデモクラシーとプロヴィデンス」『悪夢への変貌――作家たちの見たアメリカ』福岡和子、高野泰志編著　松籟社　二〇一〇年　四三―六七頁

「『大理石の牧神』におけるホーソーンのペシミズム――梟の塔の天体観望者」『フォーラム』第十九号　二〇一四年　一七―三三頁

補　章

「浦賀の『流星』とプロヴィデンス――ペリーとホーソーンと日本開国」『アメリカン・ルネサンス――批評の新生』西谷拓哉、成田雅彦編著　開文社出版　二〇一三年　三六三―八八頁

なお、本書の出版に際しては、京都産業大学出版助成金（Kyoto Sangyo University Publication Grants）ならびにＪＳＰＳ科研費 17K02567 の助成を受けた。

年表

一八〇四年	七月四日、マサチューセッツ州セイラムでナサニエル・ホーソーン誕生
一八〇八年	南米のスリナムで黄熱病により父死去
一八一八年	母と姉妹とともにメイン州レイモンドに引っ越す
一八二〇年	手書きで『スペクテイター』を発行し、家族へ配る
一八二一年	メイン州ブランズウィックのボウドン大学に入学
一八二五年	大学卒業後、セイラムに戻り、母と姉妹とともに住む
一八二八年	『ファンショウ』を自費出版
一八三六年	ボストンに引っ越し、『アメリカ有用娯楽教養雑誌』の編集を開始
一八三七年	『トワイス・トールド・テールズ』を出版 のちに妻となるソファイア・ピーボディーに出会う

一八三八年	ソファイアと婚約
一八三九年	ボストン税関で測定官として勤め始める（―一八四〇年まで）
一八四一年	マサチューセッツ州ウェスト・ロクスベリーのブルック・ファームに投資し、共同体生活を始める（四月から十月まで）
一八四二年	ソファイアと結婚 マサチューセッツ州コンコードの旧牧師館に住む 『トワイス・トールド・テールズ』増補版を出版
一八四四年	長女ユーナ誕生
一八四五年	ホレイショ・ブリッジの『アフリカ巡航日誌』を編集 ソファイア、ユーナとともに、母と姉妹の暮らすセイラムの屋敷に引っ越す
一八四六年	『旧牧師館の苔』を出版 長男ジュリアン誕生

	セイラム税関で検査官として勤め始める
一八四七年	セイラムに家を借りて、母と姉妹と同居する
一八四九年	税官職を失う
一八五〇年	『緋文字』を出版
一八五一年	『トワイス・トールド・テールズ』第三版、『七破風の屋敷』、『雪人形とその他のトワイス・トールド・テールズ』を出版
	次女ローズ誕生
	家族とともにマサチューセッツ州ウェスト・ニュートンに引っ越す
一八五二年	コンコードに家を購入してウェイサイドと名付ける
	『ブライズデイル・ロマンス』、『フランクリン・ピアス伝』を出版
一八五三年	ピアス大統領よりアメリカ領事に任命され、イギリスのリヴァプールに駐在する
	(一一八五七年まで)

	家族とともにフランス、イタリアを旅行する（―一八六〇年まで）
一八六〇年	『大理石の牧神』を出版 家族とともに帰国してウェイサイドに戻る
一八六二年	南北戦争下のニューヨーク、フィラデルフィア、ワシントンを訪れ、リンカーン大統領と面会 「主に戦争のことに関して」を発表
一八六三年	『われらが故国』を出版
一八六四年	五月十九日、ニューハンプシャー州プリマスで死去

丹羽隆昭『恐怖の自画像――ホーソーンと「許されざる罪」――』英宝社　2000年

――――.「『事実』よりも『真実』を――歴史とホーソーンの三短編――」『アメリカ文学評論』第18号　東京教育大学・筑波大学アメリカ文学研究会　2002年　28–39頁

――――.「ホーソーンと民主主義」『アメリカ民主主義の過去と現在――歴史からの問い――』紀平英作編著　ミネルヴァ書房　2008年　67–95頁

――――.『魔女狩りナラティヴとアメリカの知的風土』平成13年度〜14年度科学研究費補助金（基盤研究C2）研究成果報告書　2003年

福岡和子『「他者」で読むアメリカン・ルネサンス――メルヴィル・ホーソーン・ポウ・ストウ』世界思想社　2007年

藤田実「解説」『テンペスト』大修館シェイクスピア双書　安西徹雄他編　大修館書店　1990年　3–56頁

松本仁助他編著『ギリシア文学を学ぶ人のために』世界思想社　2004年

マドックス、ルーシー『リムーヴァルズ――先住民と十九世紀アメリカ作家たち』丹羽隆昭訳　開文社出版　1998年

三宅卓雄『どう読むかアメリカ文学――ホーソーンからピンチョンまで』あぽろん社　1987年

山本雅「『主に戦争のことに関して』――ホーソーンの後半生におけるその伝記的意義について」『ホーソーンの軌跡――生誕200年記念論集――』川窪啓資編著　開文社出版　2005年

Wegelin, Christof. "Europe in Hawthorne's Fiction." *ELH*, vol. 14, no. 3, 1947, pp. 219–45.

Wineapple, Brenda. *Hawthorne: A Life*. Random House, 2003.

Winters, Yvor. "Maule's Curse, or Hawthorne and the Problem of Allegory." *Hawthorne: A Collection of Critical Essays*, edited by A. N. Kaul, Prentice-Hall, 1966, pp. 11–24.

Wood, D. R. W., et al., edtors. *New Bible Dictionary*. 3rd ed., Intervarsity P, 1996.

Ziff, Larzer. *Literary Democracy: The Declaration of Cultural Independence in America*. Penguin Books, 1982.

石見衣久子『ディオニューソス像の再構築――古代ギリシアからヘレニズム、ローマへの系譜とノンノス「ディオニューソス譚」に基づく考察――』新潟大学大学院現代社会文化研究科　2009年

入子文子『ホーソーン・《緋文字》・タペストリー』南雲堂　2004年

大浦暁生「妖術《ウィッチクラフト》とセクシュアリティ――アップダイクの魔女」『セクシュアリティと罪の意識――読み直すホーソーンとアップダイク』岩元巌、鴨川卓博編著　南雲堂　1999年　62–91頁

岡本勝『アメリカ禁酒運動の軌跡――植民地時代から全国禁酒法まで』ミネルヴァ書房　1994年

ケリー、ロバート『アメリカ政治文化史――建国よりの一世紀』長尾龍一他訳　木鐸社　1987年

シェイクスピア、ウィリアム『あらし』福田恆存訳　新潮社文庫　1971年

鈴木健『大統領選を読む』朝日出版社　2004年

高橋宏幸『ギリシア神話を学ぶ人のために』世界思想社　2006年

中谷義和『アメリカ南部危機の政治論―― J. C. カルフーンの理論』御茶の水書房　1979年

UP, 2005, pp. 40–69.

Saari, Peggy. *Witchcraft in America*. Edited by Elizabeth Shaw, U•X•L, 2001.

Shakespeare, William. *Hamlet. A New Variorum Edition of Shakespeare*, edited by Horace Howard Furness, Dover Publications, 1963.

———. *King Lear. A New Variorum Edition of Shakespeare*, edited by Horace Howard Furness, Dover Publications, 1963.

———. *The Tempest. The Arden Shakespeare Paperbacks*, edited by Frank Kermode, Methuen, 1964.

Snay, Mitchell. "Abraham Lincoln, Owen Lovejoy, and the Emergence of the Republican Party in Illinois." *Journal of the Abraham Lincoln Association*, vol. 22, no. 1, 2001, pp. 82–99.

Stefon, Matt and Theodorus P. van Baaren. "Providence." *Encyclopædia Britannica*, Encyclopædia Britannica, 12 May 2011, www.britannica.com/topic/Providence-theology.

Stern, Milton R. Introduction. *The House of the Seven Gables*, by Nathaniel Hawthorne, edited by Stern, Penguin Classics, 1981, pp. vii–xxxiii.

Stewart, Randall. *American Literature and Christian Doctrine*. Louisiana State UP, 1966.

Stoehr, Taylor. *Hawthorne's Mad Scientists: Pseudoscience and Social Science in Nineteenth-Century Life and Letters*. Archon, 1978.

Turner, Arlin. *Nathaniel Hawthorne: A Biography*. Oxford UP, 1980.

Wagenknecht, Edward. *Nathaniel Hawthorne: Man and Writer*. Oxford UP, 1961.

Waggoner, Hyatt H. "*The Marble Faun*." *Hawthorne: A Collection of Critical Essays*, edited by A. N. Kaul, Prentice-Hall, 1966, pp. 164–76.

———. *The Presence of Hawthorne*. Louisiana State UP, 1979.

Frank Lentricchia and Thomas McLaughlin, 2nd ed., U of Chicago P, 1995, pp. 66–79.

Milton, John. *Paradise Lost*. Edited by Gordon Teskey, W. W. Norton, 2005.

Mulqueen, James E. “Conservatism and Criticism: The Literary Standards of American Whigs, 1845–1852.” *American Literature*, vol. 41, no. 3, 1969, pp. 355–72.

Ogden, Daniel, editor. *A Companion to Greek Religion*. Blackwell Publishing, 2010.

O’Sullivan, John L. “Annexation.” *The United States Democratic Review*, vol. 17, no. 85, July-Aug. 1845, pp. 5–10.

———. Introduction. *The United States Democratic Review*, vol. 1, no. 1, Oct. 1837, pp. 1–15.

Pearce, Roy H. Introduction. *The Centenary Edition of the Works of Nathaniel Hawthorne*, by Nathaniel Hawthorne, edited by William Charvat et al., vol. 3, Ohio State UP, 1964, pp. xvii–xxvi.

Person, Leland S. “Hester’s Revenge: The Power of Silence in *The Scarlet Letter*.” *Nineteenth-Century Literature*, vol. 43, no. 4, 1989, pp. 465–83.

Political Parties in America. Cq’s Fingertip Facts, Congressional Quarterly P, 2001.

“Prohibitory Laws of Maine: The First One Was Passed Fifty Years Ago.” *New York Times*, 3 Feb. 1896, p. 1A.

Rahv, Philip. “The Dark Lady of Salem.” *Partisan Review*, vol. 8, 1941, pp. 362–81.

Reynolds, Larry J. “‘Strangely Ajar with the Human Race’: Hawthorne, Slavery, and the Question of Moral Responsibility.” *Hawthorne and the Real: Bicentennial Essays*, edited by Millicent Bell, Ohio State

Lovejoy, Arthur O. *Essays in the History of Ideas*. 3rd reprint, G. P. Putnam's Sons, 1960.

Maddox, Lucy. *Removals: Nineteenth-Century American Literature and the Politics of American Indian Affairs*. Oxford UP, 1991.

Male, Roy R. *Hawthorne's Tragic Vision*. U of Texas P, 1957.

Martin, Terence. *Nathaniel Hawthorne*. College and UP, 1965.

Mather, Cotton. *Memorable Providences Relating to Witchcrafts and Possessions. Narratives of the New England Witchcraft Cases,* edited by George Lincoln Burr, Dover Publications, 2002, pp. 89–144.

———. *The Wonders of the Invisible World. Narratives of the New England Witchcraft Cases*, edited by George Lincoln Burr, Dover Publications, 2002, pp. 203–52.

Mather, Increase. *An Essay for the Recording of Illustrious Providences. Narratives of the New England Witchcraft Cases*, edited by George Lincoln Burr, Dover Publications, 2002, pp. 1–38.

Matthiessen, F. O. *American Renaissance: Art and Expression in the Age of Emerson and Whitman*. Oxford UP, 1941.

McDonald, John J. "'The Old Manse' and Its Mosses: The Inception and Development of *Mosses from an Old Manse*." *Texas Studies in Literature and Language*, vol. 16, no. 1, 1974, pp. 77–108.

McIntosh, James, editor. *Nathaniel Hawthorne Tales*. By Nathaniel Hawthorne, Norton Critical Edition, W. W. Norton, 1987.

Mellow, James R. *Hawthorne in His Times*. Houghton Mifflin, 1980.

Melville, Herman. *The Piazza Tales and Other Prose Pieces 1839–1860*. Edited by Harrison Hayford et al., Northwestern UP, 1987.

Miller, Edwin H. *Salem Is My Dwelling Place: A Life of Nathaniel Hawthorne*. U of Iowa P, 1991.

Miller, J. Hills. "Narrative." *Critical Terms for Literary Study*, edited by

edited by Gross and Rosalie Murphy, Norton Critical Edition,W. W. Norton, 1978, pp. ix–x.

Guyatt, Nicholas. *Providence and the Invention of the United States, 1607–1876*. Cambridge UP, 2007.

Hartman, James D. *Providence Tales and the Birth of American Literature*. Johns Hopkins UP, 1999.

Hawthorne, Julian, *Hawthorne Reading: An Essay*. Rowfant Club, 1902.

Hawthorne, Manning. "Hawthorne and 'The Man of God.'" *The Colophon New Series, A Quarterly for Bookmen*, vol. 2, no. 2, 1937, pp. 262–82.

Hoffman, Daniel. *Form and Fable in American Fction*. UP of Virginia, 1994.

"How Shall Life Be Made the Most of?" *The American Whig Review*, vol. 1, no. 4, Apr. 1845, pp. 413–24.

Howe, Irving. *Politics and the Novel*. Horizon, 1957.

Howe, M. A. DeWolfe. *The Life and Letters of George Bancroft*. Vol. 1, Hodder and Stoughton, 1908.

Joel, Pfister. *The Production of Personal Life: Class, Gender, and the Psychological in Hawthorne's Fiction*. Stanford UP, 1991.

Kesselring, Marion L. *Hawthorne's Reading, 1828–1850*. New York Public Library, 1949.

Lawrence, D. H. *The Cambridge Edition of the Works of D. H. Lawrence. Studies in Classic American Literature*, edited by Ezra Greenspan et al., Cambridge UP, 2003.

Levin, David. *History as Romantic Art: Bancroft, Prescott, Motley, and Parkman*. Stanford UP, 1959.

———. "Shadows of Doubt: Specter Evidence in Hawthorne's 'Young Goodman Brown.'" *American Literature*, vol. 34, no. 3, 1962, pp. 344–52.

Fogarty, Robert S. *Dictionary of American Communal and Utopian History*. Greenwood P, 1980.

Fogle, Richard H. *Hawthorne's Fiction: The Light and the Dark*. Revised ed., U of Oklahoma P, 1964.

Folsom, James K. *Man's Accidents and God's Purposes: Multiplicity in Hawthorne's Fiction*. College and UP, 1963.

Freedman, David N., et al., editors. *The Anchor Bible Dictionary*, Doubleday, 1992. 6 vols.

Fryer, Judith. *The Faces of Eve: Women in the Nineteenth Century American Novel*. Oxford UP, 1976.

Gatta, John. "Progress and Providence in *The House of the Seven Gables.*" *American Literature*, vol. 50, no. 1, 1978, pp. 37–48.

"George Bancroft." *Encyclopædia Britannica*, Encyclopædia Britannica, 27 Apr. 2017, www.britannica.com/biography/George-Bancroft-American-historian.

Gilmore, Michael T. *American Romanticism and the Marketplace*. U of Chicago P, 1985.

———. "Hawthorne and Politics (Again): Words and Deeds in the 1850s." *Hawthorne and the Real: Bicentennial Essays*, edited by Millicent Bell, Ohio State UP, 2005, pp. 22–39.

Goddu, Teresa A. "Letters Turned to Gold: Hawthorne, Authorship, and Slavery." *Studies in American Fiction*, vol. 29, no. 1, 2001, pp. 49–76.

Gray, Martin. *A Dictionary of Literary Terms*. 2nd ed., Longman, 1992.

Greenblatt, Stephen. "Culture." *Critical Terms for Literary Study*, edited by Frank Lentricchia and Thomas McLaughlin, 2nd ed., U of Chicago P, 1995, pp. 225–32.

Gross, Seymour. Introduction. *The Blithedale Romance: An Authoritative Text, Backgrounds and Sources, Criticism*, by Nathaniel Hawthorne,

Bunyan, John. *The Pilgrim's Progress*. Penguin Classics, 2009.

Buttrick, George Arthur, et al., edtors. *The Interpreter's Dictionary of the Bible*. Abingdon P, 1962.

Cain, William. "The Idea of Community." *The Blithedale Romance*, by Nathaniel Hawthorne, edited by Cain, Bedford / St. Martin's, 1996, pp. 333–35.

Calvin, John. *Institutes of the Christian Religion*. Translated by Henry Beveridge, Hendrickson Publishers, 2008.

Carpenter, Frederic I. "Scarlet a Minus." *The English Journal*, vol. 33, no. 1, 1944, pp. 7–14.

Coale, Samuel C. *Mesmerism and Hawthorne: Mediums of American Romance*. U of Alabama P, 1998.

Colacurcio, Michael J. Introduction. *Nathaniel Hawthorne: Selected Tales and Sketches*, by Nathaniel Hawthorne, edited by Colacurcio, Penguin Classics, 1987, pp. vii–xxxv.

Crowley, J. Donald. Historical Commentary. *The Centenary Edition of the Works of Nathaniel Hawthorne*, by Nathaniel hawthorne, edited by William Charvat, et al., vol. 10, Ohio State UP, 1974, pp. 499–536.

Dunne, Michael. *Hawthorne's Narrative Strategies*. UP of Mississippi, 1995.

Elliot, G. R. *Dramatic Providence in "Macbeth": A Study of Shakespeare's Tragic Theme of Humanity and Grace with a Supplementary Essay on "King Lear."* Greenwood P, 1970.

Erlich, Gloria C. *Family Themes and Hawthorne's Fiction: The Tenacious Web.* Rutgers UP, 1984.

Fairbanks, Henry G. *The Lasting Loneliness of Nathaniel Hawthorne: A Study of the Sources of Alienation in Modern Man*. Magi Books, 1965.

Virginia, millercenter.org/president/pierce/campaigns-and-elections.

Bancroft, George. *History of the United States of America: From the Discovery of the Continent*. D. Appleton, 1891–1892. 6 vols.

Barstow, Anne Llewellyn. *Witchcraze: A New History of the European Witch Hunts*. Harpercollins Publishers, 1994.

Baym, Nina. *The Shape of Hawthorne's Career*. Cornell UP, 1976.

———. "Thwarted Nature: Nathaniel Hawthorne as Feminist." *American Novelists Revisited: Essays in Feminist Criticism*, edited by Fritz Fleischmann, G.K. Hall, 1982, pp. 58–77.

Bense, James. "Nathaniel Hawthorne's Intention in 'Chiefly About War Matters.'" *American Literature*, vol. 61, no. 2, 1989, pp. 200–14.

Bensick, Carol M. *LA Nouvelle Beatrice: Renaissance and Romance in "Rappaccini's Daughter."* Rutgers UP, 1985.

Bentley, Nancy. "Slaves and Fauns: Hawthorne and the Uses of Primitivism." *ELH*, vol. 57, no. 4, 1990, pp. 901–37.

Bercovitch, Sacvan. *The Office of The Scarlet Letter*. Johns Hopkins UP, 1991.

Booth, Wayne C. *The Rhetoric of Fiction*. U of Chicago P, 1961.

Bowers, Fredson. Textual Introduction. *The Centenary Edition of the Works of Nathaniel Hawthorne*, by Nathaniel Hawthorne, edited by William Charvat, et al., vol. 3, Ohio State UP, 1964, pp. xxvii–lv.

Bridge, Horatio. *Journal of an African Cruiser: Comprising Sketches of the Canaries, the Cape de Verds, Liberia, Madeira, Sierra Leone, and Other Places of Interest on the West Coast of Africa: By an Officer of the U. S. Navy*. 1845. Edited by Nathaniel Hawthorne, Kessinger Publishing, 2004.

Brownson, O. A. "Remarks on Universal History." *The United States Democratic Review*, vol. 12, no. 60, June 1843, pp. 569–86.

Vol. XXII *The English Notebooks, 1856–1860*
Vol. XXIII *Miscellaneous Prose and Verse*

[本書で参考にしたホーソーン作品の邦訳]
『緋文字』鈴木重吉訳　新潮文庫　1957 年
『完訳 緋文字』八木敏雄訳　岩波文庫　1992 年
『七破風の屋敷』大橋健三郎訳　筑摩書房　1970 年
『ブライズデイル・ロマンス』山本雅訳　朝日出版社　1998 年
『ブライズデイル・ロマンス――幸福の谷の物語』西前孝訳　八潮出版社　1984 年
『大理石の牧神Ⅰ・Ⅱ』島田太郎他訳　国書刊行会　1984 年

[批評・伝記ほか]
Abel, Darrel. "Hawthorne's Hester." *College English*, vol. 13, no. 6, 1952, pp. 303–09.
Arac, Jonathan. "The politics of *The Scarlet Letter*." *Ideology and Classic American Literature*, edited by Sacvan Bercovitch and Myra Jehlen, Cambridge UP, 1986, pp. 247–67.
Aristophanes. *Five Comedies*. Translated by Laszlo Matulay, The World Publishing, 1948.
Auchincloss, Louis. "*The Blithedale Romance*: A Study of Form and Point of View." *Nathaniel Hawthorne Journal*, vol. 2, 1972, pp. 53–58.
Auerbach, Nina. *Women and the Demon: The Life of a Victorian Myth*. Harvard UP, 1982.
Baker, Jean H. "Franklin Pierce: Campaigns and Elections." *American President*, Miller Center, Rector and Visitors of the University of

参考文献

［ホーソーン作品テクスト］

Hawthorne, Nathaniel. *The Centenary Edition of the Works of Nathaniel Hawthorne*. Edited by William Charvat, et al., Ohio State UP, 1962–97. 23 vols.

Vol. I	*The Scarlet Letter*
Vol. II	*The House of the Seven Gables*
Vol. III	*The Blithedale Romance and Fanshawe*
Vol. IV	*The Marble Faun: Or, the Romance of Monte Beni*
Vol. V	*Our Old Home: A Series of English Sketches*
Vol. VI	*True Stories from History and Biography*
Vol. VII	*A Wonder Book and Tanglewood Tales*
Vol. VIII	*The American Notebooks*
Vol. IX	*Twice-told Tales*
Vol. X	*Mosses from an Old Manse*
Vol. XI	*The Snow-Image and Uncollected Tales*
Vol. XII	*The American Claimant Manuscripts*
Vol. XIII	*The Elixir of Life Manuscripts*
Vol. XIV	*The French and Italian Notebooks*
Vol. XV	*The Letters, 1813–1843*
Vol. XVI	*The Letters, 1843–1853*
Vol. XVII	*The Letters, 1853–1856*
Vol. XVIII	*The Letters, 1857–1864*
Vol. XIX	*The Consular Letters, 1853–1855*
Vol. XX	*The Consular Letters, 1856–1857*
Vol. XXI	*The English Notebooks, 1853–1856*

ユートピア運動　utopian movement 155
ユートピア共同体　utopian community　34, 145, 150, 175, 184
ユーナ（ホーソーン）　Una Hawthorne　44, 264
ユニテリア派　Unitarian　184
ゆるやかな修辞的枠組み　a loosely rhetorical frame-work　32
ゆるやかなプラトン主義　loosely Platonic　12

［よ］
予言的機能　79, 83, 161, 182, 246
予定説　predestination　17

［ら］
ラーヴ、フリップ　Philip Rahv 110
ラヴジョイ、アーサー　O. Arthur O. Lovejoy　194, 217
ラパチニ、ジャコモ　Giacomo Rappaccini　45–52, 55–58, 63, 101

［り］
リア王　King Lear　5
リザベッタ　Lisabetta　52–53
理神論　deism　16
リプリー、ジョージ　George Ripley　153, 184
リベリア　Liberia　62, 234
リンカーン、エイブラハム　Abraham Lincoln　225, 233, 235, 237, 240, 266

［れ］
レノルズ、ラリー　J.　Larry J. Reynolds　243
レヴィン、ダニエル　Daniel Levin　110

［ろ］
ローズ（ホーソーン）　Rose Hawthorne　265
ローレンス、D.　H.　D. H. Lawrence　110
ロングフェロー、ヘンリー　W. Henry W. Longfellow　30

［わ］
ワゴナー、ハイエット　H. Hyatt H. Waggoner　2, 217
ワシントニアン協会 Washingtonians　63, 157–158, 163–165

Possessions　66, 70
『見えざる世界の驚異』*The Wonders of Invisible World*　70. 109
マシーセン、F.　O.　F.O. Matthiessen　10–11, 13, 78, 126, 143, 184, 217, 224
魔女狩り　witch hunt　20, 72–73, 76, 93, 109, 111, 120, 243
魔女裁判　witch trials　70–71, 93, 111
マッキントッシュ、ジェイムズ James McIntosh　108
マドックス、ルーシー　Lucy Maddox　143
魔法の地　the Enchanted Ground 36, 39

［み］
ミランダ　Miranda　45, 54
ミリアム　Miriam　23, 188–189, 192–194, 196–202, 206, 209–211, 217
ミルトン、ジョン　John Milton　2, 194
『楽園喪失』 *Paradise Lost*　2–4, 194–195
民主党　Democratic Party　86–87, 115–116, 135–136, 138, 141, 169, 185, 214, 221–222, 227, 229–230, 233–236, 242
『デモクラティック・レヴュー』 *United States Democratic Review*　21, 62, 115

［め］
明白な運命　manifest destiny　21, 86–87, 138, 191, 213, 247
メイル、ロイ　R.　Roy R. Male 159
メイン法　Main Law　63, 149–150, 163–166, 168–169, 171–172, 179, 183, 231, 233–236, 244
メキシコ戦争　Mexcian War　138, 213, 222–223
メタフィクション（的） metafiction（-al）　177–178
メルヴィル、ハーマン　Herman Melville　9–10, 31, 74, 169
「ホーソーンと彼の苔」 Hawthorne and His Mosses 31, 74
メロウ、ジェイムズ　R.　James R. Mellow　244

［も］
モア、トーマス　Thomas More 155
モール、マシュー　Matthew Maule
初代のモール　Matthew Maule 96, 120, 122, 125–126, 132–134
大工のモール　Matthew Maule 126–127
目視観察　Ocular Observation　67
目撃証拠　Eye Witness　67, 69, 83

［ゆ］

『ブライズデイル・ロマンス』
The Blithedale Romance 3, 25, 56, 63, 136, 142, 145–146, 148–149, 154, 158–159, 162–166, 169–172, 175, 177–178, 183–185, 231, 234–236, 240, 248, 256, 265
『フランクリン・ピアス伝』
The Life of Franklin Pierce 25, 170–171, 187, 213, 219–223, 225–226, 228–231, 236–238, 240–244, 252, 265
『フレンチ・アンド・イタリアンノートブックス』 *The French and Italian Notebooks* 216
「僕の親戚、モリヌー少佐」 "My Kinsman, Major Molineux" 31
「三つの丘の窪地」 "The Hollow of the Three Hills" 66, 70
「優しい少年」 "The Gentle Boy" 1
『雪人形とその他のトワイス・トールド・テールズ』 *The Snow-Image, and Other Twice-told Tales* 265
「ラパチニの娘」 "Rappaccini's Daughter" 2, 31, 34, 45–48, 52–53, 55, 58–62, 135
「利己主義、あるいは胸中の蛇」 "Egotism; or, The Bosom-Serpent" 34, 96
「ロジャー・マルヴィンの埋葬」 "Roger Malvin's Burial" 31, 35
「若いグッドマン・ブラウン」 "Young Goodman Brown" 66, 71, 109–110
『われらが故国』 *Our Old Home* 266
ホールグレイヴ Holgrave 120–121, 126–128, 130–131, 133, 136–137
『ボストン・トランスクリプト』 *Boston Transcript* 244
ホフマン、ダニエル Daniel Hoffman 94
ホリングズワース Hollingsworth 146–147, 150–151, 155–156, 158, 160–163, 173–174, 179–181, 240

［ま］

マーティン、テレンス Terence Martin 63
マクドナルド、ジョン J. John J. McDonald 62
マザー、インクリース Increase Mather 67–70, 109–110
『明らかなるプロヴィデンスの記録についての随筆』 *An Essay for the Recording of Illustrious Providences* 70
マザー、コットン Cotton Mather 66–68, 70, 72–73, 106, 109–111
『魔法と神懸かりに関する忘れ難きプロヴィデンス』 *Memorable Providences Relating to Witchcraft and*

『アメリカン・ノートブックス』 *The American Notebooks* 153, 185
「アリス・ドーンの訴え」 "Alice Doane's Appeal" 66, 70, 73, 106
「イーサン・ブランド」 "Ethan Brand" 48, 132, 164
『イングリッシュ・ノートブックス』 *The English Notebooks* 9
『おじいさんの椅子』 *Grand Father's Chair* 72, 109
「主に戦争のことに関して」 "Chiefly About War–matters" 25, 219–221, 237, 240–243, 266
「旧牧師館」 "The Old Manse" 24, 27–33, 35–36, 38–39, 41–42, 45–47, 54, 58–62, 107, 124, 159
『旧牧師館の苔』 *Mosses from an Old Manse* 2–3, 24, 27, 30–32, 46, 55, 60–61, 63, 142, 246, 264
「空想の殿堂」 "The Hall of Fantasy" 34
「クリスマスの宴」 "The Christmas Banquet" 34
『七破風の屋敷』 *The House of the Seven Gables* 3, 24, 43, 60, 66, 96, 113–114, 118–119, 121–122, 127, 135–136, 138–142, 148, 248, 265
「情報局」 "The Intelligence Office" 34
『スペクテイター』 *The Spectator* 263
「税関」 "The Custom–House" 24, 65, 74–75, 107–108, 251
『大理石の牧神』 *The Marble Faun* 2–3, 5, 14, 23, 25, 139, 164, 187–189, 191–192, 194, 211–217, 246, 250, 266
「旅の道連れ」 "A Fellow-Traveller" 1–2
「地上の大燔祭」 "Earth's Holocaust" 34, 157–158,163–164, 166
「デイヴィッド・スワン」 "David Swan" 2, 7, 10, 252
「鉄石のひと」 "The Man of Adamant" 48
「天国行き鉄道」 "The Celestial Rail–road" 2, 34, 36, 58
「ドゥラウンの木像」 "Drowne's Wooden Image" 34
『トワイス・トールド・テールズ』 *Twice-told Tales* 29, 263–265
「美の芸術家」 "The Artist of the Beautiful" 34, 107
『緋文字』 *The Scarlet Letter* 3, 8, 12, 14, 24, 27–29, 60, 65–66, 71, 75–77, 79, 86–87, 90–91, 93–95, 100, 104, 106–108, 110–111, 142, 159, 205, 247–248, 265
「火を崇める」 "Fire-Worship" 34, 36, 58
『ファンショウ』 *Fanshawe* 1, 28, 61, 164, 263

historical providentialism 18, 25, 86, 114, 119
国家的プロヴィデンシャリズム national providentialism 18–20, 78, 114, 135, 247–248
個人的プロヴィデンシャリズム personal providentialism 18
終末的プロヴィデンシャリズム apocalyptical providentialism 18
審判的プロヴィデンシャリズム judicial providentialism 18
プロヴィデンス Providence 1–9, 11–27, 32–35, 39, 43–45, 47, 58, 61, 65–71, 74–76, 78–79, 81, 83, 86–90, 106–109, 113–118, 124–125, 128–129, 134–135, 138–139, 141–142, 146–148, 159–162, 170, 172, 176–180, 182–183, 187, 189–192, 194– 199, 202–217, 220–221, 224–230, 236–237, 239–242, 245–248, 251–253, 256–257, 259
プロヴィデンスの法 the Laws of Providence 3
プロヴィデンスの目 the Eye of Providence 147, 176, 184, 206, 211, 216
プロヴィデンス物語 providential tales 68–71, 74–75, 78, 90, 92, 102, 108–109
プロスペロ Prospero 3, 39, 41, 43, 45, 54
文学的コンヴェンション 230, 246–247

［へ］

ベアトリーチェ（「ラパチニの娘」） Beatrice 45–59, 62
ベアトリーチェ（『大理石の牧神』） Beatrice 197
ベイム、ニーナ Nina Baym 62, 91, 110
ヘスター（プリン） Hester Prynne 24, 65, 71, 75–77, 79–80, 82–83, 88, 90–98, 100–107,110–111, 247, 251
ヘプジバー（ピンチョン） Hepzibah Pyncheon 120, 123, 126–129, 131–134, 136
ペリー、マシュー C. Matthew C. Perry 62, 244
ベリンガム、リチャード Richard Bellingham 79, 81–82
ベンス、ジェイムズ Bense, James 237

［ほ］

ホイッグ党 Whig Party 86–87, 116, 136, 143, 221–223, 227, 229–230, 233
『ホイッグ・レヴュー』 *American Whig Review* 116
亡霊証拠 specter evidence 70–71, 93, 109–110
ホーソーン、ナサニエル（作品名） Nathaniel Hawthorne
「痣」 “The Birth–mark” 31, 34, 55

ピアス、フランクリン　Franklin Pierce　187, 222–230, 235–236, 243–244
ヒビンズ夫人　Hibbins　97
ピュー、ジョナサン　Jonathan Pue　75
ピューリタニズム　Puritanism　12, 118, 241, 245
ビュレン、マーティン　V. Martin V. Buren　233
表面下のプロット　4–5, 15, 22, 24–25, 71, 90, 108, 128, 183, 230, 245, 251
ヒラード、ジョージ　S.　George S. Hillard　28
ヒルダ　Hilda　188–189, 192–193, 195–204, 207–212, 214–217
ピンチョン大佐／初代ピンチョン　Colonel Pyncheon　120, 124–126, 128, 134, 140

［ふ］
フィービー（ピンチョン）　Phoebe Pyncheon　120–121, 127–129, 131, 133, 136
フィスター、ジョエル　Joel Pfister　62
フィルモア、ミラード　Millard Fillmore　222, 227, 244
フィロン、アレキサンドリアの　Philon of Alexanderia　16
フーコー、ミシェル　Michel Foucault　104
フェアバンクス、ヘンリー　G Henry G. Fairbanks　2
フェルディナンド　Ferdinand　45, 54
フォーグル、リチャード　H. Richard H. Fogle　12, 159, 217
フォガーティ、ロバート　S. Robert S. Fogarty　184
フォルソム、ジェイムズ　K. James K. Folsom　12–14
　『人間世界の偶然の出来事と神の計画』　*Man's Accidents and God's Purposes*　13
フラー、マーガレット　Margaret Fuller　110
ブラウン　Brown　71
プラトン　Platon　15, 43, 79
ブランド、イーサン　Ethan Brand　48, 101, 132
フリー・ソイル党　Free Soil Party　136, 233
プリシラ　Pricilla　146–147, 150–151, 160–161, 163, 173
ブリッジ、ホレイショ　Horatio Bridge　62, 234, 244, 264
　『アフリカ巡航日誌』　*Journal of an African Cruiser*　29, 62, 234, 264
ブルック・ファーム　Brook Farm　33–34, 145–146, 149–150, 153–154, 159, 162–163, 166, 176, 182–185, 264
プロヴィデンシャリズム　providentialism　17, 19, 23
　歴史的プロヴィデンシャリズム

[な]
涙の道　Trail of Tears　138
南北戦争　American Civil War　21, 25–26, 214, 217, 220, 235, 237, 239, 241–242, 248, 252, 266

[に]
「二重のナラティヴ」 4–6, 15, 21, 24–27, 32, 50, 61, 75, 108, 114, 119, 122, 134, 139, 142, 183–184, 187, 190–192, 216, 221, 230, 241, 245–246

[の]
ノー・ナッシング党　Know-Nothing Party　227

[は]
バーコヴィッチ、サクヴァン　Sacvan Bercovitch　92, 243
バーストウ、アン　L.　Anne L Barstow　95
パースン、リーランド　S.　Leland S. Person　92
ハートマン、ジェイムズ　D.　James D. Hartman　67–68, 78, 109
　『プロヴィデンス物語とアメリカ文学の誕生』 *Providence Tales and the Birth of American Literature*　67
バートレット、デイヴィッド　W.　David W. Bartlett　244
『ハーパーズ・マガジン』 *Harper's Magazine*　213
パール　Pearl　8, 76–77, 79–80, 91, 95, 97–100, 104
バッカス　Bacchus　25, 57, 148–155, 159–164, 167–168, 171–173, 175–178, 183, 262
ハッチンスン、アン　Ann Hutchinson　102–103, (Anne Hutchinson)　110
バニヤン、ジョン　John Bunyan　2
　『天路歴程』 *The Pilgrim's Progress*　2–3, 36, 39
パノプティコン　panopticon　104
母なる自然　Mother Nature　32–33
ハムリン、ハンニバル　Hannibal Hamlin　233
バリオニ、ピエトロ　Pietro Baglioni　46–47, 49, 51–53, 55–58, 63
バンクロフト、ジョージ　George Bancroft　20, 116, 118, 138–139, 143
　『アメリカ合衆国の歴史』 *History of the United States of America*　20, 116, 118–119, 138–139, 143, 191
　『憲法制定の歴史』 *The History of the Formation of the Federal Constitution*　143
パンテオンの開いた目　the open Eye of the Pantheon　210–211
汎神論　pantheism　16

[ひ]

of 1850　119, 141, 213, 222–224, 228–229, 248

［そ］

ソファイア　A.（ホーソーン／ピーボディ）　Sophia A. Hawthorne / Peabody　1–2, 26, 44, 145, 153–154, 169, 171, 245, 253, 263–264

［た］

ダーク・レディ　the dark lady　91, 110
ターナー、アーリン　Arlin Turner　31
ダイキンク、エヴァート　A.　Evert A. Duyckinck　61
大統領選　presidential election　87, 187, 221–222, 224–225, 227, 230
多から一へ　*E Pluribus Unum*　212
タペストリーの裏模様　the wrong side of the tapestry　6, 251

［ち］

チャールズ一世　Charles I　18, 68
チャニング、ウィリアム　E.　William E. Channing　35
超越主義　Transcendentalism　87, 153, 184
チリングワース、ロジャー　Roger Chillingworth　8, 14, 76–77, 80, 83–90, 94–95, 99–101

［つ］

罪の赦免　absolution　202

［て］

デイヴィス、ジョン　John Davis　143
ディオニューソス　Dionysus　149, 151, 177–178, 185
ティクナー、ウィリアム　D.　William D. Ticknor　166, 229
ディグビー、リチャード　Richard Digby　48
ディムズデイル、アーサー　Arthur Dimmesdale　14, 76–77, 80–90, 95, 98–101, 105
テキサス併合　Texas annexation　138
デフォー、ダニエル　Daniel Defoe　109

［と］

逃亡奴隷法　Fugitive Slave Law　119, 141, 171, 222, 243
ドーカス　Dorcas　35
独立戦争　American War of Independence　87, 114, 126
ドナテロ　Donatello　188–189, 192–196, 198–202, 204–206, 208–209, 211, 216, 218
奴隷制　slavery　21, 25, 169–172, 183, 213, 219, 222–231, 233–238, 240, 243, 247–248, 256
奴隷制廃止運動　abolitionism　169, 171, 233–236, 243, 247

43–45, 62, 159, 256
『テンペスト』 *The Tempest* 2–3, 39, 42–45, 54, 59, 62
『リア王』 *King Lear* 5, 33, 44, 256
自己検閲 220, 237, 241
ジフ、ラーザー Larzer Ziff 242, 252
ジャクソニアン・デモクラシー Jacksonian Democracy 116
奢侈禁止令 sumptuary laws 96
ジャフリー（ピンチョン）／ピンチョン判事 Jaffrey Pyncheon / Judge Pyncheon 43, 120, 127, 129–133, 136, 138, 143
ジュリアン（ホーソーン） Julian Hawthorne 43, 264
ジョヴァンニ、ガスコンティ Giovanni Guasconti 46–49, 51–55, 57–60
蒸留する distil / distill 48, 51–52, 55–57, 155–158
ジョージアナ Georgiana 55, 58
ショパン、ケイト Kate Chopin 25
「デズレの赤ん坊」 "Désirée's Baby" 256
ジョンソン、エドワード Edward Johnson 109
『シオンの救世主の奇跡を生むプロヴィデンス』 *Wonder-Working Providence of Sion's Saviour* 109
神権政治 theocracy 20, 69–70, 76, 91, 102, 110, 157
新プラトン主義 Neoplatonism 43
進歩思想 progressivism 135–137, 141
信頼できない語り手 unreliable narrator 146, 148, 163, 173, 176, 183
人類をつなぐ磁力の鎖 the magnetic chain of humanity 132

［す］

スコット、ウィンフィールド Winfield Scott 221, 229
スチュアート、ランダル Randall Stewart 110
スペンサー、エドマンド Edmund Spenser 143
『妖精の女王』 *The Faerie Queene* 143
スワン、デイヴィッド David Swan 7, 10

［せ］

清教徒革命 Puritan Revolution 19
成熟が全て Ripeness is all 33
セイタン Satan 195, 202
世界霊魂 World Soul 15
ゼノビア Zenobia 146–147, 150-151, 153, 155, 160–163, 173–175, 181–182, 185
先見の明 15, 124
一八五〇年の妥協 Compromise

神の摂理→プロヴィデンス Providence 1, 84, 181
カルヴァン、ジョン John Calvin 26
『キリスト教綱要』 *Institutes of the Christian Religion* 26
カルヴァン主義 Calvinism 17
カルフーン、ジョン C. John C. Calhoun 226, 233
間テクスト性 intertextuality 25, 42, 220–221, 230

［き］

機械仕掛けの神 *deus ex machina* 113, 128, 134
ギャリソン、ウィリアム L. William L. Garrison 225, 235
巨大な目→パンテオンの開いた目 the great Eye 210–211
ギルモア、マイケル T. Michael T. Gilmore 243, 248
禁酒運動→ワシントニアン協会 temperance movement 63, 157–158, 163–165, 168–169, 231, 233–234, 244, 247
禁酒法→メイン法 63, 150, 163–171, 183, 185, 231, 233–235, 244

［く］

グリーンブラット、スティーヴン Stephen Greenblatt 248–249
クリフォード、ピンチョン Pyncheon Clifford 120–121, 127, 129–130, 133, 136–137
クレイ、ヘンリー Henry Clay 225
グレイ、マーティン Martin Gray 11
クローリイ、J. Donald J. Donald Crowley 32
グロスター Gloucester 5

［け］

決定論 determinism 16
ケニヨン Kenyon 14, 139–140, 188–189, 192–193, 198–202, 204–215, 218, 239
ケリー、ロバート 222, 225–226, 233

［こ］

幸運な堕落 *felix culpa* 25, 187, 189–196, 199–202, 211, 216–217, 262
ゴールドラッシュ gold rush 141
ゴッデュ、テレサ A. Teresa A. Goddu 243

［さ］

催眠術 mesmerism 73, 96, 106, 125, 147
作家修行時代 Solitary Years 178
サブプロット 5

［し］

シェイクスピア、ウィリアム William Shakespeare 2, 5, 33, 39,

［い］
イヴ　Eve　91, 194–195, 201
印紙条令　Stamp Act　19, 109
インディアン移住法　Removal Act　138

［う］
ウィルソン、ジョン／ウィルソン牧師　John Wilson　8–9, 79–83, 88, 95, 111, 239
ウィンスロップ、ジョージ　George Winthrop　86
ウィンスロップ、ジョン　John Winthrop　86, 95
ウィンターズ、イヴァー　Yvor Winters　12–13
ウェスタヴェルト　Westervelt　147, 173, 181–182
ヴェナー爺さん　Uncle Venner　120–121, 130, 136–138
ウリエル　Uriel　202
運命論　the doctrine of fate　16, 191

［え］
エイルマー　Aylmer　55, 101
エウリピデス　Euripides　149
エマソン、ラルフ　W.　Ralph W. Emerson　28, 79
エリオット、G. R.　G. R. Elliot　43
エリストン、ロデリック　Roderick Elliston　96

［お］
王政復古　Restoration　19
丘の上の町　a city upon a hill　20, 69
岡本勝　157–158, 165, 233
『アメリカ禁酒運動の軌跡』　157
オサリヴァン、ジョン　L.　John L. O’Sullivan　21, 63, 87
オスコポリア祭　Oschophoria　151, 185

［か］
カーペンター、フレデリック　I.　Frederic I. Carpenter　110
ガイアット、ニコラス　Nicholas Guyatt　17–18, 23, 78
『プロヴィデンスと合衆国の創生　1607 年 –1876 年』　*Providence and the Invention of the United States, 1607–1876.*　17
カイン、ウィリアム　William Cain　184
カヴァデイル、マイルズ　Miles Coverdale　56, 146–155, 158, 160–164, 166–168, 171–185
科学至上主義　scientism　14, 47, 50, 55, 58, 79, 81, 87, 90
拡大主義　Expansionism　86, 118, 135, 138, 141, 191, 214, 247
ガッタ、ジョン　John Gatta　143
カプチン僧→アントニオ修道士　Capuchin monk　188, 192, 201

索　引

［あ］

アーリッヒ、グローリア　Gloria Erlich　107

アイスキュロス　Aeschylus　149

曖昧性　ambiguity　11–13, 15, 17, 24, 27, 32, 65, 75–76, 79, 83, 87, 90, 108, 142, 239–242, 251

アイロニー／アイロニカル　irony / ironical　14, 25, 36, 60–61, 76, 79, 87, 149–150, 153–154, 160–163, 178, 182–183, 192, 196, 202–204, 207, 210, 212, 216, 239, 257

アウアーバッハ、ニーナ　Nina Auerbach　110

悪魔　the Black Man　97, 99, 101

悪魔学　demonology　92, 94, 111

アダム　Adam　90, 115, 193–195, 218

アダムズ、ジョン　Q.　John Q. Adams　222

アッパム、チャールズ　W.　Charles W. Upham　143

『アトランティック・マンスリー』　*Atlantic Monthly*　237, 240

アメリカ植民協会　American Colonization Society　234

アベル、ダレル　Darrel Abel　110

アメリカ党→ノー・ナッシング党　American Party　227

『アメリカ有用娯楽教養雑誌』　*American Magazine of Useful and Entertaining Knowledge*　263

アラック、ジョナサン　Jonathan Arac　243

アリス（ドーン）　Alice Doane　73

アリス（ピンチョン）　Alice Pyncheon　126–127

アリストパネス　Aristophanes　149, 177–178

　『蛙』　*The Frogs*　177–178

ある種の枠組み　a sort of frame-work　24, 27, 30, 31

暗黒の必然性　a dark necessity　89

アンチテーゼ　antithesis　25, 32, 35–36, 45, 58, 114, 119, 135

アントニオ修道士→カプチン僧　Brother Antonio　188

著者紹介

中西佳世子（なかにし　かよこ）
京都大学大学院人間・環境学研究科博士課程修了。
博士（人間・環境学）。現在京都産業大学准教授。
主な著書に、『悪夢への変貌——作家たちの見たアメリカ——』（共著、松籟社）、『アメリカン・ルネサンス——批評の新生』（共著、開文社出版）など。

ホーソーンのプロヴィデンス
——芸術思想と長編創作の技法——　（検印廃止）

2017年12月20日　初版発行

著　　者　中西佳世子
発 行 者　安居洋一
印刷・製本　創栄図書印刷

〒162-0065　東京都新宿区住吉町 8-9
発行所　開文社出版株式会社
電話 03-3358-6288　FAX 03-3358-6287
www.kaibunsha.co.jp

ISBN 978-4-87571-091-2　C3098